U0528361

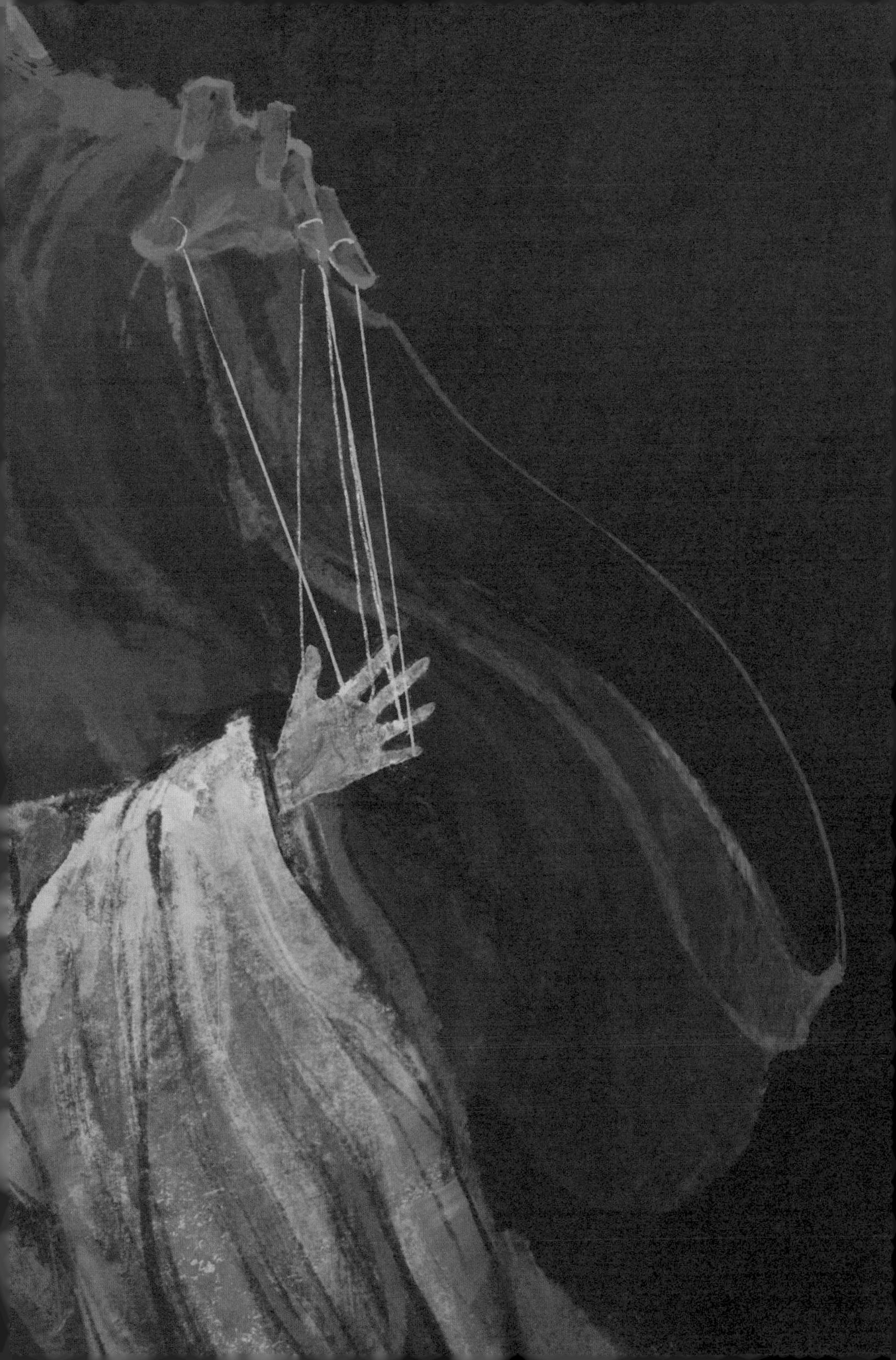

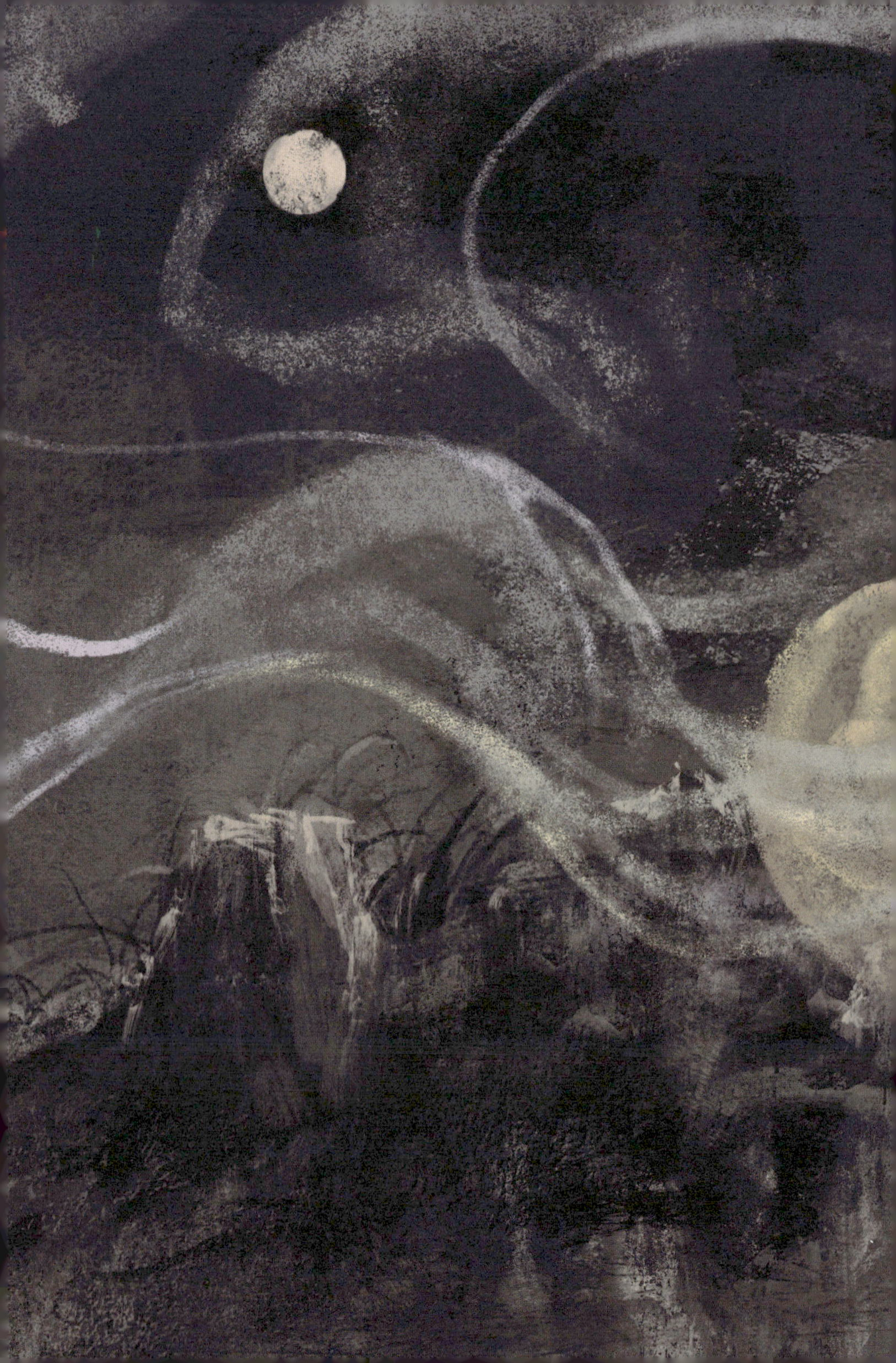

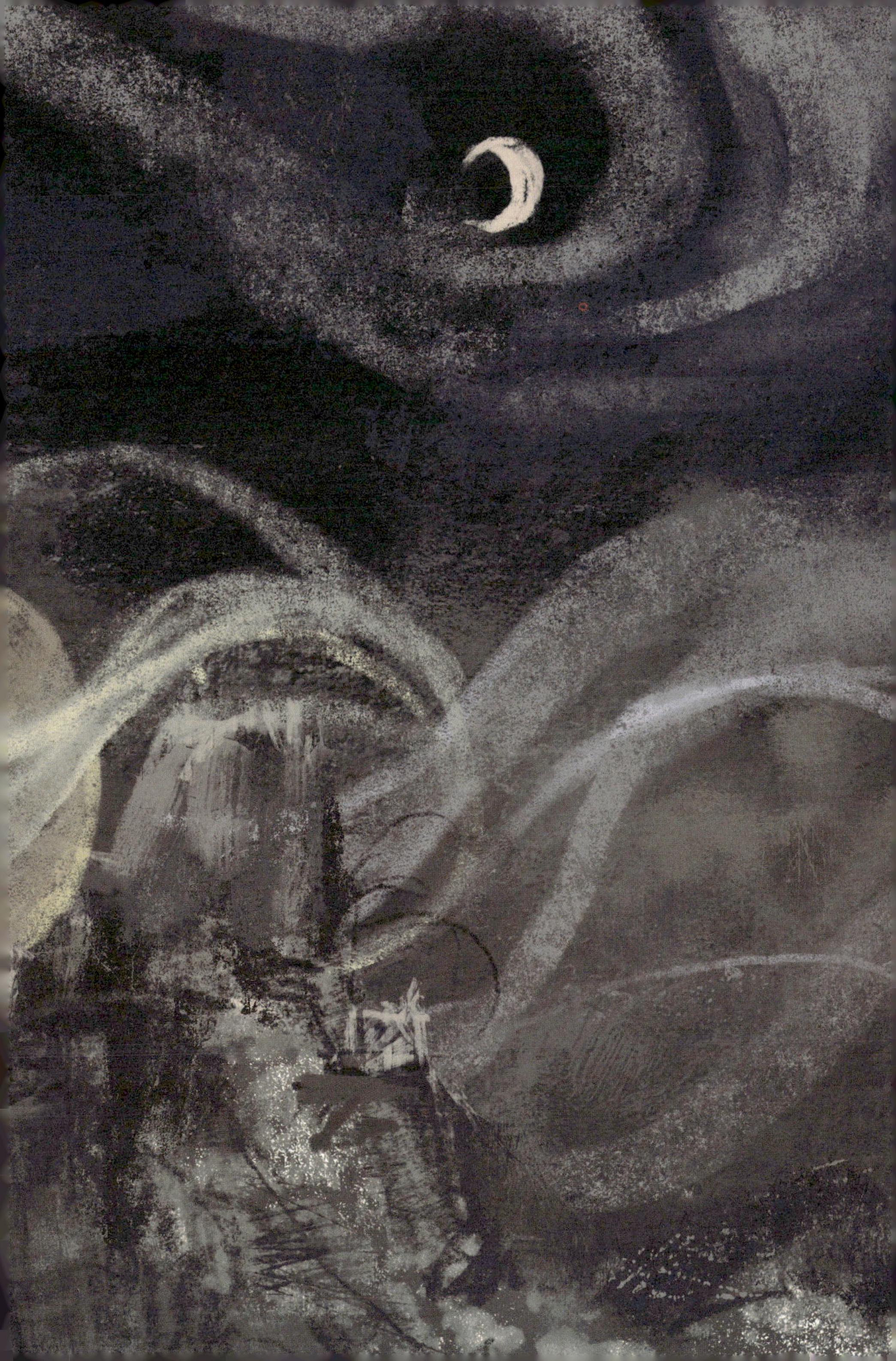

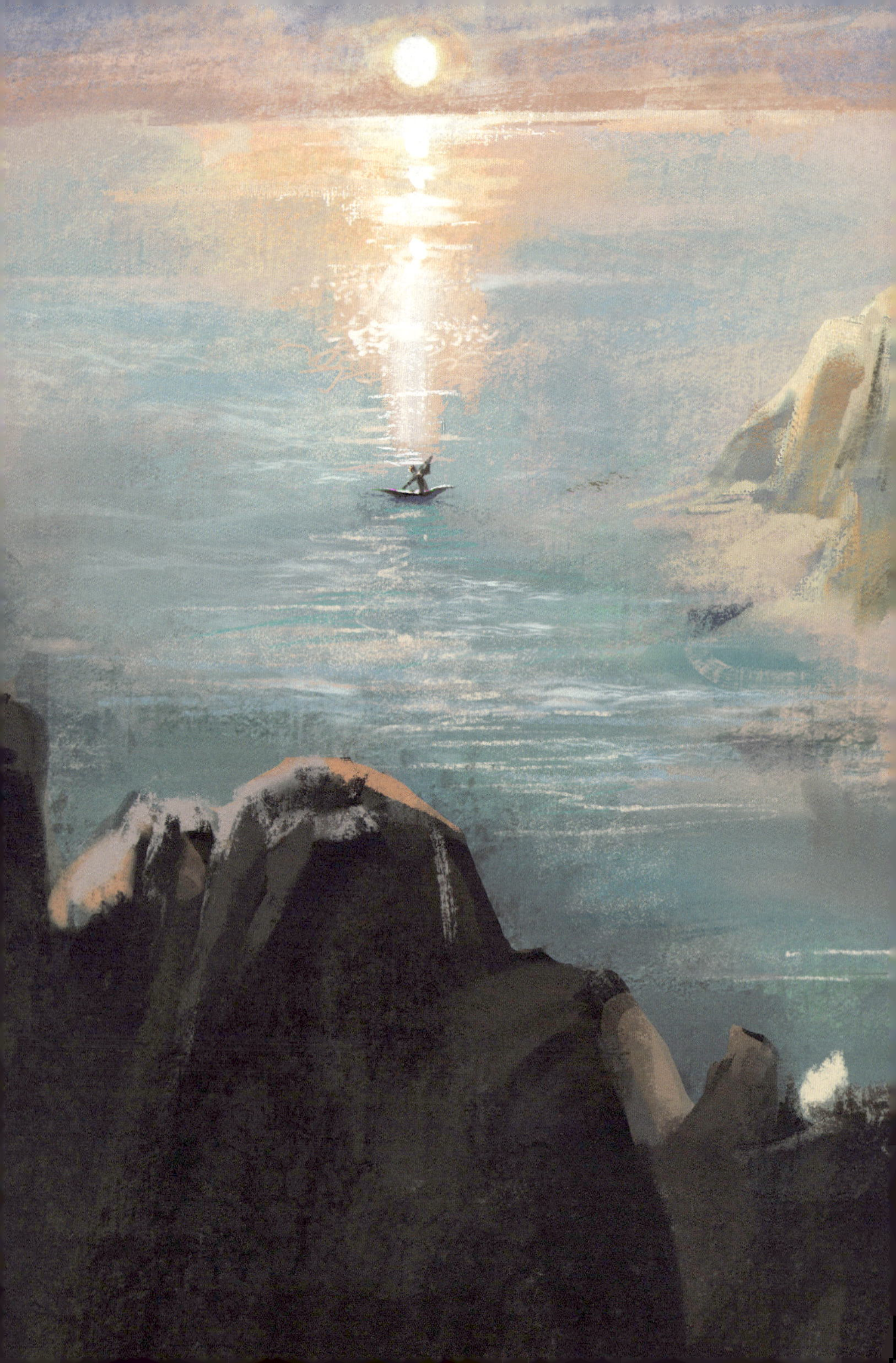

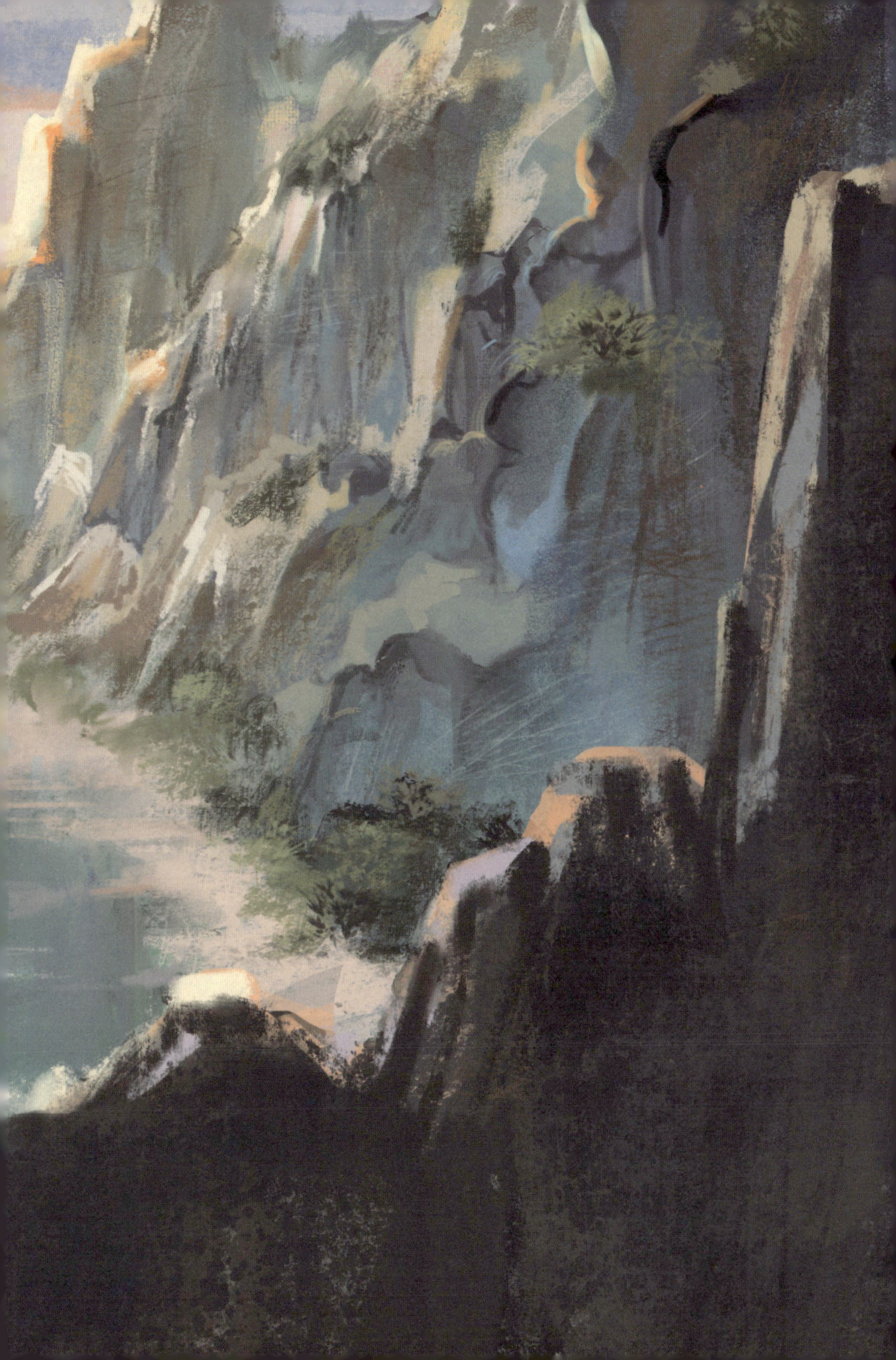

殿

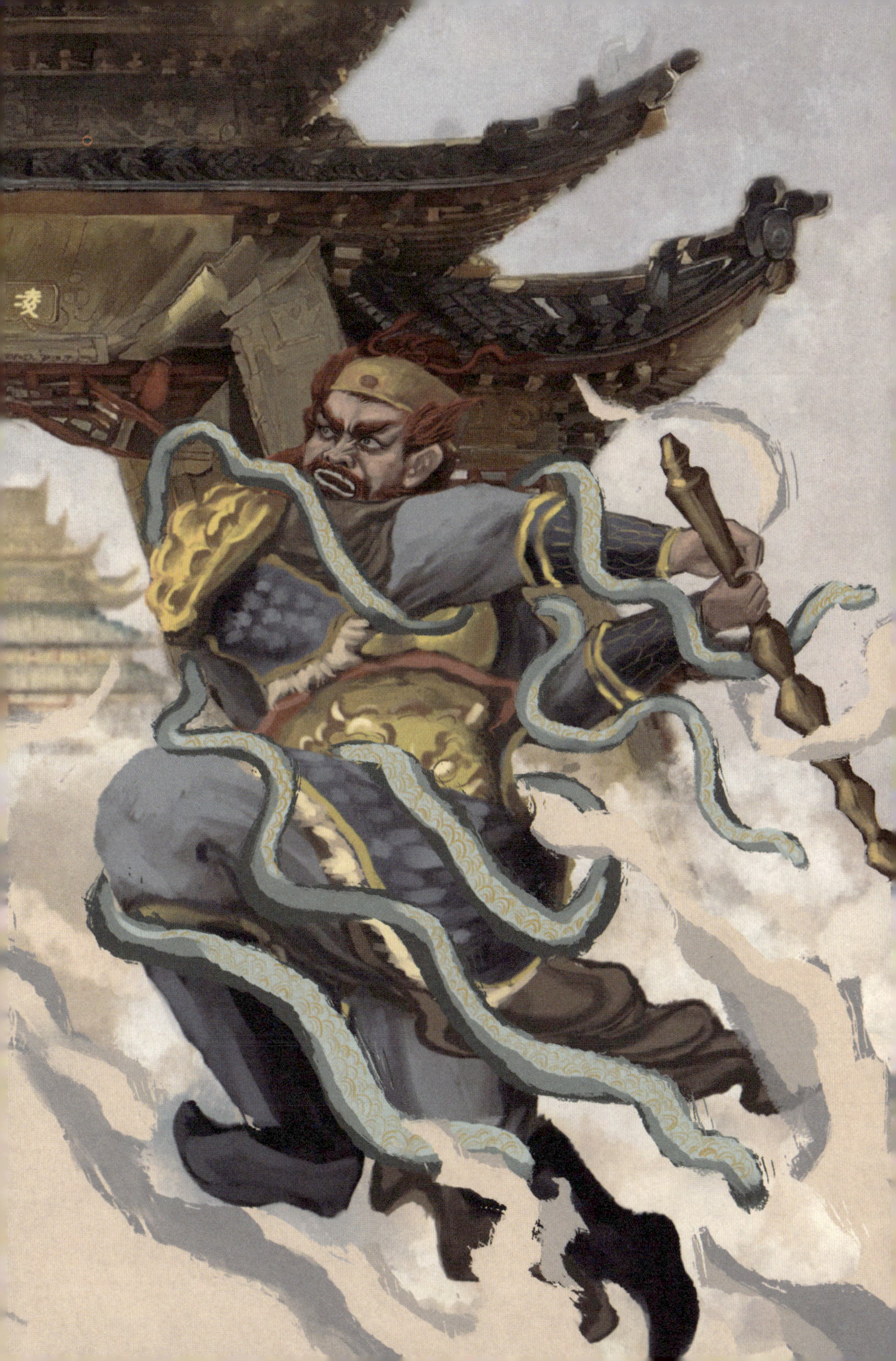
凌

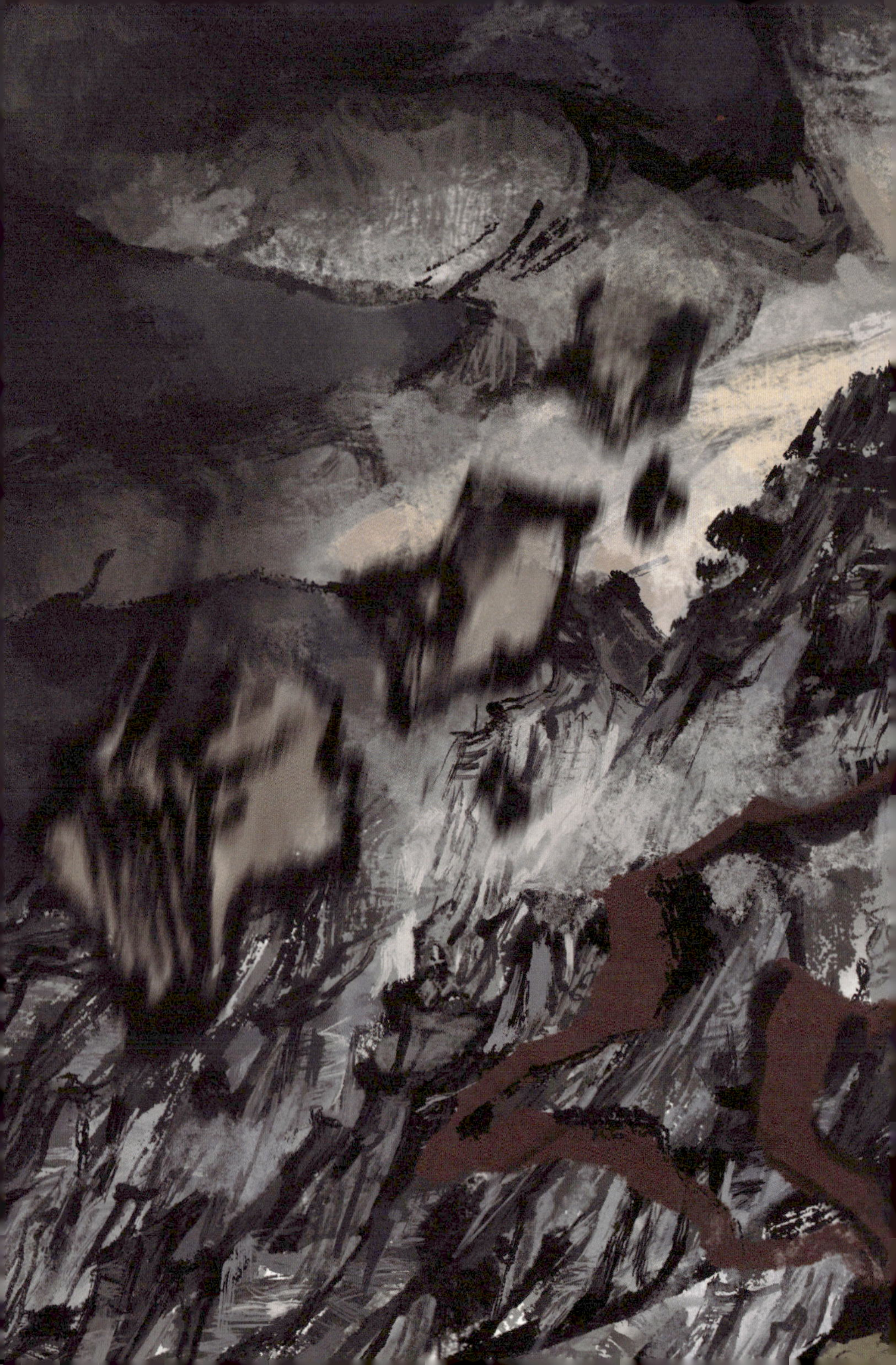

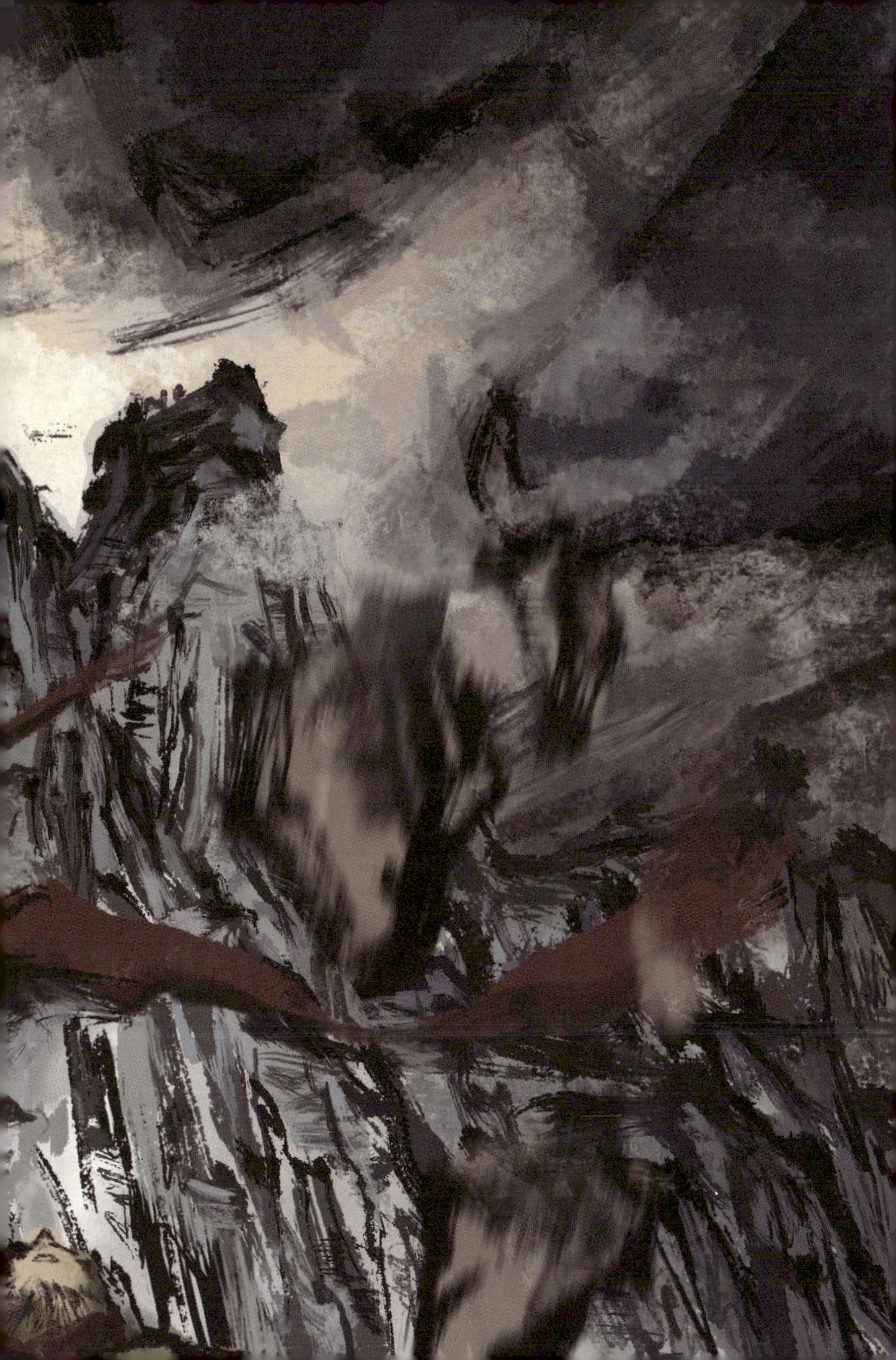

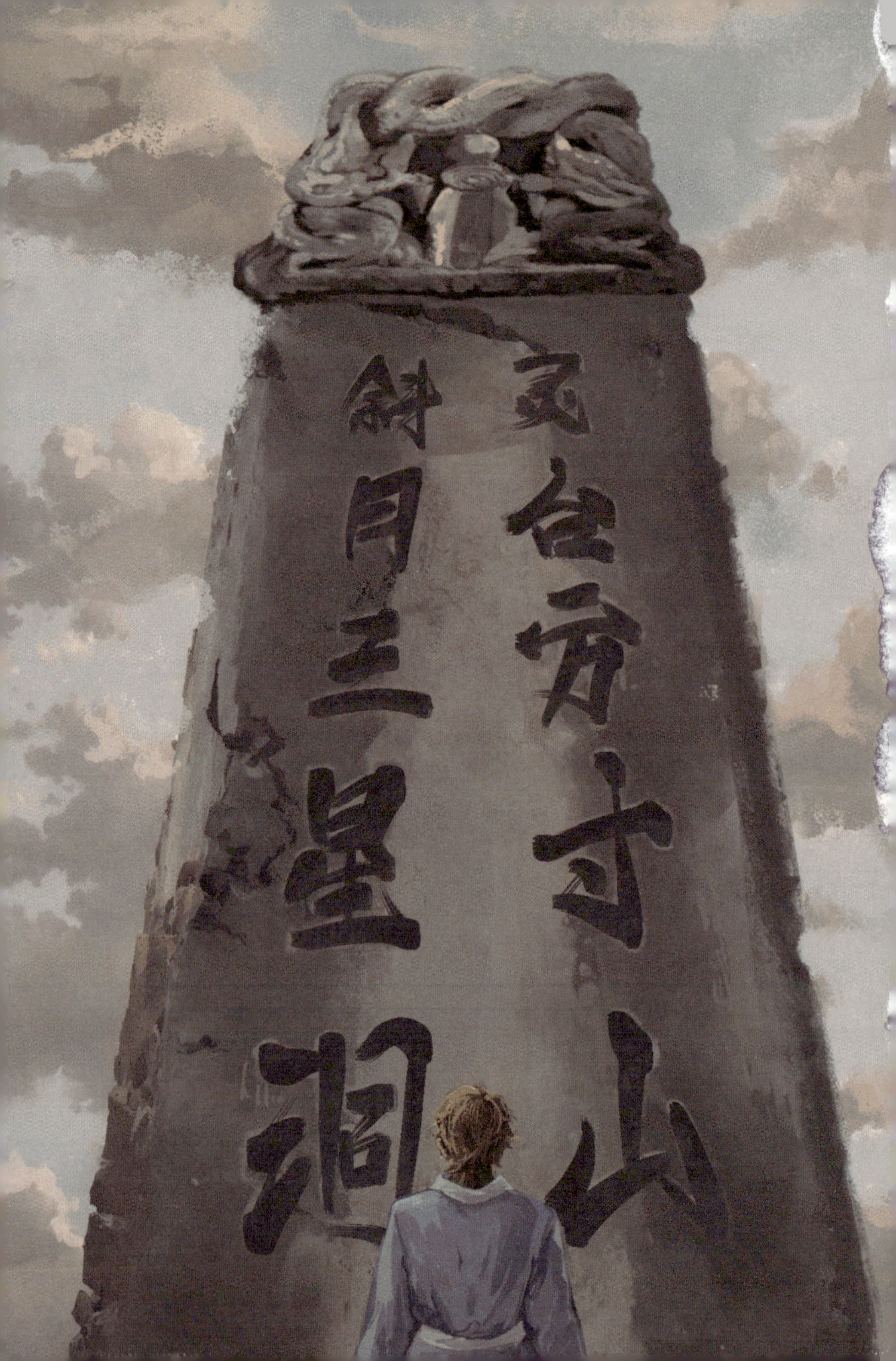
灵台方寸山
斜月三星洞

暗流西游

倒反天罡

大闹天宫的秘密

啊粥 司过 著

北京联合出版公司

图书在版编目（CIP）数据

倒反天罡：大闹天宫的秘密 / 啊粥，司过著.
北京：北京联合出版公司，2025. 3 (2025. 7重印). --（西游暗流）.
ISBN 978-7-5596-8255-0

Ⅰ. I207.414

中国国家版本馆CIP数据核字第2025ZY1879号

倒反天罡：大闹天宫的秘密

著　　者：啊粥　司过
出 品 人：赵红仕
责任编辑：牛炜征

北京联合出版公司出版
（北京市西城区德外大街83号楼9层　100088）
三河市中晟雅豪印务有限公司印刷　新华书店经销
字数236千字　880毫米×1230毫米　1/32　印张 13
2025年3月第1版　2025年7月第2次印刷
ISBN 978-7-5596-8255-0
定价：68.00元

版权所有，侵权必究
未经书面许可，不得以任何方式转载、复制、翻印本书部分或全部内容。
本书若有质量问题，请与本公司图书销售中心联系调换。电话：（010）82069336

郑重声明

您好，见字如面！

非常感谢您选择阅读这本书，在真正开始阅读之前，希望您能花一点时间阅读以下声明。

本书的核心主题和讨论范围都是围绕"世德堂本《西游记》"的原著小说展开的，我们的目标是希望通过深入探讨和解读《西游记》中的故事情节、人物性格与命运、关联的历史文化元素等多方面，帮助您更全面、更深入地品鉴这部经典名著。

世德堂本《西游记》成书的明朝嘉靖年间，明代社会的阶级矛盾、民族矛盾以及统治阶级内部矛盾不断激化，而作者"华阳洞天主人"借由小说发挥，在自己构建的这个魔幻的世界里，把现实社会里的种种矛盾复现到了小说的故事中。因此，在阅读《西游记》原著时，我们会发现它的"诗"占据了大量的篇幅，作者把很多不可明说的意思，都放进了定场诗中。

然而，我们必须强调，《西游记》作为神魔小说的经典之作，其类型为虚构类小说。本书的解读只限于原著小说《西游记》本身，相关历史与文化延展也只是基于《西游记》故事情节而做的逻辑推理和解读分析，不涉及对现实宗教信仰、历史相关事件与人物的评价。

同时，虽然《西游记》中的人物角色和设定已深受读者喜爱，但它们仍然是小说中的虚构内容，与现实世界中的人物和事件无关。小说中的宗教信仰和现实世界中的宗教信仰也是两个完全不同的概念，同样，小说中的唐僧角色也并非现实中的历史人物三藏法师。

因此，我们希望您在阅读过程中，避免过度联想或者错误地将小说中的虚构内容与现实世界相对应。

"诗无达诂"，小说解读亦是如此，我们理解每个读者都有自己的阅读体验和解读，但也希望您开放地穿梭在这西游世界之中，满怀理想、畅想与昂扬，避免对书中的内容产生误解或者过度联想。我们的目标是通过这本书，帮助您更好地理解和品赏《西游记》，而不是引发不必要的争论或者误解。

最后，我们衷心期望这本书能够带给您愉快的阅读体验，也希望大家都去阅读《西游记》原著，并拥有自己的理解。

一家之言，姑且听之。一切尽在无言中，唯有感谢！

啊粥

目录

上篇

鸿蒙初辟原无姓
打破顽空须悟空

第一章 | 猴王降世　003
- 西游宇宙的底层世界观　004
- 花果山的秘密　010
- 出山，走向人间　014
- "玉皇大帝"的由来　022
- 石猴的秘密　029

第二章 | 学艺三星洞　033
- 一路向西　034
- 想成仙，得入心门　035
- 卧室秘传　040
- 佛性无南北　046
- 三灾之难　052
- 定生不良　058

第三章 | 成妖之路　063
- 从灵台山到凌霄殿　064
- 妖猴养成记　065

- 如意金箍棒之谜　　　　　072
- 一笔勾销　　　　　　　　077

第四章 | 龙宫、地府与人间　083
- 善良外表下的掠夺　　　　084
- 龙族战争　　　　　　　　090
- 地府组织结构的流变　　　098

第五章 | 从弼马温到齐天大圣　105
- 玉帝问话的玄机　　　　　106
- 一进南天门，成为弼马温　109
- 万猴兵变　　　　　　　　116
- 齐天大圣　　　　　　　　125

第六章 | 蟠桃园偷窃事件　131
- 岁月静好　　　　　　　　132
- 消失的蟠桃　　　　　　　136
- 丢桃之谜　　　　　　　　140
- 迷路的赤脚大仙　　　　　145
- 偷丹偷酒搅破天　　　　　150

第七章 | 大闹天宫　155
- 大战在即　　　　　　　　156
- 观世音出场　　　　　　　158
- 二郎真君来也　　　　　　165
- 活捉孙猴子　　　　　　　172

- 跳出八卦炉，反了离恨天　179
- 佑圣真君前来护驾　182
- 灵山大地震　190
- 安天大会　193
- 取经序曲　199

第八章 | 以众生的名义
——西天取经　205

- 灵山的盛宴　206
- 如来降旨　208
- 途经流沙河　210
- 吃人的猪妖　212
- 五行山下　215
- 长安城中　218

第九章 | 唐王游地府　221

- 愤怒的泾河龙王　222
- 凡人魏征，凭什么斩龙　227
- 从人间到阴间　229
- 阴间之旅　232
- 大唐的臣服　238
- 水陆大会　240

第十章 | 从双叉岭到五行山　243

- 信仰崩塌　244
- 谨言慎行　247

下篇

若得英雄重展挣，
他年奉佛上西方

- 暴力与服从　　　　　　250

第十一章 ｜ 猜忌、谋杀和
　　　　　　观音禅院　　257

- 鹰愁涧的猜忌　　　　　258
- 邪恶的观音禅院　　　　262
- 黑烟漠漠，红焰腾腾　　266

第十二章 ｜ 黑熊成正果　271

- 一战黑熊精　　　　　　272
- 神妖有别否　　　　　　275
- 八戒的委屈　　　　　　280

第十三章 ｜ 从浮屠山到黄风岭　287

- 神秘的乌巢禅师　　　　288
- 黄风岭疑云　　　　　　295
- 八百里流沙河　　　　　306

第十四章 ｜ 沙僧与八戒的
　　　　　　天庭往事　　309

- 奇怪的沙僧　　　　　　310
- 消失的流沙国　　　　　316
- 广寒宫往事　　　　　　319

第十五章 ｜ 四圣试禅心背后的
　　　　　　秘密　　　　327

- 到底谁该挑担　　　　　328

- 四圣试禅心，试出了什么 **331**
- 神秘的黎山老母 **339**
- 八戒，你究竟是谁 **342**

第十六章 | 五庄观偷果事件 **349**
- 地仙之祖的尴尬 **350**
- 五庄观奇遇 **353**
- 人参果"去库存" **363**

第十七章 | 人参果、唐僧肉和白骨精 **367**
- 唐僧肉的秘密 **368**
- 荒山里的美女 **371**
- 愤怒的和尚 **377**
- 各怀鬼胎的师徒 **381**
- "三打白骨精"与"三戏唐三藏" **384**

参考文献 **387**

上篇

鸿蒙初辟原无姓
打破顽空须悟空

第一章 猴王降世

西游宇宙的底层世界观

五百年前,如来佛祖翻过手掌的那一刻,猴子绝望了。那时的孙悟空还不明白:三界之内根本没有规则可言。天命的最终解释权,掌握在少数人手里。

五百年前,面对嚣张的悟空,如来佛祖晃晃手指,指着猴子训斥道:

你那厮乃是个猴子成精,焉敢欺心,要夺玉皇上帝龙位?

他自幼修持,苦历过一千七百五十劫。每劫该十二万九千六百年。

你算,他该多少年数,方能享受此无极大道?

你那个初世为人的畜生,如何出此大言![1]

……(第七回 78 页)

---

[1] 本书原著引文皆参考自"吴承恩. 西游记: 第 4 版 [M]. 北京: 人民文学出版社, 2020.",后文不再重复脚注。

第一章
猴王降世

如来表示：你的规矩不是规矩，我的规矩才是规矩！想当玉帝，你不配！玉皇大帝之所以是玉皇大帝，是因为他经历过一千七百五十劫，而每劫十二万九千六百年。粗算一下，玉帝活了两亿两千万年，你才几百岁，凭什么这么狂？

如来佛祖翻过手掌的那一刻，猴子怎么都想不明白，明明一个筋斗就是十万八千里，为什么就是逃不出如来佛祖的手掌心呢？

年轻的悟空不会知道，即便是翻手成山的如来佛祖，在另一个存在的眼里，也不过是掌心里的一个小玩物，他就是大名鼎鼎的——盘古。

《西游记》开篇诗曰：

混沌未分天地乱，茫茫渺渺无人见。
自从盘古破鸿蒙，开辟从兹清浊辨。
覆载群生仰至仁，发明万物皆成善。
欲知造化会元功，须看《西游释厄传》。（第一回1页）

原著紧接着又说：

感盘古开辟，三皇治世，五帝定伦，世界之间，遂分为四大部洲：曰东胜神洲，曰西牛贺洲，曰南赡部洲，曰北俱芦洲。

（第一回 2 页）

这是盘古在《西游记》里第一次出场，也是唯一有实际意义的一次。在旁白诗里，盘古是小说定论的开辟世界的第一人，但是，原著里居然没有任何一个角色提到过盘古的存在，一个也没有！就连自称创世神的太上老君，也只是说，自己曾经男扮女装，化名女娲而补天。

盘古是存在的，但是只存在于旁白诗的定论里，小说中的其他角色，并不知晓这个人物。这说明什么呢？盘古这个角色，是超越西游宇宙的高阶文明，也是《西游记》里唯一的真神。盘古的存在，《西游记》里的角色压根就意识不到，但是旁白诗还是帮我们点了出来。

这说明什么呢？如果说西游宇宙是一局游戏，那么《西游记》里所有的角色都是 NPC[1]，而盘古就是那个系统管理员。

按照作者的自述，《西游记》的世界观是：

盖闻天地之数，有十二万九千六百岁为一元。

将一元分为十二会，乃子、丑、寅、卯、辰、巳、午、未、申、酉、戌、亥之十二支也。

---

[1] 指电子游戏中不受真人玩家操纵的游戏角色。

第一章
猴王降世

> 每会该一万八百岁……譬于大数，若到戌会之终，则天地昏曚而万物否矣。
>
> 再去五千四百岁，交亥会之初，则当黑暗，而两间人、物俱无矣，故曰混沌。
>
> 又五千四百岁……天始有根。
>
> 再五千四百岁，天开于子……
>
> 又经五千四百岁……地始凝结。
>
> 再五千四百岁……地辟于丑。
>
> 又经五千四百岁……发生万物……
>
> 再五千四百岁……人生于寅。

宇宙会循环往复地重启，这是西游世界的基本设定，在每次重启的时候，都是**天开于子**、**地辟于丑**、**人生于寅**，这三个阶段累计需要经历两万多年，在我们所熟知的**这一元故事里**，那个按下启动键，完成开天辟地的系统管理员，叫作**盘古**。

我们再来看这套世界观：

天地是周而复始地运行的，每十二万九千六百年，天地就完成一次从生到灭的完整过程，这个过程，称为**一元**。

一元之内，开天、辟地、发生万物，直到天地再次闭合，回归混沌，全是程序运行的自然结果。

原著设定中，没有提到哪个人物是跳出一元的存在。

在西游宇宙这款游戏里，系统管理员盘古，是这场游戏的唯一玩家。他的任务就是观察甚至引导游戏里的众生万物自我发展、自我管理，直至自我毁灭。西游世界里所有的钩心斗角、爱恨情仇，都只是这位盘古造世体验的一部分。

作者开篇诗里提到的**造化会元功**，指的是**天地变化的规律和万物生长的玄机**。在《西游记》作者眼里，宇宙的规律和玄机，有至少两层含义：

第一，整个世界，不过是盘古的一盘游戏，所有的NPC，玉帝、如来、太上老君……都是游戏里的角色。

第二，这款游戏的基本规则，是先来者统治后来者，后来者持续反抗、革命的剧情。**压迫与反抗，是西游宇宙的永恒主题**。

与系统管理员盘古相比，太上老君、玉皇大帝和如来佛祖，只是平平无奇的凡物，但他们作为系统内部的先行者，作为第一批**成神**的人，他们抢先完成了资本的原始积累，而且牢牢掌握了资源加工流程，于是，他们建立了一套制度化的机器，持续压制后来者的生命价值。这第一批玩家，把自己捧上至高神位，试图斩断后来者阶级跃升的途径。

因此，**压制—反抗—斗争，这个循环，会在《西游记》这局游戏里持续进行下去**。从这个视角出发，悟空、如来、玉帝等众神都是平等的。西游世界并不含情脉脉，只有赢家通吃！

> **啊粥细说**

　　《西游记》的开篇设定就告诉我们，这是一部饱含哲学思辨的小说。我相信，作者或许看到了这个世界的部分本质，也发现了部分世界运转的规律，他选择用神魔小说这样的形式，来记录自己关于世界终极意义的思考。

　　哲学的基本问题，需要讨论思维与存在的关系。在此基础上，每个人都会关心：我是谁？我从哪里来？我要到哪里去？

　　关于上述人生的三大问题，各个时代、各门各派都有不同的论述。

　　其中，存在主义哲学以人为中心，尊重人的个性和自由，这个学派提出：**所有人都在无意义的宇宙中生活**，人的存在优先于本质，人没有预先被定义好的本质，**人的存在本身并没有意义，但人可以在这个无意义的世界里，自我塑造、自我成就，从而让人生拥有意义。**

　　存在主义哲学认为，人生的意义，是自己给自己的。

　　在多次通读小说原著以后，我认为《西游记》不但在开篇就提出了关于这个世界真实性的质疑，而且通过小说里的神魔群像，以及各种草蛇灰线、伏脉千里的故事，给出了和存在主义哲学接近的答案。

　　人应该怎样过好这一生呢？我想，这就是我们讨论**造化会元功究竟为何物**的价值所在。

我们不知道自己为何存在,悟空也是如此。第一次跟如来佛祖见面的孙悟空,就和涉世未深的我们一样,不太能理解这个世界的运作规律。

悟空幼稚地认为,只要胆子大、能力强,就能倒反天罡。

此时的孙悟空还不知道,自己引以为傲的大闹天宫,也不过是权力的一场游戏。

此时的孙悟空还不知道,天命的最终解释权,有时候只掌握在少数人手里。

花果山的秘密

在《西游记》的世界观里,天下有四大部洲:东胜神洲、西牛贺洲、南赡部洲、北俱芦洲。

花果山,就位于东胜神洲的傲来国。这傲来国是个沿海的国家,海中有一座名山,叫作花果山。

原著里说,这山是:

十洲之祖脉,三岛之来龙。(第一回 3 页)

"十洲""三岛"都是道教世界观里重要的地名,这句表述,充分说明,花果山是道教背景下"龙脉"般的存在。

原著里还说,这山是:

自开清浊而立,鸿濛判后而成。(第一回 3 页)

用今天的话说,就是自打有天那年起就有这座山,历史悠久,底蕴丰厚。

最后,作者一句话敲定了它的地位:

百川会处擎天柱,万劫无移大地根。(第一回 3 页)

整部《西游记》里,"**天柱**"这个词总共出现过四次。除了第二次是形容如来佛祖的手指头之外,剩下两处说的全是——昆仑山。

悟空在小雷音寺时说,昆仑山在西北乾位上,乾就是天,所以昆仑山有顶天塞空之意,遂名天柱。各方势力的昆仑山背景也非常突出:

太上老君的紫金葫芦,昆仑山来的;

铁扇公主的芭蕉扇,昆仑山来的;

昆仑山金霞岭上,还住着佛家的不坏尊王永住金刚。

在《西游记》的世界观里,花果山是跟昆仑山地位相似的创世名山,但是,和昆仑山的显赫地位不同,花果山作为"十洲之祖脉,三岛之来龙",一个地位如此重要的道教名山,知道它的人并不多。

除此之外,花果山还有非常特别的一番景色:

峰头时听锦鸡鸣,石窟每观龙出入。(第一回3页)

大家看,花果山,有龙。

《西游记》里明确说到有龙的山,不多。因为龙这个物种,在《西游记》中确实是个特殊的存在。后来天庭举办安天大会的时候,给各方大佬安排的大餐就是**龙肝凤髓**、玉液蟠桃。这说明,**神仙是吃龙的**,龙这个物种,极有可能长期遭到天庭的猎杀,否则大名鼎鼎的龙族为什么会带着避水珠躲进水里安家呢?大概率也是被逼无奈。但是花果山的龙,却没有遭到捕杀。

花果山这块地,能被保护到这种地步,很有可能就是某位神仙的自留地。花果山上有块石头,跟山一样历史悠久:

盖自开辟以来,每受天真地秀,日精月华。(第一回3页)

终于有一天,这石头成精了:

第一章
猴王降世

> 内育仙胞，一日迸裂，产一石卵，似圆球样大。（第一回3页）

风一吹，石球变成了一只石猴。没想到这猴子还挺懂礼貌，一出生就向四方告拜。这猴子目运两道金光，直射到天宫，惊动了**高天上圣大慈仁者玉皇大天尊玄穹高上帝**，简称玉皇大帝。

婴儿的第一声啼哭，往往是被妈妈听到。猴子的第一次发光，也是被玉皇大帝看到。玉皇大帝很着急，立马派千里眼、顺风耳打开南天门打探消息。这俩人看得真，听得明，回去把前情一讲，玉皇大帝什么反应呢？

> 玉帝垂赐恩慈曰："下方之物，乃天地精华所生，不足为异。"（第一回3页）

玉帝的反应非常有意思，即便这只猴子的眼中射出的金光直插灵霄宝殿，他也并不担忧。他也不好奇，派出千里眼、顺风耳，反而像是在确认某个早已计划好的事情。玉帝确信，猴子终于出生了。这么多年的恩恩怨怨，也该做个了结了。

出山，走向人间

五百年前，天庭的那场震荡距离猴子还有很远，他在山里蹦蹦跳跳地过着跟普通猴子一样的生活。那段时间，可能是猴子一生中最快乐的时光，他呼朋唤友，享乐玩耍，好一个天生地养的真石猴！

突然有一天，猴子们在山涧中洗澡，看着涧水奔流，猴子们开始好奇水的源头。于是拖男挈女，顺涧爬山，找到了源流之处，乃是一股瀑布飞泉，远通山脚之下，直接大海之波。

就在这时，有只猴子喊道：

那一个有本事的，钻进去寻个源头出来，不伤身体者，我等即拜他为王。（第一回 4 页）

连喊了三声，猴群里跳出来一个石猴，他自告奋勇，将身一纵，径跳入瀑布泉中。

作者说：

今日芳名显，时来大运通。

有缘居此地，天遣入仙宫。（第一回 4 页）

有缘居此地，天遣入仙宫？是因为居此地，才有入仙宫的机会吗？难道说，这花果山水帘洞，是快速进步的一个挂职锻炼通道？

石猴定眼一瞧，发现这瀑布后面别有洞天：瀑布后是一座石房，容得下千百口老小，不光桌椅板凳、锅碗瓢盆样样齐全，甚至还有几处绿植盆栽，正当中一块石碣上，镌刻着一行字：

花果山福地，水帘洞洞天。（第一回 4 页）

得，这地方原来是道教的一处洞天福地，大概率也是某个大神仙的飞升之地，不但旧房子、旧家具都留下了，连洞府的名字也留下了。石猴一看白得了一套宝地，他激动地跳出水外，笑呵呵地连喊了两声："大造化！大造化！"

石猴把情况一讲，众猴个个欢喜，于是不管胆大胆小，一个接一个又跟着石猴跳进了水帘洞。

刚进水帘洞后，群猴一个个抢盆夺碗，占灶争床，搬过来，移过去，正是猴性顽劣，再无一个宁时，只搬得力倦神疲方止。停止这场纷争的，又是石猴。他爬上高处对群猴喊道：

"列位呵,'人而无信,不知其可'。你们才说有本事进得来,出得去,不伤身体者,就拜他为王。我如今进来又出去,出去又进来,寻了这一个洞天与列位安眠稳睡,各享成家之福,何不拜我为王?"(第一回6页)

在石猴心里,自己就是英雄与侠义的化身,他得意扬扬地要求诸猴下拜称臣,这一股王者气质,也成功征服了群猴。群猴听见石猴这么说,没一个有异议,一个个序齿排班,朝上礼拜。石猴轻轻松松高登王位,将"石"字儿隐了,遂称美猴王,还分派了君臣佐使,开始把混乱无序的花果山,往政治化、正规化的方向去运作。

石猴称王,靠的是过人的能力和勇气,第一个跳进水帘洞,又跳了出来,在猴子的世界里,这就是赌上生命的一次人生投资。此时,石猴的成功经验是:社会地位取决于个人能力!在见到佛祖之前,这个信念,就是猴子为人处世的猴生信条!我本事大,凭什么不是我当老大呢?

就这样,美猴王无忧无虑地在花果山过了三五百年神仙日子。按理说,一只猴儿,混到这个份儿上应该知足了吧,但是美猴王是个有雄心壮志的。突然有一天,花果山开宴会,群猴都开开心心的,美猴王却独自掉起了眼泪。群猴一看,领导在

饭桌上哭了,连忙问:"我们在这儿自由自在,无拘无束,大王因何烦恼呢?"猴王说:

"今日虽不归人王法律,不惧禽兽威服,将来年老血衰,暗中有阎王老子管着,一旦身亡,可不枉生世界之中,不得久注天人之内?"(第一回6页)

大家一听,原来大王也怕死!

群猴一听,马上从欢快的宴会中回过神来,一个接一个跟着美猴王哭了起来。看到这丧气场面,一个通背猿猴居然大喜,他闪出来高喊道:

"大王若是这般远虑,真所谓道心开发也!如今五虫之内,惟有三等名色,不伏阎王老子所管。"

猴王道:"你知那三等人?"

猿猴道:"乃是佛与仙与神圣三者,躲过轮回,不生不灭,与天地山川齐寿。"

猴王道:"此三者居于何所?"

猿猴道:"他只在阎浮世界之中,古洞仙山之内。"(第一回7页)

这几句对话，信息量巨大，根据通背猿猴的表述，我们知道了：

首先，这世间的生命都属于"五虫"，佛、仙和神圣这三个特殊物种，也在五虫之内，和我们并没有本质差别！

而且，这三个物种，不伏阎王老子所管，能够躲过轮回，**不生不灭，与天地山川齐寿**！

最后，这三个物种，和凡人住的地方不太一样，他们住在阎浮世界之中，古洞仙山之内！

五虫是古人对动物的分类：**人类叫臝（luǒ）虫，兽类叫毛虫，禽类叫羽虫，鱼类叫鳞虫，昆虫类叫介虫**。所以，五虫就是天地之间所有生物的统称，这五虫是相对平等的。通背猿猴说，佛与仙与神圣也在五虫之内，这就说明，那些成佛、成仙、成圣的，其本质还是人、兽、禽、鱼、昆虫。换句话说，五虫地位平等，都可以成佛、成仙、成圣。

佛、仙、神圣居住在阎浮世界，那么，什么是阎浮世界呢？

按照《起世因本经》的说法，阎浮世界是须弥山南面的一个洲，洲里有棵树，名叫阎浮树，树下长金子，名叫阎浮檀金。相传，这阎浮檀金就是佛教最初用来塑造佛祖金身像的材料。而且阎浮还是梵语"赡部"的意译，所以对应到西游世界中，那阎浮世界指的自然应该是**南赡部洲**，至少，石猴是这么理解的,所以美猴王第一个寻访仙人的地方,就是南赡部洲。

须弥山王南面有洲,名阎浮提。其地纵广七千由旬,北广南狭,状如车箱,其中人面,还似地形……此阎浮洲,有一大树,名曰阎浮。其本纵广,七由旬,乃至枝叶覆五十由旬。而彼树下,有阎浮檀金聚,高二十由旬,以金从于阎浮树下出生,是故名为阎浮檀。阎浮檀金,因此得名。(《起世因本经》第一章)

于是,美猴王当即拍板,明天下山,求学:

务必访此三者,学一个不老长生,常躲过阎君之难。(第一回9页)

第二天,花果山群猴设宴送别,吃吃喝喝了一整天。到了第二天,猴王早早起床,扎了个筏子,漂漂荡荡,径向大海波中,趁天风,渡到南赡部洲地界。

第一次来到"大城市"的猴子改头换面,抢了一套衣服,扮成人样,摇摇摆摆穿州过府,开始了自己的南漂生涯。

猴王一心想着成仙,南赡部洲却处处在教他做人。

猴王串长城，游小县，摇摇晃晃地游历了八九年，连个神仙毛儿都没见着，只见到了形形色色的凡人。这帮人是个什么形象呢：

争名夺利几时休？
早起迟眠不自由！
骑着驴骡思骏马，
官居宰相望王侯。（第一回 9 页）

这人间啊，猴子看透了：**全是名利之徒**！猴王心里嘀咕：这帮人怎么每天想着升官发财，没一个想长生不老的？挣那么多，您这辈子花得完吗？

> **啊粥细说**
>
> 猴王的目标是追求长生不老，他当然无法理解，为什么人类社会要去追求功名利禄。虽然大多数凡人偶尔也会想想长生的事儿，但多数人还是认为，长生是不可能的，只能在有限的生命里，追求一刹那的辉煌和功名。

> 明朝罗教教主罗梦鸿也在他的《五部六册》中提到"阎浮四大部洲"一词与传统佛典略有异,甚至提出了成佛成仙就在人间的说法。
>
> 按照这种说法,阎浮世界自然就泛指人类世界,并非特指南赡部洲。
>
> 佛与仙与神圣都在五虫之内,又住在人类世界,所以这三个特殊物种本质上就是一群拥有特殊地位的凡人,简称"人上人"!通背猿猴让猴子去南赡部洲游历,就是告诉他:要想成仙,你得先学会做人!

虽然猴子悟性高,但是,从弼马温到齐天大圣,从大闹蟠桃会到大闹天宫,一心追求长生的美猴王,干的事儿,也无非就是"骑着驴骡思骏马,官居宰相望王侯"。花花世界名利场,进得来,可未必能出得去。从走出花果山那一刻起,猴子就应该知道:**所谓功名,就是上不去的天庭;所谓故乡,就是回不去的花果山。**

此时,还在人间游历的猴还只是个想做"人上人"的普通人。花果山的上位经验告诉他,要想有地位,先要有能力,所以他才说:

强者为尊该让我，英雄只此敢争先！

猴子认为，天庭上下，没一个比他能力强的，那这玉皇大帝的位子，可不就应该是我的吗？

"玉皇大帝"的由来

"玉皇大帝"的信仰，最早就是来源于中国的祖先们对天的信仰。

在周朝，就已经出现了**"昊天上帝"**说法，成为后来玉皇大帝的原型之一。南北朝时期，南梁陶弘景的《真灵位业图》是中国首部神谱，它将当时各种道教典籍中记载的近七百名神灵，按照"位业"划分为七个等级，使原本分散的神仙分班列次，神仙们各赋其职，构建了一个结构完备、等级森严的神仙谱系。其中每个等级都有一位居中的主神，两侧分别排列着翼神。这七位主神分别是：

玉清元始天尊，翼神二十九名

上清玉晨玄皇大道君，翼神一百零四名

太极金阙帝君，翼神八十四名

太清太上老君，翼神一百七十四名

九宫尚书张奉，翼神三十六名

右禁郎定禄真君茅固，翼神一百七十三名

酆都北阴大帝，翼神八十八名

其中，元始天尊有两位小弟，一个叫作"**玉皇道君**"，此时排在玉清三元宫右位第十一；另一位叫作"**高上玉帝**"，此时排在玉清右位第十九。一个"玉皇"，一个"玉帝"，大家从名字也能猜得出，这两位跟后来的玉皇大帝，一定脱不了干系。

到了中晚唐，玉皇大帝的名号再次开始频繁地出现在道教典籍和诗词歌赋当中。比如裴铏在《传奇》中就提到：

刘纲仙君之妻也，已是高真，为玉皇之女吏。

韦应物的：

逍遥仙家子，日夕朝玉皇。

韩愈的：

玉皇颔首许归去，乘龙驾鹤来青冥。

柳宗元的：

忽如朝玉皇，天冕垂前旒。

上述诗词，都曾提到玉皇大帝。尤其是李淳风在《太玄金箓金锁流珠引序》中说：

后圣太上老君称万道之君，号曰玉皇。

他通过把太上老君和玉皇大帝的形象合二为一的方式，把玉皇大帝送进了最高神的序列。后来《宋史·本纪第七》中记载了一则有趣的故事：

大中祥符元年春正月乙丑，有黄帛曳左承天门南鸱尾上，守门卒涂荣告，有司以闻。上召群臣拜迎于朝元殿启封，号称天书。丁卯，紫云见，如龙凤覆宫殿。戊辰，大赦，改元，群臣加恩，赐京师酺。

这就是发生在宋真宗时期著名的"天书"事件。据宋真宗自己解释，天书中记载的全是玉皇大帝对他的赞语。这事儿发生的四年前，也就是景德元年，宋真宗签订了澶渊之盟，四年后的春节,他自导自演了这起天书事件,又是大赦,又是改元,一通操作下来,成功地维护了自己统治的合法性。

《宋史·本纪第八》中就有关于玉皇大帝的几次记载:

大中祥符五年……十一月丙申,亲祀玉皇于朝元殿。

大中祥符六年……三月……乙卯,建安军铸玉皇、圣祖、太祖、太宗尊像成,以丁谓为迎奉使……五月……甲辰,圣像至。丙午,诏:圣像所经郡邑减系囚死罪,流以下释之。升建安军为真州。乙卯,谒圣像,奉安于玉清宫。

大中祥符七年……九月……丙戌,含誉星再见。辛卯,尊上玉皇圣号曰太上开天执符御历含真体道玉皇大天帝。

宋真宗通过祭祀、立像、封号这三步,赋予了玉皇大帝官方认可的地位。后来他的孝子贤孙宋徽宗又在尊号里加上"昊天"字样,改为"太上开天执符御历含真体道昊天玉皇上帝"。

这一举动让民间彻底炸了锅,重新激起了玉皇大帝和三清谁是至高神的一系列争论。

比如,支持三清的《太上灵宝净明洞神上品经》就说,玉皇大帝只是三清之下一位高级神明:

宇宙主宰之君，是为玉皇，承三清之命，察紫微之庭。

支持玉皇大帝的，则是另一本大名鼎鼎的经书——《高上玉皇本行集经》（后文简称《玉皇经》）。这本书可以说是玉皇大帝的"专属传记"。

往昔去世，有国名号光严妙乐。其国王者名曰净德。时王有后，名宝月光。其王无嗣……忽夜宝月光皇后梦太上道君与诸至真……太上道君安坐龙舆，抱一婴儿，身诸毛孔放百亿光，照诸宫殿，作百宝色……是时皇后心生欢喜，恭敬接礼，长跪道前，白道君言："今王无嗣，愿乞此子为社稷主。伏愿慈悲，哀悯听许。"尔时道君答皇后言："愿特赐汝。"是时皇后礼谢道君，而乃收之。皇后收已，便从梦归，觉而有孕。怀胎一年，于丙午岁正月九日午时诞于王宫。

按照这个故事，玉皇大帝原是光严妙乐国的王子。由于国王老来无嗣，某日皇后梦见太上老君抱着一个孩子，便问太上老君讨来了这个小孩，梦醒之后便发现自己已有身孕。一年后的正月初九，玉皇大帝出生了。

重要的是，这孩子天性仁爱，长大之后顺利即位，教化民众，后来离开王位，在**普明香岩山**中修道功成。经过三千二百劫，始证金仙，当上了清净自然觉王如来，又经亿劫才当上了玉皇大帝！《西游记》原著中如来佛说玉帝自幼修持，苦历过一千七百五十劫，这一番谎话，明显是来自《玉皇经》：

> 遂舍其国，于普明香严山中修道功成，超度过是劫已历八百劫，身常舍其国，为群生，故割爱学道。于此后经八百劫，行药治病，拯救众生，令其安乐。此劫尽已，又历八百劫，广行方便，启诸道藏，演说灵章，恢宣正化。敷扬神功，助国救人，自幽及显。过此已后，再历八百劫，亡身殒命，行忍辱，故舍己血肉。如是修行三千二百劫，始证金仙，号曰：清净自然觉王如来，教诸菩萨，顿悟大乘正宗，渐入虚无妙道。如是修行，又经亿劫，始证玉帝。

《玉皇经》问世之后，玉皇大帝在民间信仰的推崇下，坐稳了三界最高神的位子。不过有意思的是，《玉皇经》中关于玉皇大帝成仙的故事，虽然是借道教之口讲述的，却以释迦牟尼成佛的故事当作蓝本。

这一幕非常有意思，在玉皇大帝走到高位的过程中，在某种程度上真的可以说是靠佛教力量实现的，历史给我们留下的伏笔，以另外一种形式，奇妙地呈现在了《西游记》原著的故事里。

那么，积怨已久的玉皇大帝为什么直到如今才想起来动手呢？

> **啊粥细说**
>
> 在西游宇宙中，道教才是天庭里真正的实权派。作为道教出身的玉皇大帝，虽然形象是道家赋予的，比如历经一千七百五十劫，苦修成为三界共主，这种故事能够激励诸君努力修行，但我们细看原著，玉皇大帝只是道家推出来的一个名义上的领导者。以太上老君为代表的道教首脑，试图通过各种工作流程和工作条例，限制玉皇大帝的权力，连车迟国的三个野生妖怪，都可以通过五雷法，拘唤玉帝下旨降雨。
>
> 身为名义上的三界共主，玉帝为了摆脱束缚，成为真正的三界共主，决定联手灵山，打压道教，这很有可能是西游故事背后隐藏的暗线。

石猴的秘密

在《西游记》的世界观中，世界被划分为四大部洲，其中西牛贺洲是佛教的地盘，北俱芦洲是真武大帝的地盘，南赡部洲是佛道之争的焦点，那东胜神洲呢？

后来，如来在盂兰盆会上对东胜神洲给予高度评价，称其敬天礼地、心爽气平。为什么如来要把东胜神洲夸得比自己的西牛贺洲还牛呢？对于如来而言，只有一个上级，需要给予相当的礼遇，那就是名义上的三界共主——玉皇大帝。

前面我们讲，孙悟空发现水帘洞时，原著的评价是：

有缘居此地，天遣入仙宫

这是后来通行的李评本的说法，在世德堂本原著里，原文其实是：

有缘居此地，王遣入仙宫

一个天，一个王，一字之差，意义变化巨大。天是谁不好说，但这王是谁，恐怕除了玉皇大帝，没有第二人选。也难怪东胜神洲地理环境优越，生态保护良好，时不时还有龙族出入，有玉皇大帝作为背景，这东胜神洲的所谓十洲之祖脉，三岛之来龙，确实是说得过去的。

东胜神洲，大概率就是玉皇大帝本人的发家之地，那花果山福地，水帘洞洞天也是玉帝飞升之后，留给家乡后来人的。

花果山顶上有一块孕育着生命的石头，玉帝知道，这石头即将诞下一只石猴，玉帝也知道，石猴出世之后，惊动了整个天庭，但是玉帝故意表现得云淡风轻，这背后，恐怕大有文章。

想要走上高位，取得灵山支持只是增加了胜算，但是具体用什么方案、做什么项目，还是要玉帝自己想对策。历史上，适合执行这类任务的角色至少要具备两个条件：**能力强、背景浅**。纵观三界，既能挑战三清，又不会被道教拉下水，还不会落人口实的人选，有吗？还真有一位：二郎真君，不过此时，玉帝还不太想用他，这个我们后面再聊。

与其费尽心思去找适合的人选，不如自己养一个。所以我们看到，通背猿猴处心积虑地出现在猴子身边，一步步引导猴子，走上了玉皇大帝早已为他铺好的路。后来的取经计划，是对地方势力的定点清除，在执行这一计划之前，内部派系整顿要率先完成，这一派系斗争的关键事件便是——大闹天宫。

唯有通过大闹天宫，玉皇大帝才能名正言顺地召开安天大会，光明正大地联合佛教力量；也只有经过大闹天宫，取经计划才能得到三界支持、十方拥护。

总之，一边是雄心勃勃的业内新秀，另一边是图谋实权的老牌王者，天雷勾地火，猴子为主角，这场大闹天宫的大戏就此拉开。

玉帝究竟是怎么布局大闹天宫的，猴局长在这场斗争中又扮演了何种角色呢？

第二章 学艺三星洞

一路向西

孙悟空的一生有两次西游。第一次西游是自度,为的是**求学**;第二次西游是度人,为的是**成佛**。但这两件事儿,其实是殊途同归,说到底都是同一个目的——长生。

长生是猴子的梦想,想当初,离开花果山之前,通背猿猴告诉他:

"乃是佛与仙与神圣三者,躲过轮回,不生不灭,与天地山川齐寿。"……"只在阎浮世界之中,古洞仙山之内。"(第一回7页)

猴子一听,想都没想,大手一挥,当即决定下山找神仙,求长生!但是,通背猿猴"一没给地图,二没给画像"。神仙为何能长生?神仙到底长啥样?神仙应该去哪里寻?这些问题,猴子是一概没问。所以猴子在南赡部洲漫无目的地走了八九年,愣是连一根神仙毛都没见着,见到的都是些"骑着驴骦思骏马，官居宰相望王侯"的凡夫俗子！

好在猴子聪明，他知道，这帮凡人，不符合神仙标准！神仙，那是要琢磨怎么长生不老的！

眼看着南赡部洲的路走到了尽头，一片汪洋大海再次浮现在眼前。猴子想都没想，二话不说再次扎起筏子，义无反顾地下了水，直奔西牛贺洲而去！一路向西，这就是猴子的命！幸亏，皇天不负有心人。这次，猴子一登陆就看见一座高山秀丽，林麓幽深。这座山是：

枯藤缠老树，古渡界幽程。

修竹乔松，万载常青欺福地；奇花瑞草，四时不谢赛蓬瀛。（第一回9页）

古洞！仙山！要素齐了！

想成仙，得入心门

且说猴子在山里刚走了没两步，神仙就自己送上门了。只听得林深之处，有人唱歌，唱的是：

观棋柯烂，伐木丁丁，云边谷口徐行。

卖薪沽酒，狂笑自陶情……更无些子争竞，时价平平。

不会机谋巧算，没荣辱，恬淡延生。

相逢处，非仙即道，静坐讲《黄庭》。（第一回9页）

这首歌的歌词，大意就是两个字：不争！

猴子一听，心里立马乐开了花，自言自语道："神仙原来藏在这里！"于是他满心欢喜，连忙跳进林子里仔细观看，原来是一个砍柴的樵夫。这樵夫，头戴箬笠，布衣草鞋，一看就不像个俗人。

猴子很有礼貌，主动近前叫道："老神仙！弟子起手。"

那樵夫吓得一激灵，慌忙丢了斧子，转身答礼道："不当人！不当人！我拙汉衣食不全，怎敢当'神仙'二字？"

猴子一挠头，不明白了："你不是神仙，如何说出神仙的话来？"

没想到，那樵夫也蒙了，反问道："我说甚么神仙话？"

猴子说："刚听你说的：'相逢处，非仙即道，静坐讲《黄庭》。'《黄庭》乃道德真言，非神仙而何？"

大家看，胎教肄业的猴子，居然如此博闻广记，果然是在南赡部洲学得人模人样！猴子学会了做人，这究竟是好事还是坏事呢？我们接着看。

第二章
学艺三星洞

那樵夫哈哈一笑说:"实不瞒你说,这个词名做《满庭芳》,乃一神仙教我的。那神仙与我舍下相邻,他见我家事劳苦,日常烦恼,教我遇烦恼时,即把这词儿念念,一则散心,二则解困。我才有些不足处思虑,故此念念。"

猴子一听,反而来了个灵魂拷问:"你家既与神仙相邻,何不从他修行?学得个不老之方,却不是好?"

那樵夫说:"我一生命苦:自幼蒙父母养育至八九岁,才知人事,不幸父丧,母亲居孀。再无兄弟姊妹,只我一人,没奈何,早晚侍奉。如今母老,一发不敢抛离……供养老母,所以不能修行。"

樵夫说完,给猴子指了条明道:"此山叫做灵台方寸山。山中有座斜月三星洞。那洞中有一个神仙,称名须菩提……你顺那条小路儿,向南行七八里远近,即是他家了。"

啊粥细说

灵台,本来是指人体的一个穴位,这个穴位在脊椎第六节,正好与心脏相对应。

方寸,出自《列子·仲尼》:**吾见子之心矣,方寸之**

> 地虚矣。
>
> 　　斜月，是捺钩，三星为三点，组合起来恰好是一个"心"字。
>
> 　　所谓灵台方寸山，斜月三星洞，说白了就是心山、心洞。

　　猴子顺着樵夫指的路，欢欢喜喜到了那去处，却发现洞门紧闭，静悄悄杳无人迹。猴子看见一座石碑，碑上写的果然是——灵台方寸山，斜月三星洞。和大家印象不同的是，这石碑三丈余高，八尺余阔，搁到今天，估计得有十多米，足足三层楼高！猴子一定会想，这里面的人连三层楼高的石碑都搬得动，拿我一条猴命岂不是易如反掌？所以猴子虽然徒步十万里，横渡两大洋，刚刚见着樵夫还敢主动上前行礼，看到这巨大的石碑以后，就被吓得犹犹豫豫，不敢敲门了。为了缓解焦虑，猴子于是自跳上门口的松树，摘松子去了！

　　结果，松子皮儿还没剥开，洞门开了！里面走出来一个仙童，是丰姿英伟，相貌清奇，比寻常俗子不同。这仙童并不客气，怒斥猴子："甚么人在此搔扰？"

猴子不敢不客气，跳下树来，毕恭毕敬地弯着腰，上去就给人赔礼道歉。结果那童子会心一笑，反手就玩了把神秘："我家师父正才下榻，登坛讲道，还未说出原由，就教我出来开门，说：'外面有个修行的来了，可去接待接待。'想必就是你了？"

闭门羹、十米碑、预言术、下马威，这神仙还没露面呢，一套丝滑小连招就把猴子给骗得五迷三道，收拾了个服服帖帖。

猴子整衣端肃，跟着那童子径入洞天深处，穿过一层层深阁琼楼，一进进珠宫贝阙，好不容易来到瑶台之下，见到菩提祖师的时候，猴子倒身下拜，连连磕头，玩命地磕，口中只道："师父！师父！我弟子志心朝礼！志心朝礼！"

菩提祖师的教育，就要开始了。

南赡部洲教会了猴子如何成为一个普通人。而菩提祖师则教会了他一条如何超越凡人，掌握超凡入圣的途径。

那么，菩提祖师究竟传授了什么呢？

卧室秘传

菩提祖师对猴子的教育，分为三层：

认知层：让猴子琢磨琢磨，**你是谁**。

目标层：让猴子定一个目标，**你要干什么**。

行动层：让猴子想清楚，**你该怎么干**。

为了帮助猴子搞清楚自己是谁，菩提祖师对猴子的教育，是从起名开始的。按菩提祖师的说法：

"猢"字去了个兽傍，乃是个古月。古者，老也；月者，阴也。老阴不能化育，教你姓"狲"倒好。"狲"字去了兽傍，乃是个子系。子者，儿男也；系者，婴细也。正合婴儿之本论。所以，"孙"这个字代表的就是初生的婴儿。

悟空，是佛教的最高境界，是佛教认为的人类能解脱苦海的唯一方法。

大家看，孙悟空这个名字蕴含的意义便是从零开始，走向无敌！换句话说，孙悟空，你是被选中的人！菩提祖师在这个名字中寄予了他的至高理想，但菩提祖师对孙悟空的教育，自始至终都没有提到善恶与边界的问题。实际上，悟空和菩提祖师，是互相成就的关系，这个我们放到后面再聊。

第二章
学艺三星洞

给猴子起完名儿,就算办完了入学手续,菩提祖师没有多说什么,一甩手就给孙悟空安排了个扫地僧的活儿。接下来,猴子每天的生活,除了讲经论道、习字焚香,还要扫地锄园、养花修树、寻柴燃火、挑水运浆。

日子就这样一天天过去,转眼过去了七年。

七年后的一天,菩提祖师举行了一场公开课,讲得天花乱坠,地涌金莲。说一会道,讲一会禅,三家配合本如然。看起来干货满满!猴子听得异常兴奋,在台下抓耳挠腮,眉开眼笑,忍不住手舞足蹈。

菩提祖师一看,是时候该进行下一步了,于是祖师主动问孙悟空:"'道'字门中有三百六十傍门,傍门皆有正果。不知你学那一门哩?"

孙悟空一拍胸脯:"凭尊师意思,弟子倾心听从。"

祖师问:"我教你个'术'字门中之道(摆摊算卦),如何?"

孙悟空反问道:"似这般可得长生么?"

祖师倒是也老实说:"不能!不能!"

孙悟空说:"不学!不学!"

祖师又问:"我教你个'流'字门中之道(朝圣念经),如何?"

孙悟空反问道:"似这般可得长生么?"

祖师说:"也似'壁里安柱'。人家盖房,欲图坚固,将墙壁之间,立一顶柱,有日大厦将颓,他必朽矣。"

孙悟空说:"也不长久。不学!不学!"

祖师又问:"教你'静'字门中之道(参禅打坐),如何?"

孙悟空反问道:"这般也得长生么?"

祖师说:"也似'窑头土坯'。就如那窑头上,造成砖瓦之坯,虽已成形,尚未经水火煅炼,一朝大雨滂沱,他必溢矣。"

孙悟空说:"也不长远。不学!不学!"

祖师又问:"教你'动'字门中之道(采药炼丹),如何?"

孙悟空反问道:"似这等可得长生么?"

祖师说:"亦如'水中捞月'。月在长空,水中有影,虽然看见,只是无捞摸处,到底只成空耳。"

孙悟空说:"也不学!不学!"

第二章 学艺三星洞

> 啊粥
> 细说

　　菩提祖师连续四次明知故问，相当有趣。孙悟空摆明自己要学长生之术，菩提祖师嘴上说要教他一些真本事，但每次介绍完这些本事，还一定要附上这种法门的弊端，这是为什么呢？摆明了就是不希望孙悟空学这几种旁门左道。

　　实际上，在后来的西游路上，沉迷修炼的大有人在。

　　比如，黑熊精和他的同伴们，练习的是**立鼎安炉，抟砂炼汞，白雪黄芽，傍门外道**。根据菩提祖师的分类，他们练的就是"动"字门。所以这黑熊精也能修炼出些真本事，只是传授给金池长老一点小法术，就让他活了二百七十岁。

　　再如，车迟国这三位，就凭云梯显圣、断头再续、剖腹剜心、油锅洗澡这些杂技，也能混到一定的地位。原著也说他们是：**脱得本壳，却只是五雷法真受，其余都躧（入）了旁门，难归仙道**。都练到脱了本壳，才被人揭穿练的是邪门歪道，指不定就是哪个野鸡学院毕业的，观众是值了票价，这三位却实打实地为艺术献身了。

　　那么，三星洞一定就是教真本事的地方吗？也不尽然。从结果来看，悟空就是菩提手下最有出息的弟子，也是唯一叫得出名号的。而菩提祖师传授真本领的方法是——开后门！菩提祖师身体力行地告诉悟空，课堂上的东西，兴许有点用，但真本事，还得在卧室里教。

上述这一系列对话的目的，并不是试探孙悟空能否做出正确选择，反而是在告诉他：上述四种方法虽然各有功效，但都不长久，不是正途，不可参考。要想学到真本事，仅靠听几堂课是不够的，还得私下求教才行！郭靖是洪七公的弟子，鲁有脚也是洪七公的弟子，有时候事情就是这样，并不是你领导不行，也不是你资质不好，而是你学艺的地方可能不太对。

在连续拒绝了祖师四次以后，菩提祖师勃然大怒。

刚才说悉听教诲，这会儿却在这儿挑三拣四！于是祖师走上前，用戒尺在悟空头上连敲三下，头也不回地离开了！

众师兄弟正要抱怨，说猴子气走了师父，悟空眼珠一转，早已明白其中含义：**夜半三更，后门秘传！**

当晚，孙悟空眼巴巴地看着夜幕降临，如约来到后门，果然看见师父给自己留了门。悟空大喜过望，蹑手蹑脚地进了门，就听见师父自言自语道：

"难！难！难！道最玄，莫把金丹作等闲。不遇至人传妙

诀,空言口困舌头干!"(第二回 19 页)

这话再次暗示:孙悟空,你是被选中的人,你就是那个"至人"。

孙悟空应声跪倒,菩提祖师照例又来了个欲擒故纵。但是这次,孙悟空自信地说:"这地方没别人,您就赶紧说了吧!"祖师会心一笑:咱爷儿俩,还真是有缘哪!然后祖师就给孙悟空开了小灶,讲起了长生秘诀。这秘诀很有意思:

显密圆通真妙诀,惜修性命无他说。都来总是精炁神,谨固牢藏休漏泄。休漏泄,体中藏,汝受吾传道自昌。口诀记来多有益,屏除邪欲得清凉。得清凉,光皎洁,好向丹台赏明月。月藏玉兔日藏乌,自有龟蛇相盘结。相盘结,性命坚,却能火里种金莲。攒簇五行颠倒用,功完随作佛和仙。(第二回 19 页)

尤其是最后两句:

攒簇五行颠倒用,功完随作佛和仙。(第二回 19 页)

功完随作佛和仙?黑熊精那哥儿仨想成佛,车迟国那仨道士想成仙，但他们练的都是旁门左道，到头来也没有成佛成仙，反而是黑熊精，靠着自己日复一日的虔诚，认了观音当师父。菩提祖师最后这句口诀说得很明白，真正的长生之道，既能成佛，也能成仙，成佛成仙之路，本质上是通的。

那么，孙悟空成仙了吗？恰恰相反，在菩提祖师的悉心教导下，猴子，成妖了！

佛性无南北

《六祖坛经》开篇讲了这样一个故事，说慧能法师到宝林寺之后，当地的刺史就带领一众官员登门拜访，邀请大师进行一次游学讲座，以便聆听佛门智慧。慧能倒也没客气，登台就座，张口便是十六字真言：菩提自性，本来清净，但用此心，直了成佛。

大师不愧为大师，言简意赅，直切主题，既深奥又朴素！眼瞅着台下的官员准备起身鼓掌时，慧能话锋一转，讲起了自己求佛的心路历程。

原来，慧能大师小的时候也曾有过一段坎坷的经历，父亲早逝，只留下他和母亲相依为命，靠卖柴为生。有一天，慧能给人上门送柴时，无意中听到有人诵读《金刚经》，慧能

第二章
学艺三星洞

听了瞬间开悟，转身就问：客从何处来啊？那人告诉他，蕲州黄梅县东禅寺有个五祖弘忍大师，我就是从那儿听的经。慧能感叹，自己飘零半生，可惜未逢明主！就在这时，恰巧有人资助慧能十两银子，让他安顿好老母，前往黄梅县参拜禅宗五祖弘忍。慧能大喜过望，安顿完母亲以后，就抵达了黄梅县。

慧能见到弘忍大师，弘忍问他："汝何方人？欲求何物？"

慧能说："弟子是岭南新州百姓。远来礼师，惟求作佛，不求余物。"

没想到，弘忍反问了一句："汝是岭南人，又是獦獠，若为堪作佛？"

慧能灵光一现，便留下了那句大名鼎鼎的话："人虽有南北，佛性本无南北！"

弘忍本想跟慧能深入交流，无奈身边弟子众多，人多眼杂，于是弘忍索性让慧能去后院，干起了劈柴舂米的老本行。这一干，就干了八个多月。

后来慧能大师是怎么得到禅宗五祖弘忍衣钵真传的呢？答案可能出乎你的意料，慧能大师之所以能够号称六祖，也是五祖弘忍半夜三更，后门秘传！慧能大师受衣钵的事件，就是孙悟空半夜学艺的故事原型。

五祖弘忍曾说："世人生死事大，汝等终日只求福田，不求出离生死苦海。自性若迷，福何可救？"

这话说得很明白，生死是一种自然法则。如果只是在既定的规则之内寻求庇护，积攒功德，并不能解决根本问题。若要彻底脱离苦海，必须跳出这生死的游戏规则！

换句话说，想要跳出生死的游戏，就要学会质疑规则、理解规则、利用规则，乃至重新定义规则。只有真正理解了世界的运行法则，才能领悟"天道"，否则就是迷了自性。

《天道》里，王志文有段台词：

众生没有真理真相，只有好恶，所以，你就有了价值。觉悟天道，是名开天眼，你缺的就是这双眼睛，你需要的也是这双眼睛，是一双剥离了政治、文化、传统、道德、宗教之分别的眼睛，然后再如实观照政治、文化、传统，把文化、道德颠倒了的真理真相再颠倒回来。

这段话的核心，也是"颠倒"二字。

第二章 学艺三星洞

啊粥细说

在西游世界中，神仙是由儒释道三家构成的上层统治阶级，他们负责制定规则，并维护规则。神仙们享受着龙肝凤髓、琼浆玉液，对于吃喝玩乐已经没有太多追求了，整天都在琢磨怎么维护既得利益，神仙们玩儿的都是政治、文化、道德、宗教，这些凡人以为天然就存在的东西。凡人不知道，这些事物，恰恰是由神仙们定义出来，并深入骨髓地植入普通人脑海里的思想钢印。

比凡人悟性高一点的是妖魔，妖魔能感受到规则的存在，他们中运气好的，一方面充当着神仙们的"黑手套"，另一方面对更下层的凡人掠夺资源，彼此之间争夺地盘，野蛮扩张。有一部分妖魔的野蛮扩张，得到了上层神仙的认可，也合法地被纳入既定的体系中。神仙招安妖魔的方法有很多，比如给他们一个名号，承认他们统治的地盘，甚至再适时地给一些封赏。

虽然凡人是被掠夺的对象，但是凡人也有自己的生活乐趣，他们生活在神仙们定义的道德和宗教的规则下，生活在被妖魔掠夺的恐惧之中，每天以祭祀和供奉为主要的生活方式，只要能威胁到凡人安全的，不论是妖魔还是神仙，都值得供奉。

因此，在孙悟空的成长经历中，从猴到人，让他学会了质疑规则；从人到妖，让他学会了理解规则；从妖到仙，让他学会了利用规则；从仙到神/佛，让他学会了定义规则。悟空从猴到妖是进步，也是他成神的必经之路！

菩提祖师说的"**颠倒**"，究竟是什么意思？菩提祖师就是在告诉孙悟空，一定不要迷信任何一种学说，而是要辩证地、双向展开地看待万事万物，才能让世间万物为我所用，成为真正的神。

因此，南赡部洲教给了悟空做人的道理，菩提祖师则全部跟南赡部洲反着来，教给了他一些"**邪门歪道**"。这些教导，始于祖师的"**后门秘传**"。

在西游世界里，成妖是个身体素质问题，可以纯靠修炼；成仙却是个社会问题，不但要获得编制，而且要官方的实名认证。成仙就约等于长生，所以西游世界中的长生，不仅是身体素质问题，还是社会问题。你光身体素质好、能活几百年，那可不行，还照样被阎王惦记上，就算过了阎王爷这一关，还要靠蟠桃、人参果这些东西续命，才能获得真正的长生。蟠桃从哪儿来呢？天庭发的。

此时此刻，菩提祖师传授给悟空的长生术，主要解决的是身体素质问题，大概率就是一套能延年益寿的广播体操，能有效抵抗衰老,延长自然寿命,保你不会自然死亡。但是非正常死亡呢?

后来即使孙悟空**既通法性,会得根源,已注神体**,生死簿上仍然写着:**天产石猴,该寿三百四十二岁,善终**,照样会被阎王爷按时勾魂。这说明,地府看似众生平等,实际上是统治者操纵凡人生死的办公室。在地府,阎王让你二更死,你就活不到三更!时间一到,你不体面,阎王爷自会帮你体面。

由于地府系统的存在,任何延长寿命所做的努力,不管是修炼长生术这种锻炼身体的办法,还是吃丹药这种保健品,都毫无意义!

所以,在孙悟空出发之前,通背猿猴其实压根就没提什么长生诀、保健品。人家说得很明白,佛与仙与神圣,能躲过轮回,不生不灭,与天地山川齐寿。这群人,能躲过阎君之难,不伏阎王老子所管!所以说到底,你首先得彻底摆脱阎王爷的控制,才能解决社会性死亡的问题,跨入"长生不老"的门槛。

那么,应该如何"躲过阎君之难"呢?菩提祖师给了孙悟空一个答案——七十二变。

三灾之难

啊粥细说

菩提祖师这个名字,来源于佛陀十大弟子之一的须菩提。

相传,须菩提是古印度拘萨罗国舍卫城长者鸠留之子,他智慧过人,号称"解空第一"。《增一阿含经》就说他:

恒乐空定,分别空义……志在空寂,微妙德业。

《西游记》原著中,菩提祖师给孙悟空的长生秘诀第一句就说:

显密圆通真妙诀。(第二回 19 页)

显密指的是显教和密教,这是佛教中的两个分支。从这一句来看，菩提祖师具有佛教背景的说法得到了一些验证。

密教，也称为密宗。密教尊奉法身佛大日如来，认为释迦牟尼只是他在某一时期的一个化身。所以他们的教义内容神秘，不许公开，只能秘密传授。菩提祖师传授给孙悟空的长生秘诀，可以理解为一种秘密传授的真言咒语。

显教与密教相对，泛指除密教之外的其他佛教流派。他们尊奉释迦牟尼，教义清晰明了，可以向大众传播。典型的例子便是禅宗。

有人认为，虽然禅宗和密宗在形式上大相径庭，本质却是相通的，所以禅宗也被称为"**显中之密**"。比如冯达庵大阿阇黎说：

"禅密两宗，皆一乘教。息脑运心，宗要无异，上求下化，宗趣攸分。悟则恒相资，迷则每相争。"

所以自魏晋南北朝开始，中国就出现了一种特殊的修行方式，叫作**禅密圆融**。菩提祖师所谓的**显密圆通**正是体现了这种修行理念。

须菩提本人可以说是显教中最重要的人物，他在《道行般若经》中出现了六百零七次，在《放光般若经》中出现了一千七百六十九次，在《光赞经》中出现了六百二十五次，在《摩诃般若波罗蜜经》中出现了两千六百七十二次，在《金刚般若波罗蜜经》中出现了六百九十五次。同时，须菩提也是密教的重要人物，密教典籍《大威德陀罗尼经》就说他"无有上、精进三昧"，比其他大乘佛教的评价都要高。

综上所述，《西游记》原著中的菩提祖师也是一个既有禅宗色彩，又有密宗色彩的形象。比如，他磨炼孙悟空七年，用当头棒喝促使他开悟，教的就是禅宗提倡的顿悟思想；他半夜秘传，传授真言咒语，用的又是密宗的教育方法。

但是，须菩提后来在密宗中逐渐被边缘化，让位于五佛四菩萨等人。或许这就是《西游记》原著中常伴佛祖左右的是四大菩萨、十八罗汉、阿傩迦叶，却迟迟不见须菩提身影的原因吧。

菩提祖师有佛教背景，这是基本可以肯定的，但是菩提祖师又有强烈的道教色彩。原著就说他是：

大觉金仙没垢姿，西方妙相祖菩提。（第一回 12 页）

所谓大觉金仙、西方妙相都是佛教形象。但是，形象仅仅代表了所属阵营，并不影响他在原著里是一位儒释道兼通的哲学巨人。

他给徒弟们讲课就是：

说一会道，讲一会禅，三家配合本如然。（第二回 15 页）

《西游记》之所以如此设计，是因为在作者眼里，修炼的根本方法就是惜修性命无他说，也就是内丹术所谓的性命双修。

自宋代以来，受三教合一思想的影响，**内丹术**认为道教的成仙和佛教的成佛本质上是同一回事儿，修炼方法都是内丹。所以，《西游记》无论是在剧情设计还是在思想上，都处处隐喻着内丹修行。

上一回我们提到，孙悟空被认为是玉帝造的，所以他的教育问题自然也应该由玉帝解决。为什么玉帝选中菩提祖师作为猴子的启蒙老师呢？

第一，菩提祖师有能耐。所谓解空第一，这意味着他达到了勘破世间真相的最高水准。

第二，菩提祖师有佛教背景。玉帝的核心诉求是不受束缚，扬佛抑道符合现阶段玉帝的根本利益，因此，为了培养孙悟空这么一根独苗，一个佛教出身的启蒙老师，对玉帝而言是非常有必要的。

第三，也是最重要的一点，菩提祖师是一个在佛教中被边缘化的人物，这使得他更容易被团结。

玉帝将孙悟空托付给须菩提，目的就是让孙悟空经历从猴到人，从人到妖的过程，让猴子亲自体验三界的规则，然后，再教给他对付阎王爷的本事！说白了，就是玉帝希望猴子能明白：真正的长生不老之术，是要靠拳头打出来的！

就这样，在菩提祖师的教导下，猴子开始了身体素质层面的长生术修炼，同时，菩提祖师也在用诸如"卧室秘传"这样世俗意义上"邪门歪道"的方法告诉猴子，不必遵守现世的规则，要跟随自己的心。

在这个过程中，祖师还不断地提醒悟空，世界是很可怕的。要千万记得防备三灾哦！这三灾，那可是相当厉害！

第一灾，五百年后，天降雷灾打你……躲得过，寿与天齐；躲不过，就此绝命。

第二灾，再五百年后，天降火灾烧你。这火……唤作"阴火"……五脏成灰，四肢皆朽，把千年苦行，俱为虚幻。

第三灾，再五百年，又降风灾吹你……这风……唤作"赑风"。自囟门中吹入六腑，过丹田，穿九窍，骨肉消疏，其身

第二章
学艺三星洞

自解。(第二回 20 页)

孙悟空一听,顿时毛骨悚然,立马主动跪求躲避三灾之法。

没想到,菩提祖师到这会儿还在玩欲擒故纵呢,非说猴子不是人,少个腮,没法学!孙悟空连忙解释:"我虽少腮,却比人多这个素袋,亦可准折过也。"

菩提祖师一听,好家伙,还能这么狡辩是吧,不愧是我喜欢的猴儿。于是,祖师传授了悟空七十二变之术。看来,这躲天灾的标准卡得也不是很严嘛!孙悟空是一窍通时百窍通,当时习了口诀,自修自炼,将七十二般变化都学成了。

其实那所谓的三灾,就是菩提祖师在暗示,就算你本领再强,也总有更强大的组织收拾你。什么天打雷劈、阴风入脑,就是你变强以后的麻烦,这是一定会发生的,是不以个人意志为转移的。实际上,在大闹天宫之后,孙悟空确实见识了这三灾的威力。

那么,用七十二变如何对抗"三灾"呢?菩提祖师传授给孙悟空的七十二变,还包括能分身的**身外身法**和把身体巨大化的**法天象地**等。所谓一窍通时百窍通,这七十二变看似是变化技能,其实处处藏着杀招儿!由于疯狂惹事儿,悟空的"三灾"时刻比菩提祖师预料的要早很多。悟空在大闹天宫阶段,也为我们展示了对抗三灾的真正内涵，说白了，对抗三灾靠的还得是一双铁拳。

定生不良

转眼间又是春归夏至，有一天，悟空跟师兄弟们在松树底下聊天讲法，突然就有人提起了七十二变。众兄弟都眼馋，一起哄，孙悟空立马就来劲了，捻着诀，念动咒语，摇身一变，就变作一棵松树。大伙儿正鼓掌呢，菩提祖师突然出现在了身后，一看这场面，破口大骂："修行的人，口开神气散，舌动是非生……我问你：弄甚么精神，变甚么松树？这个工夫，可好在人前卖弄？假如你见别人有，不要求他？别人见你有，必然求你。你若畏祸，却要传他；若不传他，必然加害：你之性命又不可保。"

师父说完，当场就要把孙悟空逐出师门。悟空满眼垂泪问道："师父，教我往那里去？"菩提祖师反问道："你从那里来，便从那里去就是了。"

孙悟空瞬间醍醐灌顶，顿然醒悟道："我自东胜神洲傲来国花果山水帘洞来的。"

孙悟空被赶走，与其说是一场意外，不如说菩提祖师一直

第二章
学艺三星洞

在等。大部分人的最开始的教育都是从善恶观开始的,《三字经》第一句就是"人之初,性本善"。

然而,随着年纪渐长,我们会发现,世界上大多数接近真理的道理往往凭借生活经验就能获得。那么问题来了,如果"人之初,性本善"是真的,这句话还需要两千多年来一代一代的父母师长一直挂在嘴边念叨吗?

谁不知道,人不吃饭就会饿死?

谁不知道,天冷了要多穿衣服?

所以善和恶是天道吗?在凡人的世界里,或许是,但是在菩提祖师眼里,未必如此。他在给悟空传道授业的时候,既没有讲《三字经》,也没有嘲笑他想要长生不老的梦想。如今的孙悟空年轻气盛,一身本领,但他曾经在南赡部洲学到的凡人道德观,却也被菩提祖师颠覆了个干净。

祖师太害怕猴子受到南赡部洲凡人观念的影响了,甚至在猴子离开之前,菩提祖师都一口咬定:"你这去,定生不良。"这是警告吗?一个疼爱你的老师,会指着你的鼻子说,你这货以后一定不是个好人?恰恰相反,祖师通过这句话,就给猴子种下了一个心锚,祖师告诉悟空:"凭你怎么惹祸行凶,却不许说是我的徒弟。你说出半个字来,我就知之,把你这猢狲剥皮剉骨,将神魂贬在九幽之处,教你万劫不得翻身!"

祖师这是干吗呀?这就是在告诉猴子:

第一，惹祸行凶的事儿，我知道你会干，所以你随便干。

第二，干完以后，别把我供出来就行。

这句话和前面的"定生不良"遥相呼应。打破三界规则这件事，注定是一段孤独的旅程。就像电影《让子弹飞》里面，鹅城中有志的麻匪多的是，愤怒的群众更是数不胜数，但真正能喊出"枪在手，跟我走"，最后坚持马头朝左的，只有张牧之一个。正所谓众生没有真理真相，只有好恶。

无论是菩提祖师还是玉皇大帝，他们登上权力巅峰的那一刻，就已经成了规则之内的一部分，而真正能够打破规则的人，不能被规则之内的任何一方轻易束缚，他必须跟规则本身毫无瓜葛！

所以菩提祖师跟孙悟空的对话，不是在驱逐他，反而是在跟他告别：此后的路，注定要你一个人走了！

细看《西游记》原著我们会发现，在取经之前，孙悟空半字未提菩提祖师的身份，但在取经路上，灵台方寸山却屡屡出现在他的"长诗小名片"里，毕竟所谓"不良"的事儿干完了，对菩提祖师的保密协议也便失去了意义。

那么，孙悟空这一去，到底是怎么**定生不良**的呢？菩提祖师的教育方式又是如何影响了孙悟空后来的决策逻辑呢？

> 啊粥细说

我们展开讨论一下，三星洞对于孙悟空来说，到底是一个什么样的存在呢？我开篇提过，所谓**灵台方寸山，斜月三星洞**，说白了其实就是**心山、心洞**。

《楞严经》前面两篇有两个典故，一个叫"七处征心"，另一个叫"八还辨见"：

七处征心，说的是心不在身内，但是心又在万事万物之中，随物而动。

八还辨见，说的是"所见之境可还，能见之性不可还"，本质上，讲的还是"悟空"的一种手段。

征心，就是找心，"征"在这里是找的意思。简单来说，阿难**七处征心**的结果，就是发现人没有自己的心；**八还辨见**的结果，就是五蕴皆空，方能见性。

我们再来看这灵台方寸山，斜月三星洞。猴子一通好找，好不容易找到了这**心山、心洞**，而正是在这里，猴子被菩提祖师命名为**悟空**，这不就是在说明，"**悟空**"的前提，是"**征心**"吗？

悟空求艺这个故事，居然暗合了《楞严经》的推导逻辑，真是让人赞叹不已。

第三章 成妖之路

从灵台山到凌霄殿

玉帝走向高位之路，是《西游记》重要的暗线剧情。

龙王爷见玉帝，是**丘弘济**引见的；**阎王爷**见玉帝，是**葛仙翁**引见的。后来的取经路上，**张道陵、葛仙翁、许旌阳、丘弘济**这四大天师的权力包括但不限于：

引见接待

传达旨意

出谋划策

呈递奏章

四大天师看似是在给玉帝当秘书，实际上，玉帝能见到谁，基本要被四大天师预筛一遍，他们名义上接受玉帝的指挥，但服务的却是道教的核心利益。后来太上老君丢了仙丹，玉帝的反应就两个字——**悚惧**。

所以，灵台方寸山一别，玉帝借菩提祖师之口给猴子提出了明确的要求——**定生不良**。猴子啊猴子，要想长生，你得打破规则！所以，"如何定生不良"，就注定是玉皇大帝和菩提祖师要给猴子上的最后一课。

妖猴养成记

取经开始的时候，唐长老在法门寺对众僧侣夸下海口："心生，种种魔生；心灭，种种魔灭。"无论是孙悟空还是唐僧，西游都不仅仅是一段跨过山和大海的地面旅途，更是一段穿过人山人海的心路历程。

唐僧个人修行境界最高的时候，大概是在遇到第一个妖怪之前。随着唐僧在路上遇到的妖魔越来越强大，他那幼稚的心性也开始暴露出来，他的世界观被一次又一次重塑。

孙悟空年轻的时候也曾有过一次西游经历，那个时候，他非常低调。悟空前后花了二十多年，跨越三个大洲，远涉两重大洋，见到的也基本是凡人。猴子二十多年的人间游历中，没有被坑蒙拐骗，也没有被麻袋套头，更别说什么魑魅魍魉、妖魔鬼怪了！对当年的悟空来说，别说神仙难寻，就连妖怪也未曾见过！

这说明什么呢？如果不考虑几百年后妖怪行业大爆发的情况，孙悟空的求学经历至少表明，在凡间，妖魔是罕见的存在。

孙悟空的世界观是在遇到菩提祖师后被重塑的。当他走到灵台方寸山，被十米巨碑吸引的那一刻，他知道，这就是自己要找的仙家。他在灵台方寸山一学就是十几年，告别师父前，仍然是涕泗横流，依依不舍。但是一转身，猴子立马就挺直了腰杆，驾着筋斗云，顷刻间回到了花果山。

看着脚下的水帘洞，猴子自言自语了一首诗：

去时凡骨凡胎重，得道身轻体亦轻。
举世无人肯立志，立志修玄玄自明。
当年过海波难进，今日回来甚易行。（第二回 24 页）

学成归来的猴子，变了！

阔别二十年，孙猴王衣锦还乡，没见着欢迎队伍，也没听见敲锣打鼓，却先听见了鹤唳声冲霄汉外，猿啼悲切甚伤情。这气氛，不太对呀！二十年没回来，难不成家里招贼了？

果然，孙悟空刚落地，群猴就扑上来哭丧："大王，你好宽心！怎么一去许久？把我们俱闪在这里，望你诚如饥渴！近来被一妖魔在此欺虐，强要占我们水帘洞府。是我等舍死忘生，与他争斗。这些时，被那厮抢了我们家火，捉了许多子侄，教我们昼夜无眠，看守家业。幸得大王来了！大王若再年载不来，我等连山洞尽属他人矣！"

孙悟空怒气冲冲地问："是甚么妖魔，辄敢无状！你且细细说来，待我寻他报仇。"

群猴齐刷刷把头往地上一磕哭道："那厮自称混世魔王，住居在直北下……他来时云，去时雾，或风或雨，或电或雷，我等不知有多少路。"

孙悟空心中大怒，转身就要给混世魔王来个现世报。

到了混世魔王居住的水脏洞，孙悟空破口大骂。结果门口小妖一通报，混世魔王却会心一笑："我常闻得那些猴精说他有个大王，出家修行去，想是今番来了。你们见他怎生打扮，有甚器械？"

这会儿的孙悟空是：

身不满四尺，年不过三旬。（第二回 26 页）

没甚么器械，光着个头，穿一领红色衣，勒一条黄丝绦，足下踏一对乌靴。

不僧不俗，又不像道士神仙，赤手空拳。（第二回 25 页）

混世魔王一听，一只土猴子？优势在我啊！魔王穿好披挂，绰刀在手，出门应战。

孙悟空抬头一看，这混世魔王是：

> 头戴乌金盔,映日光明;身挂皂罗袍,迎风飘荡。
> 下穿着黑铁甲,紧勒皮条;足踏着花褶靴,雄如上将。
> 腰广十围,身高三丈。手执一口刀,锋刃多明亮。
> 称为混世魔,磊落凶模样。(第二回 26 页)

看到猴子身小力弱,混世魔王就没打算下死手,他丢了刀,赤手空拳跟孙悟空肉搏。悟空可不跟你客气,专攻对方的下三路,悟空的打法是**掏短胁**,**撞丫裆**。魔王还想着以和为贵呢,然而孙悟空出手就是杀招,完全不讲武德,魔王这才慌里慌张拿起刀,朝孙悟空劈头就砍。

但是,为时已晚!

猴子拔下一把毫毛,施展身外身法,变出三二百个小猴,瞬间将单挑改为群殴,这群小猴子,全部照着魔王下三路招呼,**抱的抱**,**扯的扯**,**钻裆的钻裆**,**扳脚的扳脚**,**抠眼睛**,**捻鼻子**,把混世魔王裹成了一个找不着头的毛线球。孙悟空趁机抢过大刀,照顶门一下,手起刀落,把魔王砍为两段。

这真是初生牛犊不怕虎,乱拳打死老师傅!孙悟空拍了拍手,齐活!

猴子正要把那把毫毛变的假猴收回,突然发现,却有三五十个收不回去!孙悟空定睛一瞧,哦,原来是花果山的真猴!这帮猴见了孙悟空,委屈巴巴的,又开始哭丧:"自从大

第三章
成妖之路

王修仙去后,这两年被他争吵,把我们都摄将来。"

大王您瞧瞧,那不是我们花果山厨房的锅碗瓢盆吗?咱们的桌椅板凳,都被这家伙抢来了。这日子,差点就没法过了!

这就有点意思了!这混世魔王威名赫赫,来势汹汹,声称是要抢了你的花果山水帘洞。但是我们看细节,他实际做的那都是什么事:

一开始,混世魔王隔三岔五地跑到水帘洞敲门,大声嚷嚷着要打劫!然后直奔厨房,抱起锅碗瓢盆头也不回地就走!

后来混世魔王一看,只抢锅碗瓢盆还不够嚣张,于是又跑到水帘洞敲门,大喊着要打劫!然后直奔厨房,抱起桌椅板凳,还顺手抓走几只猴子!

更过分的是,这家伙还是实名抢劫,非要报上自己"混世魔王"的称号,以显得自己十分威风,临走时还故意透露自己的家庭住址,生怕别人找不到他。

混世魔王干着这些"坏事儿",一折腾就是两年,不但没有动摇水帘洞的根基,甚至还帮花果山的老弱病残主动养老。由于这一切显得太过刻意,我们不得不怀疑,混世魔王,难道是带着任务来的?他在玉皇大帝的花果山以为非作歹的名义,拿碗拿盘子,搬桌子抢椅子,这演技也太拙劣了。

混世魔王教给了孙悟空什么呢?

当年，胎教肄业的猴子在灵台方寸山办入学的时候，亲口对菩提老祖说："我无性。人若骂我，我也不恼；若打我，我也不嗔，只是陪个礼儿就罢了。"

然而，此时此刻，面对混世魔王的挑衅，孙悟空却是心中大怒，然后上门寻仇，手起刀落，干净利落地就把混世魔王送上西天。最后，猴子杀进洞中，把一洞妖精全数剿灭，一把大火把水脏洞烧了个枯干。

孙悟空复仇的态度是强硬的，但是我们看细节就能发现，混世魔王所做的不过是些小打小闹的事情，并没有杀人放火。从结果来看，混世魔王这个捣蛋鬼总是抢花果山的桌椅板凳，但猴子却直接杀了他全家。这合适吗？显然是不那么合适的。

也不知道玉帝给混世魔王许了什么承诺，总之，这个魔王，很倒霉。

我们能看到，游学归来的孙悟空彻底变了。他不再是那个"无性猴"。猴子获得了力量以后，开始变得血腥、残忍，但是，这样的猴子，玉帝喜欢！对于天生聪慧的猴子来说，混世魔王不仅仅是考卷，更是榜样！因为他手把手地教会了孙悟空，作为一个合格的妖怪，你得抢东西、夺人口！这才是妖王呢！

于是孙悟空立马醒悟，组织需要升级了！猴子紧接着又做了两项工作：

首先是文化教育工作。悟空得意扬扬地跟群猴宣传了求学经验，最后总结道："我今姓孙，法名悟空！"孙悟空讲完，群猴爆发出了热烈的掌声，一个个兴高采烈地奉承道："大王是老孙，我们都是二孙、三孙、细孙、小孙——一家孙、一国孙、一窝孙矣！"就这样，花果山群猴大会在热烈的掌声中全票通过了新的组织形式，这种形式叫作——"氏族"。

紧接着是军事整备工作。猴子在花果山逐日操演武艺。教小猴砍竹为标，削木为刀，治旗幡，打哨子，一进一退，安营下寨。在孙猴王的日夜操练下，花果山的军事力量也逐渐正规化。

完成组织升级以后，孙悟空表示，咱们是时候更新武器装备了！群猴听完，一个个眼睛瞪得像铜铃，还得是那四个老猴，两个是赤尻马猴，两个是通背猿猴，他们殷勤表示："我们这山向东去，有二百里水面，那厢乃傲来国界……大王若去那里，或买或造些兵器，教演我等，守护山场，诚所谓保泰长久之机也。"

这几个老猴子建议孙悟空去傲来国买点兵器回来，但是孙悟空是怎么做的呢？身为一个体面的妖王，孙悟空有自己的想法。

如意金箍棒之谜

孙悟空单枪匹马地来到傲来国,看着六街三巷,万户千门,人来人往,那是真的繁华。猴子眼珠子一转,捻起诀,念动咒语,吹起一阵狂风,吹的是:

诸般买卖无商旅,各样生涯不见人。殿上君王归内院,阶前文武转衙门。(第三回 30 页)

看着傲来国家家闭户,路面无人。孙悟空按落云头,迈着五方步,大大咧咧走进朝门,径直闯到武库一看,不由得大喜过望!武库里刀枪剑戟、斧钺钩叉、镋、棍、槊、棒、鞭、铜、锤、抓,件件具备。猴子二话不说,拔了一把毫毛,变出千百个小猴,顷刻间就把武器库洗劫一空。我一个妖王,顺你点兵器不过分吧?

想当年,猴子去求学之前,对通背猿猴那是言听计从。但是这次,四个老猴亲口告诉他:或买或造些兵器,教演我等,守护山场。原本,老猴的预期,是让悟空去做交易的,谁料悟空表示,做交易还是太麻烦,咱们直接抢不就行了吗?这,就

第三章
成妖之路

是修为境界的提升。

> **啊粥细说**
>
> 大家可以发现，猴子此时已经不再关注做事情的手段了，他的注意力，更多的是关注目的。这就是菩提祖师教给他的那两个字——**颠倒**。制定规则的人，并不需要遵守规则，如果抢的收益远远大于买，为什么要花那心思做交易呢？果然，一切都被菩提祖师预言准了：猴子，定生不良！

明白了这个道理以后，花果山从此走上了发展快车道。孙悟空会聚群猴，整编队伍，下辖着四万七千余口，这一番强大的动员力，惊得满山怪兽、七十二洞妖王都来参拜，**每年献贡，四时点卯，随班操备，随节征粮**。

花果山，俨然就是一个小国家。而美猴王已经完成了各方势力的大一统。眼看着群猴一天天弓马娴熟，孙悟空看着自己手里那柄刀，越看越不是东西！太糟心了，用起来太不称手了。看到这幅情景，四个老猴又说话了："大王既有此神通，我们这铁板桥下，水通东海龙宫。大王若肯下去，寻着老龙王,问他要件甚么兵器,却不趁心?"

这可就妙了!铁板桥和东海龙宫,居然心连心,看来玉皇大帝的选址,可真是煞费苦心呢!我家卧室和你家卧室,直接通着地道,这什么意思不用多解释了吧?

孙悟空一听,还有这种好事?于是再次捻起诀,扑地钻入波中,分开水路,径入东洋。迎面碰见一个巡水夜叉,孙悟空神气满满地说:"我乃花果山天生圣人孙悟空,是你老龙王的紧邻,为何不识?"

嘿,巧了!东海龙王听完,还真的诚惶诚恐,带着龙子、龙孙、虾兵、蟹将一大家子海鲜,主动出门迎接,一口一个上仙地把孙悟空请进了宫里,又是上座,又是献茶。

孙悟空也不客气,直接说要求一件兵器。龙王爷甚至连个借口都没找,答应得那叫一个痛快!当场就让鳜都司取出一把大捍刀。

孙悟空用刀已经用腻了,于是连连摆手找借口:"老孙不会使刀,乞另赐一件。"

龙王爷笑了笑,拿来一捍三千六百斤重的九股叉,孙悟空表示不趁手。

龙王爷又抬来一杆七千二百斤重的方天画戟,孙悟空继续表示太轻了。

就这样,龙王吊够了孙悟空的胃口,这才委屈巴巴地说:

再没别的兵器了！就在这时，龙婆、龙女悄悄跑到龙王爷背后提醒说："我们这海藏中，那一块天河定底的神珍铁，这几日霞光艳艳，瑞气腾腾，敢莫是该出现，遇此圣也？"

龙王爷一听，原来这根定海神珍（原著中为"定海神珍"），是这么安排的呀！龙王恍然大悟似的带着孙悟空来到海藏中间，那根棒子一见到孙悟空就金光万道，说大就大，说小就小。

孙悟空拿出棒子，非常不地道：丢开解数，打转水晶宫里。唬得老龙王胆战心惊，小龙子魂飞魄散；龟鳖鼋鼍皆缩颈，鱼虾鳖蟹尽藏头。就这样，悟空还不满足。他已经感受到了暴力征服的快感，他已经初尝到了权力的禁果。

权力小小任性一下，怎么了？

孙悟空继续加码，又向东海龙王要披挂。东海龙王还真是好人做到底，非常有耐心。自己解决不了，还主动叫来三位兄弟帮忙，说话间，三位龙王就到了。东海龙王介绍完情况以后，南海龙王直接大怒："我兄弟们点起兵，拿他不是！"东海龙王表示打不得，那棒子是："挽着些儿就死，磕着些儿就亡；挨挨儿皮破，擦擦儿筋伤！"西海龙王说，实在不行，先给他打发走，之后再上报玉帝，请上面定夺。于是四海龙王决定咽下这口恶气，送给了猴子一套神装：藕丝步云履、锁子黄金甲、凤翅紫金冠。这是我们熟知的孙悟空大闹东海龙宫的故事，但是这段故事细看，其实非常有意思。

在原著的故事里，东海龙王不光懂礼貌，而且非常有耐心。他明知道金箍棒厉害，还是给了孙悟空，随后，东海龙王一个劲儿地渲染金箍棒的恐怖，吓唬兄弟们，让兄弟们主动把披挂送上。四海龙王中，南海龙王的反应非常正常。一个邻居，不问缘由闯进你家，一顿自吹自擂，然后就问你要武器。这事儿搁谁身上谁不生气呢！你不打，怎么知道他的实力呢？他只是一只猴子，而我们可是高贵的龙族啊！

但是南海龙王的怒气，很快被东海龙王压了下去。很明显，东海龙王也是带着任务来的，他的任务就是——送装备。于是，在东海龙王的安抚下，北海龙王交出**藕丝步云履**，西海龙王拿出**锁子黄金甲**，南海龙王奉上**凤翅紫金冠**。孙悟空穿好披挂还不满足，他还要接着使坏，抢了人家东西以后，猴子使动如意棒，一路打出龙宫。这一番操作，比混世魔王还混世魔王。原著的描写是：悟空将金冠、金甲、云履都穿戴停当，使动如意棒，一路打出去，对众龙道："聒噪！聒噪！"四海龙王甚是不平，一边商议进表上奏不题。

坦白讲，进龙宫抢装备这事儿，猴子干得确实不太体面，但是他之所以能这么干，是因为有人想让他这么干。

一笔勾销

回到花果山以后，猴子做了一系列调整：大开旗鼓，响振铜锣。将两个赤尻马猴唤作马、流二元帅；两个通背猿猴唤作崩、芭二将军。猴子用军事改制告诉周边的势力，咱们花果山的实力，真是强得令人可怕！

接下来的日子，悟空每天的日子是：腾云驾雾，遨游四海，行乐千山。施武艺，遍访英豪；弄神通，广交贤友。跟牛魔王、蛟魔王、鹏魔王、狮狌王、猕猴王、猢狲王六个兄弟拜了把子：讲文论武，走觯传觞，弦歌吹舞，朝去暮回。

好日子就这样一天天过下去，一过，就是几百年。

这天，猴子跟六个兄弟又一次开完宴会，喝得酩酊大醉，猴子趁着醉意，摸到一棵松树下，倒头就睡。恍惚间，猴子看见两个人拿着一张批文，上写"孙悟空"三字，这两个人：走近身，不容分说，套上绳，就把美猴王的魂灵儿索了去，踉踉跄跄，直带到一座城边。城上一块铁牌，上书三个大字——幽冥界。

孙悟空一看被绑架了，瞬间酒醒。开始破口大骂："我老孙超出三界外，不在五行中，已不伏他管辖，怎么朦胧，又敢来勾我？"猴子怒了，他抽出金箍棒，把两个勾死人打成肉酱。甩开手抡着棒，打入城中。唬得那牛头鬼东躲西藏，马面鬼南奔北跑。众鬼卒奔上森罗殿，那十殿阎罗，整整齐齐，应声高叫："上仙留名！上仙留名！"

猴子看到阎王，指着鼻子就骂："汝等既登王位，乃灵显感应之类，为何不知好歹？我老孙修仙了道，与天齐寿，超升三界之外，跳出五行之中，为何着人拘我？"

阎王们连忙道歉说："上仙息怒。普天下同名同姓者多，敢是那勾死人错走了也？"

孙悟空大怒，表示你们别想耍赖，拿出生死簿来我看！

悟空拿着如意棒，径上森罗殿，在正中间抢了主位，朝南面坐下。十殿阎王不敢怠慢，立刻吩咐判官到司房取出生死簿，逐一查看。结果把赢虫、毛虫、羽虫、昆虫、鳞介五类生死簿翻了个遍，都没找着一个叫孙悟空的。

孙悟空一看，你糊弄鬼呢？老子是猴，边儿上不是有个猴属的簿子吗？于是悟空亲自翻看，看到魂字一千三百五十号上，上面写着："天产石猴，该寿三百四十二岁，善终。"

悟空拿过簿子，把猴属簿上有名的全部划掉。单方面宣布："了帐！了帐！今番不伏你管了！"然后一路棒，又打出了幽冥界。回了花果山，孙悟空对着群猴和四健将大肆吹嘘，四健将又报知各洞妖王，最后又传到了六魔王耳中。

第三章 成妖之路

> **啊粥细说**

阴曹地府这一段，也非常有意思，甚至专门出现了一个记载"猴属"的生死簿，也就是说，猴子类的生物专门独立成册，单独管理，这就非常耐人寻味了。但是，真假美猴王篇，如来佛祖就亲口说过："周天之内有五仙，乃天、地、神、人、鬼。有五虫：乃蠃、鳞、毛、羽、昆。"如来的版本是，只有四猴混世，不在十类之中，分别是灵明石猴、赤尻马猴、通臂猿猴、六耳猕猴。

而在悟空闹地府这一段，我们来看原文：

那判官不敢怠慢，便到司房里，捧出五六簿文书并十类簿子，逐一查看。蠃虫、毛虫、羽虫、昆虫、鳞介之属，俱无他名。又看到猴属之类，原来这猴似人相，不入人名；似蠃虫，不居国界；似走兽，不伏麒麟管；似飞禽，不受凤凰辖——另有个簿子。（第三回37页）

意思是说，悟空在常规的生死簿上没找到自己名字，在一个所谓的**"猴属之簿"** 上找到了，悟空破坏的簿子，正是这个**"猴簿"**。这确实让人疑惑，似乎是有人想让猴子体验一把倒反天罡的快感，又担心他破坏官方的行政文件，因此

> 专门给他做了一个猴属簿子，让他去破坏。
>
> 　　无论如何，悟空还是很守规矩的，只破坏了那个所谓的**"猴簿"**。后来在真假美猴王篇，如来压根不提**"猴簿"**的事儿，反而提出了一套**"四猴混世"**的说法。由此可见，权力小小的一任性，你是人是猴，自己也未必搞得清楚。

　　我们来看，自打从三星洞回到花果山，孙悟空正面交锋的这帮人里：

　　混世魔王，疑似托儿；

　　东海龙王，疑似托儿；

　　地府的森罗殿上，大概率也有托儿！

　　总之，在新手村时期，孙悟空仿佛就是"楚门"，而花果山，就是"楚门的世界"！按照当时通背猿猴的说法，佛、仙与神圣之所以能躲过轮回，不生不灭，与天地山川齐寿，就是因为：能躲过阎君之难，不伏阎王老子所管！那今天，阎王爷的问题确实是解决了，只不过，是靠着暴力手段解决的，看起来，这才是真正的长生术嘛。那么，已经躲过阎君之难的孙悟空自我认同的身份是什么呢？当然是神仙！老子是神仙，所以老子早晚得上天！

　　相信大家也能看到，悟空的成长过程中受到了诸多保护，

第三章
成妖之路

而这些保护似乎都在引导他走向同一条道路——让他成妖。此时的悟空并不知道天庭和人间有什么分别,还天真地以为成妖就是成仙。从某种意义上来说,这也有一定道理,因为每个神仙,曾经都可能是"妖魔"。妖仙之别,不过是一纸文书罢了。

第四章 龙宫、地府与人间

善良外表下的掠夺

吃人，是会上瘾的。

在三千多年前的商朝人的眼中，世界是冷酷的，充满了暴力、杀戮、掠夺和不安全。

商人认为，鬼神会随时、随意给任何人降下灾难。大到灾荒和战乱，小到生活中的各种不如意，都有鬼神在背后操纵，即便是最高统治者商王，也在所难免。

商人害怕，所以商人频繁进行祭祀活动。他们大量屠杀人类，斩首、截肢并把他们送进祭祀坑。活人献祭，是商代统治者们向上天谄媚的一种手段，他们用同类相残的方法，来消除自己内心因为自然界的种种灾难而产生的不确定性。

商代统治者以己度神，他们把自己认为最美味的供品，献祭给至高无上的神明。

后来，随着早商版图的进一步扩张，商朝统治者开始担心自己血统的纯正性。虽然大商不易被武力摧毁，却有可能会因异族熏染而堕落，如何统治这个跨越千里的王朝，同时让商族

第四章
龙宫、地府与人间

保持自己的高贵特性呢？

武丁王的答案是，让被统治地区的人每年按时上贡"**人牲**"。到了商纣王的时代，虽然商朝几经迁都，但消费"人牲"的高贵习惯，却这样延续了数百年。这个消费行为，包括但不限于吃和用。

李硕在著作《翦商》中提出：姬昌的《易经》是部伟大的著作，它不仅仅是占卜用书，《易经》的卦辞中，更是呈现出这样一种世界的规律——**世间一切既有的事实都能用相反的方式再现一遍**。

为什么这么说呢？

姬昌通过占卜术发现，统治者商族曾经很弱小，就像爻辞里的"**丧牛于易**"，但他们后来却建立了强大的商朝。姬昌相信，这个过程同样是可逆的，强大的商朝也终将灭亡。

"易"本身就含有改变的意思，《易经》除了提供占卜技巧以外，更重要的是向世人传达出一种观念：

这个世界，是动态变化的；这种变化，是有规律可循的。

在姬昌深邃的思想指导下，商朝的统治最终被终结，但是周朝统治者曾经被奴役、被屠杀的记录，依然保留在商代海量的占卜文书中。灭纣成功的武王姬发，继续选择用人祭的方式，统治中华大地，但是武王的弟弟周公，却以此为耻。

周公痛恨人祭，也痛恨周人被商人奴役的历史，因此，周公临朝的时候，终结了商代的人祭习惯。不仅如此，周公还要抹杀关于人祭的记忆，防止它死灰复燃。

忘却是比禁止更根本的解决方式。

于是，周公摧毁了殷都，拆分了商人族群，销毁了商王的甲骨记录；周公的哥哥伯邑考在殷都因献祭而死，他的父亲和弟弟们还参与并分享了肉食，这段惨痛的经历也被历史故意遗忘。

在周公的主导下，全新版本的历史被构建出来，周公让周朝的民众相信：**商人和周人本质上没有什么不同，历史书从未有过人祭行为，王朝的更替只是因为末代君王的德行缺陷**。在周公的诰命里，他一遍遍地重复这套新版的历史解释，终于使其成了西周时期的官方正统说法。废除商朝残暴的人祭习俗，这就是：周公吐哺，天下归心。

在周公的努力下，商代几百年留下来的人祭习惯得以终结。在周公辅政时期，周人的"**政治正确**"是：不能批评商人的宗教文化，更不能记录商人曾经的血祭行为，只要不提起，就可以当作从未发生过。

既然不能暴力治国，那应该怎么办呢？

周公宣称，王者应当**爱民、德治和勤勉**，这样才会受到"**天命**"青睐，长寿享国；如果王者残暴对待庶民和小人，天命就会转移到更有德的候选君王身上，从而改朝换代。

这就是"周礼"的核心思想，也是儒家思想的萌芽。

本质上，周公提出的这种政治——道德二元体系，是一种"性善论"的社会模型，这种宣传方法，淡化了民众对统治者横征暴敛的痛感，周公让民众相信，王族的使命是护佑和教化万民，为什么王能做这样的事情呢？因为王，是有德之人。

然而，在周公充满善意的教导之下，占据了全天下富庶之地的周王室，居然在日后逐渐衰落。这是怎么回事呢？现在我们当然知道，一味地考虑推广"私德"，在大多数情况下，和全民共享利益的"公德"是有大冲突的，并不符合经济学的规律，例如，像王莽这样的领导者，尽管严格要求自己遵从礼制，但他死板的治国理念却未能有效地治理国家，只会导致局面混乱。难道，施行德政，国家就会衰落吗？

《商君书·去强》篇，商鞅对秦孝公是这样分析的：

> 国以善民治奸民者，必乱至削；国以奸民治善民者，必治至强。
>
> 国用《诗》《书》、礼、乐、孝、弟、善、修治者，敌至，必削国；不至，必贫国。
>
> 国不用八者治，敌不敢至；虽至，必却。

这是什么意思呢？商鞅认为：

国家任用善良的人来统治奸邪的人，就会引发动乱，导致国家逐渐衰弱。

国家用奸邪的人来统治善良的人，国家会被治理得井井有条，而且会越来越强大。

国家依赖《诗》、《书》、礼、乐、孝、弟、慈善、贤良等理念来治理，当敌人进犯时，国家一定会吃败仗，即便没有外敌入侵，国家也会变得贫穷。

如果国家不采用上述八种所谓"德政"思想治理，敌人就不敢轻易进犯，即使敌人来犯，也一定会被打退。

商鞅对秦孝公的进言，直击人性的本质。在商鞅看来，周王室之所以统治衰弱，就是被所谓的"周礼"所害。商鞅认为，"周礼"只是一个宣传工具，统治者可以利用它，但是不能发自内心地信奉它。说白了，商鞅倡导的就是外儒内法，儒家只是个好看的壳，法家，才是这片大地上的根。

第四章
龙宫、地府与人间

> **啊粥细说**
>
> 从商朝用人祭统治周边部族，到周朝用《诗》《书》《礼》《乐》让天下臣服，再到商鞅提出的牧民强国之术，我们很难用现在的道德观念去褒贬这些曾经的制度，但是毫无疑问，这些制度，在属于它们的特殊历史时期，都完成了自己的历史使命。
>
> 制度是没有善恶之分的，同时，制度也是在动态变化的，正如《易经》卦辞中给我们展示的规律那样，万事万物都在变，唯一不变的，就是变化本身，也即"易"。
>
> 唯物辩证法认为，发展的实质性在于新事物的产生和旧事物的灭亡。"易"，才是这个世界的根本，而《西游记》的暗线，正是处处体现了"易"的学问，也就是变化的学问。唯一不变的，就是变化本身。

说完了历史，我们再来看西游。

在西游世界，统治阶级制定政策的原则，也是外儒内法。孙悟空初期的倒反天罡，什么闹龙宫、搅地府，不过是一场场闹剧，但是这些闹剧，在很大程度上和玉帝的上位有关。

中国历史上，虽然王朝更迭频频出现，但是基层的地主阶级自治，这个内核几乎没有变过。对应到西游世界，上层的统治者会不断更替，但基层的统治秩序，却是由龙宫和地府决定的。

龙族战争

这一天，玉皇大帝驾坐灵霄宝殿，聚集文武仙卿，例行早朝。

丘弘济出班启奏：万岁，通明殿外，有东海龙王敖广进表，听天尊宣诏。玉帝一点头，龙王爷屁颠屁颠地送上了表文：

水元下界东胜神洲东海小龙臣敖广启奏大天圣主玄穹高上帝君：近因花果山生、水帘洞住妖仙孙悟空者，欺虐小龙，强坐水宅，索兵器，施法施威，要披挂，骋凶骋势。惊伤水族，唬走龟鼋。南海龙战战兢兢，西海龙凄凄惨惨，北海龙缩首归降。臣敖广舒身下拜，献神珍之铁棒，凤翅之金冠，与那锁子甲、步云履，以礼送出。他仍弄武艺，显神通，但云："聒噪！聒噪！"果然无敌，甚为难制。臣今启奏，伏望圣裁。恳乞天兵，收此妖孽，庶使海岳清宁，下元安泰。奉奏。（第三回38页）

第四章
龙宫、地府与人间

什么意思呢，东海龙王说：前两天龙宫来了个孙悟空，擅自闯入，强抢兵器。吓得那南海龙战战兢兢，西海龙凄凄惨惨，北海龙缩首归降，我们东海众生都受到了惊吓。虽然我敖广一身正气，不惧淫威，但为了息事宁人，我还是挺直了腰杆舒身下拜，把定海神珍、凤翅金冠、锁子甲、步云履以礼相送。没想到，这猴子不识好歹！居然显神通、弄武艺，在我这里炫耀武艺，一路打了出去！您说说，这不是欺负老实人吗！孙悟空私闯官邸，非法持有武器，东海不允许有这么厉害的邻居存在！陛下，您可要管管啊。

玉帝一听，冷冷地表示："着龙神回海，朕即遣将擒拿。"

这边刚刚指示完，还没来得及落实呢，葛仙翁又带着地府秦广王上殿了。秦广王拿着地府一把手地藏王菩萨的表文，往桌子上一铺：

幽冥境界，乃地之阴司。天有神而地有鬼，阴阳轮转；禽有生而兽有死，反复雌雄。生生化化，孕女成男，此自然之数，不能易也。今有花果山水帘洞天产妖猴孙悟空，逞恶行凶，不服拘唤。弄神通，打绝九幽鬼使；恃势力，惊伤十代慈王。大闹森罗，强销名号。致使猴属之类无拘，猕猴之畜多寿，寂灭轮回，各无生死。贫僧具表，冒渎天威。伏乞调遣神兵，收降此妖，整理阴阳，永安地府。谨奏。（第三

回 39 页）

地藏王菩萨说的是："天有神而地有鬼，阴阳轮转；禽有生而兽有死，反复雌雄。"这是您定的规矩！但是如今有个叫孙悟空的，我叫他死，他竟然不死！他打骂执法人员，恐吓高级干部，藐视天地规则，销毁相关数据，陛下，这猴子哪里是打我的屁股，这不是打您的脸吗？！

玉帝一听，冷冷地表示："着冥君回归地府，朕即遣将擒拿。"

大家地上的戏演完了，就该演天上的了：

我们上回讲过，在东海，只有东海龙王敖广一个劲儿地给孙悟空递装备，有些不合常理。实际上，西海、南海、北海几个龙王正常着呢，那三位都是被东海龙骗着给悟空送了武器装备，人家并没有战战兢兢，也没有凄凄惨惨，**东海龙王，在撒谎！**

地藏王那篇表文也很巧妙，只说孙悟空强销名号，让猴属之类无拘，并没有提那个充满破绽的"猴簿"。这二位一点不像告状，反而像邀功：领导，您交代的任务我们完成了。所以，当着满朝文武的面，玉帝爷爷云淡风轻地打发俩人回家，只冷冷地表示：**朕自有安排**。这场短暂的天庭秀，也反映了玉皇大帝此刻的掌权情况。

第四章
龙宫、地府与人间

前两回我们说过，西游世界分为三个阶级：**神仙、妖魔、凡人**。神仙的本质是最早的一批凡人，他们由于某种机缘巧合，发现或者发明了一系列资源，比如**蟠桃、仙丹、长生术、人参果**，他们通过这些资源，实现了长生不老，成了掌握生产资料的统治阶级。

西游宇宙运行的逻辑是——先来者统治后来者。一个稳定的社会，阶层一定是金字塔结构分布的。最上层的统治者，必须是极少数，这就是"官"；中层的执行者，主要工作是维护官的权威，这就是"吏"；官吏以外，占据最大基数的，还是"民"。

大家设想一下，如果后来者也掌握长生技术，能够持续地实现阶级跃迁，这会发生什么呢？官不聊生嘛！如果统治阶级的数量越来越多，这就会造成社会的空心化，也会加剧统治阶级的内部矛盾。因此，西游宇宙的神仙们，煞费苦心地做了一系列的制度设计，牢牢地控制了普通人的晋身之路！龙宫和地府，就是这套统治技术的核心机构。

首先我们说龙宫。

龙这个品种，其来源颇为复杂。"四海龙王"这个概念，出自晋朝《道藏·太上洞渊神咒经》中的"龙王品"。也就是说，四海龙王这个商标，是道教抢注的！这篇经文明确提出，四海龙王的职责是——**随方守镇，扫除不祥！**

什么意思呢？最初道教的设定里，龙王并不单纯归属于管理天气的气象部门，而是地方行政机构，所以不管是海龙王、河龙王，甚至是井龙王，这些王，都有所谓的虾兵蟹将，也就是地方上常备的武装力量。

龙王，是有武装力量的，而且这股力量，龙族自家独占，不归天庭管辖。我们细看龙宫，这个基层的行政机构确实比较特殊。西游世界中的人王扮演的是中层统治者的角色，但是除了人王以外，龙王实际上是和人王平级的：

首先是人王，也就是人间各个国家的国王。他们掌握了每个国家的陆权，国王可以对自己辖区内的子民生杀予夺，是这个国家最大的地主。比如乌鸡国、车迟国、祭赛国、朱紫国，均是中央集权制的典型代表，国王就是陆权的最高拥有者。

大家有没有注意到，在这些国王的辖区内，水权其实不在君主的掌握之中。比如长安的水权，就掌握在身为**八河都总管、司雨大龙神的泾河龙王**手中。陆权给地上的生灵提供了生存空间，而水权则决定了你这片土地有没有价值。龙宫主要管两件事：

第一，管陆地降雨。每个地方的降雨，归当地龙王管理。比如泾河龙王，他负责布雨的区域，就是关中平原，所有江、河、湖、海，甚至是井底的龙王，都是四海龙宫的一线派出机构。降雨对于农业社会至关重要，天庭通过龙族控制了降雨，相当于间接控制了人间的口粮。

第二，管水域治安。龙族可以在相应的水权区域内拥有武装力量，这支武装力量是做什么用的呢？巡抚人间嘛。每个陆权区域内的国王，其实都配置了相应的龙王予以制衡。

因此，龙族其实是人间的隐形统治者，龙族和人王们彼此制约，互相监督，形成了一种特殊的共生关系。龙族能给予人王最大的支持就是降雨，而人王则能给龙族提供供奉和给养，龙宫通过人间的香火系统和祭祀系统，享受着千秋万代的供奉。

当然，龙王的供奉体系和道教、佛教可不能同日而语，也仅仅够他们糊口。那么，龙宫里的龙族，又是怎么来的呢？龙族的来源，极有可能跟一个上古传奇人物有关，这个人物就是——大禹。顾颉刚先生写过一篇大名鼎鼎的文章，叫作《与钱玄同先生论古史书》。他在这篇文章里提出，"禹"这个字，可能来源于九鼎上铸的一种动物。他或许是九鼎上所有动物形象中最有力的一种，也或许是做出了敷土的动作，所以后人就认为他是开天辟地的人。他大胆引用观点推测道：**禹或即是龙，大禹治水的传说与水神祀龙王事恐相类。**

换句话说，大禹可能就是最早的龙王化身。这个观点一出，石破天惊，学界至今都为此吵得不可开交。但是，大禹治水这件事儿，似乎确实跟龙族有着千丝万缕的联系。比如：

《山海经》郭璞注引《归藏·开筮》记载：鲧死三岁不腐，剖之以吴刀，化为黄龙也。

《楚辞章句》王逸注云：禹治洪水时，有神龙以尾画地，导水所注当决者，因而治之也。

《神异经·西北荒经》记载：西北荒有人焉，人面朱发蛇身人手足，而食五谷禽兽，贪恶愚顽，名曰共工。

《山海经·大荒北经》记载：共工之臣名曰相繇，九首蛇身。

意思是说，大禹的父亲是**黄龙**，大禹的助理是**神龙**，大禹的死对头共工是**人蛇**，共工的手下是**九头蛇**，而大禹后来斩杀的防风族是龙牛！历代文献表明，在中华大地的远古时期，各主要族群大都崇拜**龙图腾**，所以大禹治水，也可以看作龙族内部的力量整合。

所以，西游世界中，龙族能手握水权并镇守一方，这可以视为大禹治水之后，太上老君对龙族的一种封赏。《西游记》的作者选择把太上老君炼就的定海神珍交给大禹，并最终藏于东海的海底，这就已经暗示了道教和龙族的关系，是深度合作关系。

换句话说，在老君建立的旧世界里，龙族一直是道教的重要合作伙伴，协助道教管理人间。这套人王和龙族互相牵制的体系十分稳定，而他们之所以能够互相牵制，在同一个大区里

第四章
龙宫、地府与人间

匹配，本质上还是因为——**综合实力接近**。在农业社会，粮食产量直接受水利条件的影响，而龙族手握降雨权，就掌握着凡人的生命权，受到凡人的供奉也是应该的。

那么，作为享受人间供奉的一方小势力，龙族为何被认为与人间实力接近呢？大家看，龙族貌似是个神仙编，貌似也能通过天庭的赏赐长生不老，但龙族麾下的虾兵蟹将，在多次出场时都表明，着实不比凡人军队强多少。人间的军队凶狠起来，是能够和虾兵蟹将们硬碰硬的。

人王在龙王面前，并非完全被动。龙王虽然主管人间的降雨，但是，风调雨顺这件事，不但有利于人间统治的稳定，也有利于龙王们香火的延续，说白了，人供奉龙，龙也得保证人间粮食产量的稳定，这套**龙王—人王**的二元体系，是非常有效的。实际上，在西游宇宙这个大背景下，凡人通过努力修成仙的可能性非常渺茫。《西游记》中所有修炼成神的角色，比如八戒、沙僧、真武大帝等，似乎都有背景，身后有人在助力。

既然修仙如此困难，那么，投胎赌命重开一局，能行吗？

地府组织结构的流变

我国土生土长的地府系统,花样繁多,但是很多都来源于文学创作,最初并没有形成统一的说法。

《楚辞·招魂》就说:*魂兮归来!君无下此幽都些*。这个幽都就是个恐怖的幽冥世界,管理它的人叫作**后土**。在这个世界里,既没有审判,也没有轮回。**后土**的爱好就是吃人肉,听起来像种食腐动物。所有进入这里的人也没什么烦恼,因为只有一种结果,那就是等着被后土吃掉,后土胃口非常好,倒也省了十八层地狱之苦。

最晚到东汉时期,泰山成为幽冥世界的代名词,管理者叫作**泰山府君**,《三教源流搜神大全》等古籍对这种说法均有记载。泰山这个幽冥世界有个特点,就是可以自由出入,与人间并没有明确的分隔。曹丕的《列异传》就记载过一个名叫蔡支的人误入泰山冥界的故事。据说里面宫殿威严,一派安定祥和,一幅世外桃源的景象,跟现实世界别无二致。

在同时期,还流传着**南斗注生、北斗注死**的说法,即**南斗星、北斗星以及司命**都是天帝委派、掌管人间生死的神仙。东汉末年,道家衍生出的道教逐渐成形。据说,五斗米道的创始

第四章
龙宫、地府与人间

人张道陵想搞人鬼分治，就整出来个酆都。据《真诰》等记载，酆都分为六个天宫：

第一宫为**纣绝阴天宫**，归神农、周公、秦始皇管；

第二宫为**泰煞谅事宗天宫**，归周文王管；

第三宫为**明晨耐犯武城天宫**，归夏启管；

第四宫为**恬昭罪气天宫**，归周武王管；

第五宫为**宗灵七非天宫**，归召（shào）公奭（shì）和刘邦管；

第六宫为**敢司连宛屡天宫**，归季札管。

从酆都的机构设置我们也能看到，后面这两宫的职能已不太明确，可能是为了给一些在人间做出了杰出贡献的帝王安排地府职位而设立的。通过酆都的变迁，我们也能感受到，地府的规模在不断扩张，职能也在不断细化。但是到此为止，中国本土并没有产生类似于其他文明中人间炼狱式的惩罚地狱。在六朝末期，道教整出了个**太乙救苦天尊**，主张**荐拔亡魂**、**灵魂救赎**，和汉朝的察举制如出一辙。

上面的信息对应到西游世界中，我们会发现，神仙的寿命由**南斗星死簿**决定，很明显与**南斗注生、北斗注死**这种传统观念直接相关。

我们畅想一下，随着时间的推移，进入地府的人口越来越多，地府一定会面临"鬼满为患"的局面。这会导致什么问题呢？

阳间的人口总量是不断增加的又不断被优化掉的，当阳间的人去世后，阴曹地府也会面临严重的人口压力，历朝历代人口都聚集其中，会怎么样呢？这种人口的迅速膨胀，带来的只能是地府的严重内卷，无数孤魂野鬼势必被地府高昂的生活成本所困。

不必担心，我佛会出手。佛教传入中国后，与中国的传统信仰融合，对地府系统进行了大刀阔斧的改革，佛教的改革主要分为三个方面：**优化组织架构、建立奖惩制度、开设六道轮回。**

唐代的《佛说十王经》正式提出了地府管理机构的核心由地藏王菩萨加十殿阎罗组成的体系。这种说法为道教打开了新思路，道教逐渐吸收这种先进的阴间统治技术，最终在宋代的道教典籍《玉历至宝钞》中完善定型，被阳间的大众所接受，走向兴盛。十殿阎罗的具体身份，按照《西游记》说法是：

一殿秦广王

二殿楚江王

三殿宋帝王

四殿卞城王

五殿阎罗王

六殿平等王

第四章
龙宫、地府与人间

七殿泰山王

八殿都市王

九殿忤官王

十殿转轮王

在十殿阎君的组织架构明确之后,阴曹地府的组织架构也逐渐建设完成,包括我们所熟知的多处著名地点,比如**望乡台**在第五殿,**枉死城**在第六殿,地府美食**孟婆汤**在第十殿。在这套体系之下,凡人死亡之后,也有了一个简洁明确的流程:

第一步,先找秦广王报到,按照你阳间的善恶德行决定行程:

如果善 > 恶,你就可以直接被接引超升,前往西方极乐世界,实现阶级跃迁。原著中,孙悟空征服牛魔王的时候,喊的口号就是:**行满超升极乐天,大家同赴龙华宴!** 有资格参加龙华宴,至少也是个仙人。

如果善恶参半,你就要去第十殿转轮王处报到,男转为女,女转为男,发配回人间,继续感受性转之后的人间疾苦。

恶 > 善的,要从第二殿到第九殿依次受罪,并且在受罪三年后到达第十殿转轮王处,喝碗孟婆汤,就可以进入六道轮回,转世投胎成猪、牛、羊等动物。

这套善恶观念,继承了我们开篇说的周公倡导的原始儒教理念。从此,地府也彻底退出历史舞台,由地藏王菩萨主导的六道轮回系统正式上线。六道轮回系统不但彻底解决了地府人口膨胀的难题，还顺带解释了那个终极问题：宇宙间的物质总量是保持不变的，只有物质的性和相会不断发生改变，这就是六道轮回的理论基础。

但是，这套机制的运转并不是那么严丝合缝的。西游原著里的李世民游地府时，就为我们展示了六道轮回的另外一种可能性。

简单来说，《西游记》中六道轮回的标准并不严谨，下辈子是鬼道还是贵道，这中间是有操作空间的。没交钱有没交钱的流程，交了钱有交了钱的流程。善恶的最终解释权，归地府所有！从李世民的经历出发我们来看，这套交钱超生的六道轮回系统，背后隐含了一个什么问题呢？

也许上辈子富贵的人，下辈子大概率还有机会富贵；也许上辈子贫贱的人，下辈子还会贫贱。龙宫和地府，一个掌管阳间的食物产量，一个掌管阴间的投胎分配，前者防止你努力成仙，后者防止你投胎成仙。孔子倡导君君臣臣、父父子子，社会各个阶级相安无事，社会整体上才能保持稳定，西方哲人柏拉图和孔子有着类似的见解。无论是孔子的克己复礼，还是柏拉图的理想国，所有追求和平的社会畅想，阶层固化都是必要前提。凡人成仙？对不起，此路不通。

只要时间存在，先来者就会相比后来者具备一些信息优

第四章
龙宫、地府与人间

势,信息差就不可避免;只要信息差存在,在同样的局面下,先来者在竞争中必定会有碾压性的优势。

在《西游记》正篇中,我们多次看到,下雨是天庭管理人间的关键手段之一,而天庭的最高领导者玉帝,在前期却受着道教五雷法的绝对制约,连车迟国三个野生怪物,也能通过五雷法拘唤玉帝下雨。换句话说,任何人只要掌握了五雷法,统统都能拘唤玉帝降旨下雨,对玉帝而言,这太不体面了!所以玉帝必须整顿。

地藏王菩萨在地府的身份也很特别,我们来看看《西游记》原著里,地藏王菩萨的三次出场:

第一次,孙悟空闹地府的时候,十殿阎王压根就没通知地藏王,直到孙悟空销完生死簿走人,阎王爷们才想起来跟地藏王诉苦告状,结果是,秦广王带着地藏王菩萨的表文上奏天庭。此时的地藏王,名义上是地府的最高统治者,实际上还是受着十殿阎罗的制约。但是孙悟空强销生死簿之后,十殿阎罗主掌生死的神话就此被打破,权力明显受到了削弱。后来取经团队救乌鸡国国王的时候,直接越过十殿阎罗,靠一粒九转还魂丹就让死人复生。

第二次,真假美猴王的时候,两个孙悟空再次打入地府,地藏王菩萨让谛听大展身手,成功辨别真假。这一回也奠定了地藏王菩萨冠绝三界的信息获取能力。

第三次，取经团队到了铜台府。地藏王菩萨的权力边界急剧扩张，甚至可以直接指派金衣童子，越过十殿阎王和判官的流程，给寇员外强行加阳寿。

地藏王菩萨在地府的权力变动，也暗合了《西游记》暗线的主旨——争权！实际上，除了地府以外，在天庭、在西天、在人间、在花果山，权力的游戏，在不断地反复上演。

而孙悟空，他首先破坏的，是龙宫和地府两个基层组织。在同样的时间线里，天庭又在发生什么样的剧烈变动呢？

第五章 从弼马温到齐天大圣

玉帝问话的玄机

从菩提祖师的培训班毕业后，混世魔王手把手地给孙悟空示范了如何成为一名魔王。在混世魔王付出生命的示范教学后，悟空经历了三步成长：

第一步，孙悟空洗劫了人间傲来国武器库。

第二步，悟空觉得欺负凡人不太过瘾，于是武力胁迫四海龙王，在四个老头那里"爆"了一身好装备。

第三步，悟空闹到地府，跟阎王老子充分交换了关于生死制度的意见，双方友好地达成了一致。

经过这一系列动作，孙悟空彻底摆平了人间、龙宫和地府。在这个过程中，孙悟空的身份认同也从猴王变成了自己心目中的神仙。至少，猴子认为，这就是真正的神仙。

那这天底下还有比神仙更厉害的存在吗？当然没有！无敌是多么寂寞！寂寞到猴子无所事事，跟六个结拜哥哥每天聚会，吃喝玩乐好不快活。一个妖王没事做，那就只能惹是生非了。悟空觉得实在是太无聊了，不如上天耍耍呗！

第五章
从弼马温到齐天大圣

巧了,猴子的缔造者玉皇大帝也正有此意,玉帝正在考虑让猴子上天锻炼锻炼,这会儿正忙着研究这事儿呢。眼看着龙王爷和阎王爷的奏章递送到跟前了,玉帝淡定地问凌霄殿上的各路大仙:"这妖猴是几年产育,何代出身,却就这般有道?"

> **啊粥细说**
>
> 领导询问犯罪嫌疑人信息,合情合理。但是正常情况下,我们形容一个歹徒厉害,一般都会说**穷凶极恶**、**丧心病狂**、**丧尽天良**什么的,玉帝这时候,对群臣说的是什么?这妖怪,为何**这般有道**!
>
> 有趣有趣,玉帝当着在场所有的神仙,对悟空表露出了欣赏,这说明孙悟空的修炼方法是具备合法性的,这也进一步说明,悟空真的走对路了,成妖之路和成仙之路,本质上就是一条路。

玉帝话还没说完,千里眼、顺风耳就开始抢答:"您忘了?这是三百年前,打石头缝里蹦出来的那位啊!当时两道黄色激光照得您睁不开眼,您亲自吩咐的,叫我们别管:"不知这几年在何方修炼成仙，降龙伏虎，强销死籍也。"

玉帝听见这两位一阵唠叨，仿佛恍然大悟："哦，是他啊！"从此，千里眼、顺风耳这二位退场，再也没有出现在小说里。看起来，脑子太清醒反而是一种麻烦，有些事情还是忘了比较好。

玉帝回过头，平静地问道："那路神将下界收伏？"太白金星赶紧跑出来，慷慨激昂地说了五句话：

第一句，上圣三界中，凡有九窍者，皆可修仙。这就是变相承认了悟空成仙的合法性和成仙路径的合理性。果然，要想成仙，先要成魔。

第二句，奈此猴乃天地育成之体，日月孕就之身，他也顶天履地，服露餐霞，今既修成仙道，有降龙伏虎之能，与人何以异哉？大家看看，人家修仙都修成了，那跟在座的诸位，就是同类人，你们之中，也有这样上来的吧？

第三句，臣启陛下，可念生化之慈恩。什么意思呢？接下来我要说的，不代表领导的想法。

第四句，降一道招安圣旨，把他宣来上界，授他一个大小官职，与他籍名在箓，拘束此间。若受天命，后再升赏；若违天命，就此擒拿。虽然这只猴子攻击了我们的同事，抢劫了我们的财产，打骂了我们的干部，但我的建议是，让他破格入围，然后授予职务。看起来是升职，其实是软禁，让他不要再惹麻烦！这个方法，成本够低。

第五句，一则不动众劳师，二则收仙有道也。欸，这样一来，既不用麻烦各位同事跑一趟，还能向三界展示天庭的气度，诸位，一定会祝我此行顺利吧！

大家看太白金星这一套操作，显然是有备而来。天庭众神听完，一脸茫然，毫无反应，太白金星的建议，就这样被默许了。玉帝听着太白金星的满分发言，高兴得哈哈大笑，当场下令："即着文曲星官修诏，着太白金星招安。"太白，这事儿就交给你了！

一进南天门，成为弼马温

太白金星急急忙忙地领了旨，出了南天门，直奔花果山。开门见山地通报道："我乃天差天使，有圣旨在此，请你大王上界。快快报知！"

孙悟空一听，编制送上门了，那是真的激动！嘴里说："我这两日，正思量要上天走走，却就有天使来请？"于是悟空急整衣冠，出门迎接。没想到，对面比他还急！

太白金星表明来意，孙悟空说了声谢谢，就要留下太白金星吃饭，谁料太白金星急得不行，只说："圣旨在身，不敢久留；就请大王同往，待荣迁之后，再从容叙也。"

就这样，孙悟空给四个老猴留下了一句："谨慎教演儿孙，待我上天去看看路，却好带你们上去同居住也。"说完，就在猴子猴孙的目光里，白日飞升了。从此，花果山又多了一段传说。

作者的定场诗说，这一去，正是：

高迁上品天仙位，名列云班宝箓中。（第三回 40 页）

孙悟空心中也是这么想的，他迫不及待，跑得飞快，一下就把太白金星甩在了身后，直奔南天门。正在当值的增长天王带人把孙悟空挡在了南天门外。这下子，可把猴子惹怒了。我们回顾一下猴子的人生经历：

水帘洞，猴子第一个跳进去的；

斜月三星洞，童子主动招呼进去的；

傲来国武库，猴子大摇大摆走进去的；

东海龙宫，龙王爷举家迎进去的；

森罗殿，猴子一路棒打进去的。

自打猴子出世以来，南天门，是第一座挡住猴子的门！委屈的孙悟空瞬间就来了小脾气，嘟嘟囔囔地骂道：这个金星老儿，乃奸诈之徒！既请老孙，如何教人动刀动枪，阻塞门路？

第五章
从弼马温到齐天大圣

等悟空吐槽完毕,太白金星才慢悠悠地赶到,孙悟空生气地吐槽,太白金星这才向南天门的同事和猴子解释:

你自来未曾到此天堂,却又无名,众天丁又与你素不相识,他怎肯放你擅入?等如今见了天尊,授了仙箓,注了官名,向后随你出入,谁复挡也?

和猴子解释完,老头拽着猴子,一路边走边喊:"那天门天将,大小吏兵,放开路者。此乃下界仙人,我奉玉帝圣旨宣他来也。"猴子一路大摇大摆地到了灵霄殿,也不等宣诏,直至御前。

这一路,初入天庭的猴子是边走边看:

只见那南天门,顶级装修,尊贵体验,神仙安保,出入方便:

两边摆数十员镇天元帅,一员员顶梁靠柱,持铣拥旄。
四下列十数个金甲神人,一个个执戟悬鞭,持刀仗剑。
里壁厢有几根大柱,柱上缠绕着金鳞耀日赤须龙。
又有几座长桥,桥上盘旋着彩羽凌空丹顶凤。(第四回41页)

又见那天宫布局，一个个独栋官邸，恢宏大气：

三十三座天宫，一宫宫脊吞金稳兽；
七十二重宝殿，一殿殿柱列玉麒麟。（第四回 42 页）

那天宫的环境更是顶尖配置，绿化率高达 200%：

寿星台上，有千千年不卸的名花；
炼药炉边，有万万载常青的绣草。（第四回 42 页）

最后就是那处理三界大事的灵霄宝殿：

金钉攒玉户，彩凤舞朱门。（第四回 42 页）
上面有个紫巍巍，明幌幌，圆丢丢，亮灼灼，大金葫芦顶；
下面有天妃悬掌扇，玉女捧仙巾。（第四回 42 页）

名贵绿植，搭配东海龙宫的珊瑚树；极致装修，甄选来自兜率宫的太乙丹。总之，天宫异物般般有，世上如他件件无。虽然什么都没说，但太白金星深谙销售之道，这一路引领孙悟空参观下来，不由得你不心动！这才是神仙过的日子，你那花

第五章
从弼马温到齐天大圣

果山算得了什么呢!

兜圈子完毕以后,两人走进灵霄殿,玉帝终于要见到他日思夜想的孙悟空了。

这一面,是隔着帘子见的,孙悟空既没有下跪,也没有行礼,玉帝刚开口问:"那个是妖仙?"

悟空耳朵灵敏,就大声喊了一句:"老孙便是。"

悟空这一嗓子,吓得满天仙卿张牙舞爪地喊道:"却该死了!该死了!"

玉帝大度地说:"那孙悟空乃下界妖仙,初得人身,不知朝礼,且姑恕罪。"毕竟是自家后花园花果山培养出来的猴子,玉帝怎么舍得怪罪自己的小宝贝呢。

玉帝说完,接下来,就是给孙悟空安排官职了,诸位仙官都在窃窃私语。旁边闪出武曲星君主动启奏道:"天宫里各宫各殿,各方各处,都不少官,只是御马监缺个正堂管事。"

玉帝没有半分犹豫,立刻当场批准:"就除他做个弼马温罢。"悟空听到被封官了,欢欢喜喜地走马上任!他确实是有点管理天赋的,一上任就召开会议,查明职责,分派任务,让典簿官征备草料,让力士官刷洗马匹、扎草、煮料;让监丞监理代表一把手四处巡查催办,而他自己则总揽全局,悟空有多卖力呢?

昼夜不睡，滋养马匹。

日间舞弄犹可，夜间看管殷勤：

但是马睡的，赶起来吃草；走的捉将来靠槽。

那些天马见了他，泯耳攒蹄。（第四回 43 页）

不到半个月，这些马就被猴子养得白白胖胖的，一个个全部拿猴子当亲爹。半个月后，下属们就安排酒席，这次酒席，名义上说的是：一则与他接风，二则与他贺喜。半个多月才想起来给领导贺喜？这本身就可疑。而且更可疑的是，这群下属，对猴子一点也不尊重。

孙悟空开心地问了下属一句："我这'弼马温'……此官是个几品？"

下属们坦率地说："没有品从！"

猴子说："没品，想是大之极也。"

下属们说："不大，不大，只唤作'未入流'。"

猴子说："怎么叫做'未入流'？"

下属们说："末等。这样官儿，最低最小，只可与他看马。似堂尊到任之后，这等殷勤，喂得马肥，只落得道声'好'字；如稍有些尪羸，还要见责；再十分伤损，还要罚赎问罪。"

孙悟空听完恍然大悟，原来这官职是没有品的！做得好没前途，做不好还要被开除！这班，不上也罢！只见他心头火

第五章
从弼马温到齐天大圣

起，咬牙大怒，当场撂了挑子，抽出金箍棒，一路打出了南天门！增长天王见猴子打出天门，也不加阻拦，而是立即上报！

> **啊粥细说**
>
> 　　大家瞅瞅这表述，你管这叫贺喜？分明是故意恶心人！
> 　　这几个下属显然就是在煽动孙悟空闹事儿。如果猴子工作表现不佳，下属们就可以顺理成章地参他一本，然后引发冲突。结果猴子居然把一个御马监收拾得井井有条？没关系，即使你工作出色，我照样能收拾你。
> 　　玉皇大帝这第一次招安，就是在玩欲扬先抑的策略，就是为了让孙悟空反出天宫。太白金星带领猴子上天参观，成功给猴子种下了心锚：天庭豪华住宅，值得拥有，孙悟空，你心动了吧！人生可以有遗憾，但是别让天庭成为你的遗憾。

万猴兵变

且说孙悟空一路闯出南天门,回到了花果山。

悟空看到的是什么呢?花果山井然有序,那四健将与各洞妖王,在那里操演兵卒。众手下一看,都以为是猴王衣锦还乡,来接他们上天的!

猴子们说:恭喜大王,上界去十数年,想必得意荣归也?

悟空说:我才半月有馀,那里有十数年。

猴子们说:大王,你在天上,不觉时辰。天上一日,就是下界一年哩。请问大王,官居何职?

悟空连连摆手:不好说!不好说!活活的羞杀人!那玉帝不会用人,他见老孙这般模样,封我做个甚么"弼马温",原来是与他养马,未入流品之类。我初到任时不知,只在御马监中顽耍。只今日问我同寮,始知是这等卑贱。老孙心中大恼,推倒席面,不受官衔,因此走下来了。

众猴一听,又赶紧贴上来安慰道:"来得好!来得好!大王在这福地洞天之处为王,多少尊重快乐,怎么肯去与他做马夫?"

这次,孙悟空没说话,他默默地跟群猴端起了酒杯,继续

第五章
从弼马温到齐天大圣

享受着做猴王的快乐。但是，见过天的猴子，真的还能受得了做猴王的日子吗？

猴子正在喝闷酒，郁闷之际，突然洞外来了两个陌生人——两个独角鬼王，他们一见孙悟空就倒身下拜，谄媚地说："久闻大王招贤，无由得见；今见大王授了天禄，得意荣归，特献赭黄袍一件，与大王称庆。肯不弃鄙贱，收纳小人，亦得效犬马之劳。"

这就有点意思了，孙悟空招贤都过去了十几年，这两个独角鬼王今天才想起来参加面试，而且孙悟空刚从天上回来，屁股还没坐热，这俩鬼王立马就上门了，真是太巧了。

还是老套路，这俩独角鬼王，一看就是玉帝派来的托儿。他生怕猴子没主意，专门派了俩人来给猴子出主意，这主意出得赵匡胤直呼内行。孙悟空拿起来一看，这黄袍还真挺合身，高高兴兴地穿到了身上！群猴一看，哦，原来大王是这个意思，于是群猴纷纷排班朝拜。孙悟空更是当场行使皇权，给独角鬼王封了个前部总督先锋。这是猴子第一次行使花果山的皇权。

鬼王谢恩完毕，故意问孙悟空：大王在天许久，所授何职？孙悟空没好气地说："弼马温！"这独角鬼王仿佛非常清楚天庭的秩序，马上又献上了第二件礼物，鬼王说："大王有此神通，如何与他养马？就做个'齐天大圣'，有何不可？"

好嘛！先是黄袍加身，然后自己开国当皇帝，摆明了和天庭开战。孙悟空正在气头上，一听，齐天大圣？这称号真威风！立马安排四个老猴，整了个旗子，上写"齐天大圣"四个大字，立竿张挂，传报各洞妖王纷纷知晓。就这样，在两个来历不明的独角鬼王的撺掇下，悟空稀里糊涂地就造了反。

这造反的消息，自然毫无意外地，马上被天庭知晓。天庭立马就炸了锅，但是这次，太白金星没出面招安，玉皇大帝表示："着两路神元，各归本职，朕遣天兵擒拿此怪。"

这段剧情非常值得揣摩。战争是高风险的政治，打赢了万事大吉，打输了可不是相安无事，而是万劫不复。所以自古以来，战争的原因基本也就两种：一是谋利，二是避祸。那玉帝这场仗，属于哪一种呢？当时，就有李天王带着哪吒启奏道："万岁，微臣不才，请旨降此妖怪。"这请战，也是有功劳的，玉帝当时就封托塔天王**李靖为降魔大元帅**，哪吒三太子为**三坛海会大神**，玉帝给了哪吒父子兵权后，马上兴师下界降妖，李天王带着哪吒，点起三军，命巨灵神为先锋，鱼肚将掠后，药叉将催兵，出了南天门直奔花果山。

第五章
从弼马温到齐天大圣

啊粥细说

对付一个不入流的弼马温，需要提前加封一个**降魔大元帅**？这是天庭瞧不起自己的升迁制度，还是说，悟空的真实实力，玉帝其实早就知道，只是需要一个借口，发动一场战争，来达到自己别的目的呢？还没开战，玉帝就提前把香槟给开了，此时加封李靖父子，意义匪浅。

除掉孙悟空，实际上属于临时任务。后来取经团队降伏白毛老鼠精的时候，孙悟空到云楼宫，上门找李天王，见到的是：**庭下摆列着巨灵神、鱼肚将、药叉雄帅**，这三位属于李靖的固定班底。第一次下花果山，李靖虽然名为降魔大元帅，但是统率的也只是本部人马。

由于首次降魔不成功，这个临时的大元帅头衔也就没被撤销，一直跟着李靖，成了他的长期职务。不过临时职务常态化，也算是历史上官场收权的常用手段了，比如汉朝的刺史、明朝的巡抚和清朝的军机处，都是非常典型的案例。有了第一次，就有第二次。第一次我李靖带领本部人马下界降妖失败了，这是我兵力不足。我主动请战，是有功的，第二次你们必须给我增添人手！

于是，等李靖第二次出战花果山的时候，李天王指挥的范围就已经扩大到了：**二十八宿、九曜星官、十二元辰、五**

> 方揭谛、四值功曹、东西星斗、南北二神、五岳四渎、普天星相，共十万天兵。
>
> 　　这就是**降魔大元帅**这个临时职务的指挥能力。从成功出兵花果山那一刻开始，对玉帝和李靖来说，这场战争的目的就已经达到了。
>
> 　　对孙悟空来说，从天庭回到花果山，并不是天上的生活不好，而是他对当前的职务不满。所以这并不代表猴子已经彻底放弃了成仙这条路，恰恰相反，他想争取的是一个更高的位置。孙悟空，迟早还是要上天的。所以这场仗，无论是天庭还是孙悟空，打得都相当克制！这场战争，结果也是注定的，玉帝想让孙悟空赢，孙悟空也必须赢！

　　悟空对战天庭的第一阵，是巨灵神。孙悟空一出场，作者就来了个帅气的外貌描写：

> 身穿金甲亮堂堂，头戴金冠光映映。
> 手举金箍棒一根，足踏云鞋皆相称。
> 一双怪眼似明星，两耳过肩查又硬。
> 尖嘴咨牙弼马温，心高要做齐天圣。（第四回 46 页）

第五章
从弼马温到齐天大圣

自打孙悟空闹了龙宫，作者还是第一次正面描写这身装备。瞧瞧那黄金甲、紫金冠，多么合身；亮眼睛、大耳朵，一脸佛像！这哪是个马倌儿的长相，一看就是当大官儿的材料！所以作者借这身儿打扮，直接替孙悟空亮明态度：接下来老子开出的价码是——**天齐**！

巨灵神一看猴子这么帅，当时就怒骂："我乃高上神霄托塔李天王部下先锋，巨灵天将！今奉玉帝圣旨，到此收降你。你快卸了装束，归顺天恩，免得这满山诸畜遭诛；若道半个'不'字，教你顷刻化为齑粉！"

大家看巨灵神这段自我介绍，和后来西行路上的妖怪们，也并无不同。首次面对天将巨灵神，孙悟空直截了当地告诉他："我本待一棒打死你，恐无人去报信。且留你性命，快早回天，对玉皇说他甚不用贤！老孙有无穷的本事，为何教我替他养马？你看我这旌旗上字号，若依此字号升官，我就不动刀兵，自然的天地清泰。如若不依，就打上灵霄宝殿，教他龙床定坐不成！"

巨灵神听见悟空吹牛，哼哼冷笑了三声，举起斧头，劈头就砍。结果帅不过三秒，被孙悟空一棒把斧头劈断，连忙抽身往回跑。当年一刀砍死混世魔王的孙悟空，今天却出奇地手软，只是站在原地边笑边喊："脓包！脓包！我已饶了你，你快去报信！快去报信！"很明显，悟空的策略，是以打促谈，杀死天神不是他的目的，让玉帝服服气气地招安才是。

第二阵，哪吒自告奋勇。作者也是一出场就给特写：

诚为天上麒麟子，果是烟霞彩凤仙。
龙种自然非俗相，妙龄端不类尘凡。
身带六般神器械，飞腾变化广无边。
今受玉皇金口诏，敕封海会号三坛。（第四回 48 页）

孙悟空一看，对面竟然出来个小孩子，哈哈一笑，当场宣布："我且留你的性命，不打你。"结果那小孩儿大喊了一声，变！**即变做三头六臂**，恶狠狠，手持着六般兵器，乃是斩妖剑、砍妖刀、缚妖索、降妖杵、绣球儿、火轮儿，丫丫叉叉，**扑面来打**，把孙悟空吓了一个激灵。

猴子一看：好好好，这么玩儿是吧！**也变做三头六臂**；把金箍棒幌一幌，**也变做三条**；六只手拿着三条棒架住。作者说，这场争斗是**相逢真对手，正遇本源流**。

这句话，究竟是什么意思呢？

啊粥细说

源流，指事物的起源和发展。

原著第八十三回，讲了哪吒的故事，说这哪吒是：**这太子三朝儿就下海净身闯祸，踏倒水晶宫，捉了蛟龙要抽筋为绦子。**如果事情发展到这一步，还可以算哪吒小孩儿不懂事儿的话，接下来的事儿，可就是李靖的问题了。

关于哪吒打骂天庭干部这件事，原著说的是：**天王知道，恐生后患，欲杀之。**谁家好爹妈，会因为孩子犯了点儿错，就真的把孩子给弄死呢？李靖这么做，说明他在儿子和仕途之间，毫不犹豫地选择了仕途。他是不是个好官，我们不知道，但一定不是个好爹！

没想到，哪吒这孩子挺讲究，即使一腔怒火，仍然选择割肉还母，剔骨还父，最后带着一点灵魂，去灵山向佛祖们求救。在西游世界里，哪吒的第一次生命，就干了两件事儿：

闹海，说明他反抗天庭暴政；

剔骨，说明他不想欠人情债。

反抗天庭，忠肝义胆，这可是个好苗子呀！哪吒到了灵山以后，灵山的佛祖们大慈大悲，以**碧藕为骨，荷叶为衣，念动起死回生真言**，让哪吒重获新生。在《西游记》的世界里，西天佛祖们才是哪吒的再生父母，而此时的灵山一把手,还是燃灯古佛,到底是哪个佛祖帮了哪吒,我们不得而知,但是从后面的剧情推测,大概率是如来。随着哪吒和李靖在天庭地位的攀升,如来在灵山的地位也水涨船高。

那么,哪吒重生之后,做了些什么呢:

第一步,**运用神力,法降九十六洞妖魔**;

第二步,**要杀天王,报那剔骨之仇**。

要是真被哪吒杀了亲爹,如来难免遭人闲话。于是如来赐塔解仇,既是哪吒的再生父母,也是李靖的救命恩人,就这样,如来在这对父子之间做了两头好人,父子俩也被迫和解。如来的御赐宝塔无敌神威是一方面,更重要的是,哪吒如果真杀了亲爹李靖,那就是对干爹如来的不孝顺了。这是《西游记》原著中哪吒和李靖矛盾的父子关系。在这里,如来利用哪吒重生事件直接介入了天庭。

纵观整部《西游记》,牛魔王是孙悟空猴生的另一种可能,他半辈子努力入赘,玩转了人情世故,活成了人上牛。就是时运不太好,赶上了西天取经最终只能被时代抛弃。事实证明:奋斗了半辈子,你就以为能坐享其成了?完全不可能,浪打过来的时候,被拍死在沙滩上的,全是会游泳的。只有时代的赢家,没有赢家的时代。

说起来,还真是哪吒最像孙悟空。他第一命生在李靖家,重生之后,就成了佛教圣婴;然而,哪吒后来手里的六

第五章
从弼马温到齐天大圣

> 般兵器，件件都属于道教，所以哪吒一直带着佛教的命，打着天庭的工。哪吒的亲爹李靖也是同理。
>
> **哪吒是被如来选中的人，孙悟空是被玉帝选中的人。**如果他们注定要走一样的路，那么哪吒的今天，就注定是猴子的明天！佛教背景的哪吒，在天庭打工，就像天庭背景的猴子，去灵山打工，你中有我，我中有你，天下的事，妙就妙在这里，坏也就坏在这里。这就是所谓的正遇本源流！说白了，咱哥儿俩都一样！

齐天大圣

就这样，两个被大佬选中的天命人在花果山第一次相遇。

孙悟空和哪吒这俩小年轻，打得是地动山摇。哪吒是**六件兵器都教变，百千万亿照头丢**；孙悟空是以**一化千千化万，满空乱舞赛飞虬**，这一战打得太精彩了，**唬得各洞妖王都闭户，遍山鬼怪尽藏头**。

这是孙悟空遇到的第一个正面硬杠自己，还能与自己打得不分胜负的对手。但哪吒在身法方面还是略逊一筹，就在双方开启范围攻击，各种气功波对轰之际，猴子拔下毫毛使出分身，真身绕后搞偷袭，哪吒没有反应过来，被悟空偷袭得手，左胳膊被金箍棒打中，疼痛难忍，只得落荒逃走。看着连输了两阵，李天王直接不想打了，表示猴子太强，我们束手无策，不如回天宫启奏。哪吒还强调了一下，猴子的诉求是：玉帝封他做齐天大圣，否则定要打上灵霄宝殿。

李天王一听，心情反而平静了许多，说："且去上界，将此言回奏，再多遣天兵围捉这厮，未为迟也。"折腾这半天，李天王兵权也握到手了，猴子也打胜仗了，李天王听到"齐天大圣"这四个字，就知道那独角鬼王的游说，应该也得手了。

这场战斗，天庭损失了什么呢？巨灵神丢了一把劣质斧头，还有亲儿子哪吒左胳膊受伤，除此之外，没有任何损失。因此，李靖这第一战，可谓是圆满地完成了任务！

李天王率领本部人马回到天庭，跟玉帝汇报战况，说那猴子势大，需要添兵剿除。玉帝觉得，不合适吧，要不咱们多演一出？于是玉帝就来了一句："谅一妖猴，有多少本事，还要添兵？"

紧接着，被猴子打伤的哪吒现身说法，讲述了孙悟空是如何打败了巨灵神，又如何打伤了自己的，甚至还自封齐天大圣，扬言要打上灵霄宝殿的事情。哪吒此时的职位，是三坛海会大神，三坛就是天、地、海，海会就是汇聚，所以这个三坛海会大神，就类似于海陆空三军的总先锋。哪吒表示，我这身份都

第五章
从弼马温到齐天大圣

打败了,人家要当个齐天大圣,过分吗?玉帝听完汇报,正要假装摔茶杯以示震怒呢,这时唱红脸的太白金星就站出来了。

太白金星的方案是:"那妖猴只知出言,不知大小。欲加兵与他争斗,想一时不能收伏,反又劳师。不若万岁大舍恩慈,还降招安旨意,就教他做个齐天大圣。只是加他个空衔,有官无禄便了。"

太白还是跟上次一样,有理有据,没脸没皮。众神都不想下界丢这人,自然没什么意见,于是玉帝大手一挥,再次批准招安计划。

此时的猴子,在做什么呢?以自封"齐天大圣"的身份打赢了第一仗以后,猴子对自己的六个结拜兄弟表示:"小弟既称齐天大圣,你们亦可以大圣称之。"

内有牛魔王忽然高叫道:"贤弟言之有理!我即称做平天大圣。"

蛟魔王道:"我称做覆海大圣。"

鹏魔王道:"我称混天大圣。"

狮狔王道:"我称移山大圣。"

猕猴王道:"我称通风大圣。"

猨狨王道:"我称驱神大圣。"

就这样,花果山一个山头的造反,彻底演变成了一个妖魔集团的造反。更大规模的战争种子，就此埋下！但是在暴风雨来临之前，还有一次招安。

> **啊粥细说**
>
> 招安，是成为神仙编的一个正规途径。
>
> 为了把孙悟空拉拢上天，玉帝采用的招安法能够迅速提升猴子的政治地位。玉帝对于提拔猴子的策略，就是两谈两打。第一次谈判，玉帝给猴子种了个心锚，让他看到了天宫的豪华宅邸和神仙们的品质生活，这勾起了孙悟空上天的欲望。第一次平叛又让孙悟空当着天庭一级战力展示了自己的实力，顺便收回自己的军权，扶持了李靖和哪吒上位。
>
> 这一谈一打之间，玉帝既堵上了众神的嘴，又让孙悟空如愿以偿地当上了齐天大圣，玉帝也成功地解决了猴子的组织归属问题。正所谓**国之大事，在祀与戎**。越是高级的政治家，其实手里只有两张牌：一张是**祭祀**，一张是**干仗**。
>
> 玉帝显然是政坛老手，虽然皇权方面处处被道教控制，但还是操作得游刃有余。实际上，如果没有大闹蟠桃会那个意外的话，玉帝提拔猴子之路，也许会提前结束，那什么西天取经，完全就是一个意外。

第五章
从弼马温到齐天大圣

受了玉帝的旨意后，太白金星第二次来到花果山招安，孙悟空还是乐乐呵呵对他，仿佛一切都在意料之中，而且当场断定："来得好！来得好……今番又来，定有好意。"

于是，猴子亲自带着群猴，披着那身黄袍，大张旗鼓，列队迎接，接待规格比太白第一次来的时候还要高。太白金星拐弯抹角，不过核心意思就一个：**您要的齐天大圣，玉帝批了！**孙悟空大喜，再次跟着老太白上了天，而且这次，南天门守将真的是拱手相迎，让孙悟空赚足了面子。

玉帝见了悟空，封了悟空做"齐天大圣"，与此同时，玉帝下令在蟠桃园右首，起一座**齐天大圣府**，府内设两个司：一个叫**安静司**，一个叫**宁神司**。两个司都有仙吏，名为辅佐，实则监视。

玉帝还送了个入职大礼包：御酒二瓶，金花十朵。这一套入职流程非常正规，唯一的问题在于，你让一只猴子看守桃园，他能安心、能宁神吗？

第六章 蟠桃园偷窃事件

岁月静好

"齐天大圣",实在是个美差,自从孙悟空被玉帝注名封官后,那日子过得叫一个潇洒。

称为齐天大圣,意味着悟空成功受封大罗金仙,成为三界名义上统治阶层的一员。因此,统治阶层该有的享受,悟空自然都有。猴子的齐天府下辖**宁神司**和**安静司**两司的官员,这些官员的主要工作就是服侍猴子的日常起居。原著说猴子当上大圣后的日子是这么过的:

> 那齐天府下二司仙吏,早晚伏侍,只知日食三餐,夜眠一榻,无事牵萦,自由自在。(第五回52页)

这样的日子终归还是太过清闲,猴子每天吃了睡,睡了吃,很快便感到无聊。于是,猴子决定发挥自己的天赋技能——交朋友。

第六章
蟠桃园偷窃事件

当年在花果山,猴子也是白手起家,凭借硬实力征服了猴群、兽群,收拢了七十二洞妖王势力,建立了庞大的花果山军事集团。从这段过往的履历可以看出,猴子是一位政治高手。这不,在齐天府吃喝腻了以后,孙悟空又开始扩列,然而这次的社交对象,不是凡间那些妖王散仙能比的。

啊粥细说

猴子的社交范围有多广呢?我们来看原文的描述:

见三清,称个"老"字;逢四帝,道个"陛下"。(第五回 52 页)

在西游世界里,三清四帝,就是三界内名义上的最高统治者。

三清,就是**元始天尊、灵宝道君、太上老君**。天庭的第一大派别是道教,三清就是道教的首脑,玉皇大帝,就是道教体系内选出来的话事人。玉帝名义上是三界共主,但在道教内部,位置在三清之下。

四帝,是辅佐玉皇大帝的四位尊神,所以又称"四辅"。

他们是：**北极紫微大帝、南极长生大帝、勾陈上宫天皇大帝、承天效法后土皇地祇**。如果说三清是玉帝的领导，那么四帝就相当于玉帝的内阁，帮助玉帝分管三界。

由此可见，孙悟空这个"齐天大圣"的级别非常高，三清四帝想见就见，完全没有阻碍。接下来的这句话更是不得了：

与那九曜星、五方将、二十八宿、四大天王、十二元辰、五方五老、普天星相、河汉群神，俱只以弟兄相待，彼此称呼。（第五回 52 页）

这句话，是对上面那句话的回应。进一步说明，"齐天大圣"这个官位，除了三清四帝以外，其他的天庭高级领导，在悟空眼里都是哥们儿。

九曜星，就是日曜（太阳）、月曜（太阴）、火曜（荧惑星）、水曜（辰星）、木曜（岁星）、金曜（太白星）、土曜（镇星）、罗睺（黄幡星）、计都（豹尾星），太白金星，就是九曜星之一，直接向玉帝汇报，可见九曜星级别非常高。

五方将，东方青帝九夷君青神将军，南方赤帝八蛮君赤神将军，西方白帝六戎君白神将军，北方黑帝五狄君黑神将军，中央黄帝三秦君黄神将军。玉帝直接指挥五方将，因此

第六章
蟠桃园偷窃事件

五方将可以理解为天庭的中央军首脑。

四大天王，就是持国天王、增长天王、广目天王、多闻天王，这个成分就比较有意思了。四大天王本来是佛教的四位护法天神，在佛教内部属于镇守四大部洲的一把手，属于佛教的地方干部，在佛教内部的地位很高。在这里我们看到，四大天王此时也在天庭当差，说明天庭的派系，不止道教一家，道教只是第一大派系，佛教势力相对弱小。

十二元辰，又叫**十二月将**，就我们熟悉的子（神后元辰）、丑（大吉元辰）、寅（功曹元辰）、卯（太冲元辰）、辰（天罡元辰）、巳（太乙元辰）、午（胜光元辰）、未（小吉元辰）、申（传送元辰）、酉（从魁元辰）、戌（河魁元辰）、亥（登明元辰）。这十二个官员，是掌管时间的，分管十二月份的大小事宜。这些官员，分属佛道两教，既管时间，又管空间，级别非常高。

最有意思的，其实是这个**五方五老**。什么是五方五老呢？在道教典籍中，五方五老是青帝、赤帝、白帝、黑帝、黄帝。但是在西游世界中，借由七仙女之口，我们知道了，西游里的五方五老是：

西天佛老

南方南极观音

东方崇恩圣帝

北方北极玄灵

中央黄极黄角大仙

大家应该注意到了一个关键点，在孙悟空大闹天宫之前，西天佛老的政治地位并不高，甚至还要与孙悟空称兄道弟，而**南极观音**和**西天佛老**位置是并列的，两个人是平级，观音此时也并非西天佛教的菩萨。但是在大闹天宫之后，观音居然就成了佛教的菩萨，这中间的变动，正是我们后面要分析的重点。

消失的蟠桃

猴子和诸多天庭的神仙称兄道弟，这是玉帝想看到的。但是，猴子啊猴子，你的齐天府为何修在蟠桃园旁边，你心里没点数吗？！

作为一只猴子，你居然都不动偷桃的心思，这么守规矩，可把玉帝急坏了。猴子作为天庭的外人，升官直接升到顶，这让很多天庭的老人都眼馋了。于是，许旌阳代表道教站出来，

第六章
蟠桃园偷窃事件

对着玉帝谏言道:"今有齐天大圣,无事闲游,结交天上众星宿,不论高低,俱称朋友,恐后闲中生事。不若与他一件事管,庶免别生事端。"

啊粥细说

许旌阳这句话的重点是什么呢?**不论高低,俱称朋友**。齐天大圣是天庭官方承认的头衔,但是猴子见谁都叫哥们儿,都一通结拜结义,这样一来,对天庭森严的等级制度是有损的。这样一只坐着火箭飞升上来的猴子,每天的日常工作就是破坏天庭礼法,这件事儿,怎么看怎么奇怪。大家别忘了,玉帝都要受制于道教,何况这么只猴子。但是猴子这些破坏规矩的行为,刚好是玉帝想看到的,有些规矩,只要打破一次,就可以打破无数次。话虽如此,但许旌阳毕竟作为道教代表发言了,玉帝刚好顺坡下驴。本来,把齐天府建在蟠桃园旁边,目的就很明显了,这时候,趁着猴子"胡闹",刚好给他找份差事。

于是玉帝认可了许旌阳的建议，但是没说封什么官，就直接召见猴子。玉帝宣召，猴子觐见，猴子直率地问："陛下，诏老孙有何升赏？"玉帝没有询问任何人的建议，直接安排工作道："朕见你身闲无事，与你件执事。你且权管那蟠桃园，早晚好生在意。"

猴子开心极了，接下了这份家门口的美差。没人反驳，也没人质疑让一只猴子看桃园会有什么风险，但是所有人都心知肚明，让孙悟空看守桃园，肯定没安好心。

大家还记得猴子在弼马温官位上的优秀政绩吗？毫不夸张地说，猴子在一个没品级的官位上卷出了新高度，卷得下属都看不下去，开始排挤领导。而蟠桃园管事这份美差，猴子依旧非常兴奋。跟当初入职御马监时一样，孙大圣欢欢喜喜地上了任，兢兢业业地开始工作。

在猴子之前，蟠桃园没有主事，只有一个保安，就是土地公。这土地公听闻大圣新官上任，乐乐呵呵地召唤那园子里的锄树力士、运水力士、修桃力士、打扫力士来拜见大圣，然后带着猴子开始参观桃园。猴子看到的蟠桃园，真的是硕果累累：

天天灼灼桃盈树，棵棵株株果压枝……
不是玄都凡俗种，瑶池王母自栽培。（第五回53页）

第六章
蟠桃园偷窃事件

孙大圣看得高兴，就问了土地一句："此树有多少株数？"土地严肃地介绍：有三千六百株：

前面一千二百株，花微果小，三千年一熟，人吃了成仙了道，体健身轻。

中间一千二百株，层花甘实，六千年一熟，人吃了霞举飞升，长生不老。

后面一千二百株，紫纹缃核，九千年一熟，人吃了与天地齐寿，日月同庚。

标准版的蟠桃吃了即可成仙，摆脱凡人的劳碌命运。加强版蟠桃吃了可以延年益寿，人参果、唐僧肉也属于这个级别。顶配版蟠桃真的不得了，吃一颗就能不老不死、与天齐寿。猴子一听，才发现这都是世间至宝，高兴得不得了。自打这天起，猴子酒也不喝了，朋友也不交了，朋友圈也不刷了，隔三岔五就往蟠桃园跑，原著说的是：

三五日一次赏玩。（第五回 53 页）

咱也不知道桃园有什么赏玩的，大概是桃子个个都长得圆乎乎的很好看吧。玉帝是懂人性的，人性是经不起挑战的，猴性更是。由于每天都过来监督桃园的生产工作，猴子眼看着桃子渐渐长大。这天，猴子照例来到蟠桃园，看着那老树枝头，桃熟大半，越看越馋，就想摘一个尝尝鲜。但是身后土地、力士、齐天府仙吏，一大帮子人寸步不离，这让猴子非常难受。

猴子实在是忍不住了，回头说了一句："汝等且出门外伺候，让我在这亭上少憩片时。"齐天大圣的命令，自然不可违抗。这帮人真的就转身出门了，留下一只猴子，和一堆桃树待在一起。猴子趁着四下没人，猴性大发，他脱了官服，爬上树摘了许多大桃子，大快朵颐地吃了个饱！

自从有了第一次以后，就再也收不住手了。自此以后，猴子每隔三两天就跑来偷桃吃。这样的好日子过了很久。悟空知道自己在监守自盗，但是他真的忍不住。虽然这只是桃，可我是只猴子啊！

丢桃之谜

这一天，命运让七仙女和猴子相遇。王母娘娘设宴，大开宝阁，在瑶池中做**蟠桃胜会**。七仙女受王母之命，奉旨前来摘桃。刚走到门口，七仙女远远看到，蟠桃园门口，站着桃园土地、力士与齐天府二司的仙吏。这个配置是什么意思呢？

第六章
蟠桃园偷窃事件

蟠桃园的土地与力士，是桃园的固定工作人员，而齐天府承担的是监督桃园的职责。

七仙女看到人数众多，就近前道："我等奉王母懿旨，到此摘桃设宴。"

土地发话："今岁不比往年了，玉帝点差齐天大圣在此督理，须是报大圣得知，方敢开园。"

从这段简单的对话我们可以得知，玉帝派孙大圣管理蟠桃园这事儿，并没有通告三界，七仙女压根就不知道。此时孙悟空还在桃园里吃桃呢，但是七仙女要得急，土地只得带着仙女们，进入桃园开始找猴子。七仙女跟着土地东找西找，半天也没看见孙大圣的影子。七仙女急了，齐天府的仙吏这才说："仙娥既奉旨来，不必迟疑。我大圣闲游惯了，想是出园会友去了。汝等且去摘桃，我们替你回话便是。"

有了齐天府仙吏的授权，七仙女这才开始摘桃。她们在前树和中树摘桃都还顺利，然而到了那后树一看，是：花果稀疏，止有几个毛蒂青皮的。

> **啊粥细说**

事情到了这里，就变得诡异起来。不考虑天庭高超的桃子繁育技巧，人间一棵桃树的产量大概是二三百斤，这后树有一千两百株呢。孙悟空入职时，这些树是硕果累累、桃熟大半，几乎处于产量峰值。也就是说，理论上，此时桃园中，后树的大桃大概有二十四万斤。即使孙悟空胃口大开，每天都过来偷桃吃，一次吃十斤，二十四万斤，也足以让猴子吃六十五年，才能吃完。假设桃子没有全熟，加上猴子胃口更大，一次吃二十斤，把这里全部的桃子都吃完，也要花将近三十年！

什么意思呢？这蟠桃会是**每年请会，喜喜欢欢**，说明这蟠桃会是一年一度。从猴子管桃园，到蟠桃会召开，中间最多过了一年。后来孙悟空二次回到花果山的时候，自称走了半年光景，半年时间，二十四万斤桃，孙悟空不停地吃，一天也得吃一千三百多斤！这哪是偷桃吃，这分明是抢桃、卖桃。很明显，猴子没有这么干，所以蟠桃园丢桃这事儿，绝对是栽赃，有人在背后动了手脚！

大家还记得，蟠桃园差事，是玉帝直接指派的吗？整个三界，能对桃园动心思的人屈指可数。但是，玉帝究竟打的什么算盘，为何煞费苦心地布局呢？

第六章
蟠桃园偷窃事件

我们都知道,蟠桃是天庭权威的重要保障。因为天庭掌控了蟠桃的生产、分配权限,各路神佛才能服服帖帖,按照天庭设计好的阶层各司其职、相安无事。蟠桃出问题,意味着以蟠桃为核心的天庭统治体系根基被动摇。玉帝想要主导一切,自然要从根儿上给原本的体系松松土。

怎么松土呢?蟠桃会就是玉帝调整的起点。为了辨明敌我,玉帝故意安排猴子去管理蟠桃园,又偷偷派人把蟠桃园里后树的顶级桃摘了个精光。反正你猴子的职责就是管理蟠桃园,那桃儿是丢了还是被你吃了,重要吗?到时候王母娘娘要办蟠桃会,人家到场发现桃儿没了,只能是你猴子的问题。

这里有一个巧合,就是七仙女。来摘桃的七仙女并不知道,齐天大圣已经成了蟠桃园的新领导。很显然,她们并不是玉帝特意安排的,七仙女也没打算把蟠桃会的消息透露给孙悟空,孙悟空也不在受邀的诸仙之列。如果不发生意外,按照玉帝原本设计的剧本演下去,七仙女应该是见不到孙悟空的。只要她们看到一片荒凉的蟠桃园,再如实汇报,猴子的罪名就可以坐实了。

但是,以猴子的性格,自然也不会认账,更不会服输。猴子,就是玉帝上位之路中设计好的那个敌人。只要玉帝和猴子的矛盾一触即发,玉帝就可以开始整顿朝堂了:

拥护朕的,朕向你握手;

坐山观虎斗的,朕给你个投靠的机会;

反对朕的,哪儿凉快哪儿待着去,该贬就贬,该杀就杀。

说猴子是玉帝的嫡系,其实不太对。玉帝的最终目的是逐步成为真正的三界共主。更有可能的情况是,猴子只是玉帝成为三界共主之路上的一颗棋子。说白了,猴子的死活,玉帝是不在乎的。

从后面的西行之路我们也能看出来,只要天神们愿意,对付这只猴子的方法有一万种。你说猴子冷兵器无敌?我手里有的是机枪大炮,各种逆天的法宝,谁跟你在这儿玩棍子?在降维打击面前,根本不需要阴谋,玉帝的每一步都合理合法,都是阳谋。阴谋玩的是信息差,一旦骗局被拆穿,阴谋也就失效了。而所谓的阳谋,就是通过满足你的需求,让你陷入一种"不得不"的绝境。你不满,你抱怨,你痛苦,你绝望,但是你没的选。

在玉帝原本的计划里,只要蟠桃会一开,就在成为真正三界共主之路上往前推进了一大步。但是很可惜,事态的发展远远超出了玉帝原本的预期!

第六章
蟠桃园偷窃事件

迷路的赤脚大仙

　　七仙女在蟠桃园东张西望了半天，在一株桃树的南枝上看见一个半红半白的桃子。仙女伸手一摘，居然颠醒了一只正在睡觉的猴子！原来是孙悟空吃饱了，变成二尺长的小人，正在这枝子上睡觉呢！这缺心眼的猴子也没注意，后树的桃子不知不觉都被人偷完了，就这样傻傻地被人下了套。

　　仙女遇上猴子，双方一瞪眼，孙大圣抽出金箍棒大声喝道："你是那方怪物，敢大胆偷摘我桃！"七仙女连忙跪下请罪，把王母娘娘要办蟠桃会的事儿说了一遍。

　　孙大圣一听，哟，要开蟠桃会啦，这能少得了我齐天大圣吗？猴子的虚荣心开始作祟，期待的眼睛都发亮了，但还是故作镇定，笑呵呵地问道："仙娥请起。王母开阁设宴，请的是谁？"

　　七仙女如实汇报，列举了一下名单：上会自有旧规。请的是西天佛老、菩萨、圣僧、罗汉，南方南极观音，东方崇恩圣帝、十洲三岛仙翁，北方北极玄灵，中央黄极黄角大仙——这个是五方五老。还有五斗星君，上八洞三清、四帝、太乙天仙等众；中八洞玉皇、九垒、海岳神仙；下八洞幽冥教主、注世地仙。

> **啊粥细说**

在七仙女列举的这份名单里，分封地方的诸侯王——五方五老居首。然后才是上八洞的三清、四帝，中八洞的玉皇、九垒，下八洞的地府、地仙。

这帮人属于两种类型：

五方五老镇守一方，属于地方诸侯王；

五斗星君和二十四洞神仙属于中央大员。

这帮中央大员中，为首的就是道教的三清四帝。在这帮地方诸侯中，我们之前已经说过，观音也属于五方五老的成员，跟佛老并列。也就是说，在西游世界初期，这二位是平级。同为五方五老的崇恩圣帝，也比较有意思。《东岳宝诰》记载：

赫天玄英之祖，金轮少海之宗，弥仙母梦日光，生紫府圣人东华弟，昔建功于长白，始受封于羲皇，初号泰华真人，汉明泰山元帅，唐会崇恩圣帝。

这个《东岳宝诰》出自《元始天尊说东岳化身济生度死拔罪解冤保命玄范诰咒妙经》，大概率是明朝作品。虽然真实历史上泰山神在唐代只是被加封为天齐王，一直到宋代才被封帝号，名为东岳天齐仁圣帝。但是崇恩圣帝这个名号出

第六章
蟠桃园偷窃事件

> 自《东岳宝诰》，所以五方五老中的崇恩圣帝，实际上就是东岳大帝！

我们继续回到孙悟空和七仙女的对话：

猴子笑着说："可请我么？"

仙女说："不曾听得说。"

猴子开始不满："我乃齐天大圣，就请我老孙做个席尊，有何不可？"

仙女说："此是上会旧规，今会不知如何。"

猴子说："此言也是，难怪汝等。你且立下，待老孙先去打听个消息，看可请老孙不请。"

七仙女回答得有理有据，表示不知道这宴请制度有没有改革，所以猴子也没道理生气。孙悟空打算暂停一下和七仙女的这场讨论，于是就使了个定身法，把七仙女定住，然后直奔瑶池，打探消息。猴子刚出门，就碰到了一个奇怪的人。这人是：

名称赤脚大罗仙，特赴蟠桃添寿节。（第五回 55 页）

定场诗说得很明白，赤脚大仙是前往参加蟠桃会的。

猴子上去就打了个招呼，问道："老道何往？"

赤脚大仙说："蒙王母见招，去赴蟠桃嘉会。"

猴子一看，赤脚大仙都出发赴会了，这就说明，蟠桃会要邀请的人，早该收到请柬了。孙大圣听见赤脚大仙这么说，就已经确定，这蟠桃会绝对没请他！猴子沉吟片刻，计上心头，他不慌不忙地和赤脚大仙扯谎说："玉帝因老孙筋斗云疾，着老孙五路邀请列位，先至通明殿下演礼，后方去赴宴。"

这赤脚大仙傻乎乎的，听了猴子的话，真的就信了，只是边走边嘟囔道："常年就在瑶池演礼谢恩，如何先去通明殿演礼，方去瑶池赴会？"

赤脚大仙这个神仙，无论是在西游世界中，还是在真实历史上，根基都不太深，关系网也不复杂。他在《西游记》中就干过两件事儿，被猴子忽悠算一件，另一件，就是保沙僧的命。后来取经团队在流沙河，沙僧曾经亲口说：

多亏赤脚大天仙，越班启奏将吾放。（第二十二回 271 页）

第六章
蟠桃园偷窃事件

> **啊粥细说**

沙僧待在玉帝身边，属于玉帝的亲信团队被人掺了沙子。后来，玉帝借着打碎玻璃盏这个借口，贬沙僧下界，就是玉帝整理身边关系的一种手段。而赤脚大仙仅仅一句谏言就能说服玉帝，这说明玉帝非常信任他，或者说，两个人的关系非同一般。换句话说，赤脚大仙，大概率是玉帝的亲信班底。那么，玉帝贬沙僧，肃清的是谁的势力呢？老四沙僧的身份线索不多，但是清朝段松苓的《益都金石记•卷二》记载，唐朝东岳庙《尊胜经幢》的诸神名录，有一位极其特殊，叫作——南门卷帘将军。这为我们推测沙僧的身份提供了一种可能性：**卷帘大将，有可能是东岳大帝的背景！**

怪不得后来在朱紫国，孙悟空遇到东岳大帝的醮面金睛鬼的时候，首先问的是："沙僧，你可认得他？"原来沙僧和这醮面金睛鬼是旧识，这样一来，也就不难理解了。反正后来的安天大会上，崇恩圣帝的下属寿星主动带着礼物上门祝贺，说的是："幸如来善伏此怪，设宴奉谢，故此闻风而来。更无他物可献，特具紫芝瑶草，碧藕金丹奉上。"

从结果来看，崇恩圣帝这一派，有自己的长生秘术，他们献上的**紫芝瑶草、碧藕金丹**，就是玉皇大帝的政治成果，沙僧被从玉帝身边肃清，则说明玉帝对于崇恩系的势力，已经掌控得很极致了。

> 后来，赤脚大仙向玉帝汇报情况的时候说："臣蒙王母诏昨日赴会，偶遇齐天大圣。"也就是说，赤脚大仙提前到场，是王母特意安排的。可以推测，赤脚大仙的目的，就是提前给孙悟空透露消息，让猴子造反。换句话说，即使七仙女没有走漏猴子未受邀的消息，赤脚大仙也会主动把消息送上门！

偷丹偷酒搅破天

孙悟空以为自己骗走了赤脚大仙，就变成赤脚大仙的模样直奔瑶池。猴子来得太早了，那瑶池的景色非常高端大气，而此时，会场里空无一人：

桌上有龙肝和凤髓，熊掌与猩唇。珍羞百味般般美，异果嘉肴色色新。（第五回 56 页）

猴子一看，这么多好酒好菜，你们不开席，老孙自己开！于是，猴子变了几个瞌睡虫，把后厨和服务员、保安等人统统放倒。然后猴子拿了些美味佳肴，就着缸，挨着瓮，放开量边

第六章
蟠桃园偷窃事件

吃边喝。喝着喝着，猴子突然惊觉，这蟠桃会还没开席呢。此时的猴子还算清醒，他心里想着："不好！不好！再过会，请的客来，却不怪我？一时拿住，怎生是好？不如早回府中睡去也。"猴子心里想着，赶紧腿儿着开溜。但是猴子喝酒喝得太多了，他一路上晕晕乎乎，居然就走错了路，一路撞进了兜率天宫。猴子又是惊觉："兜率宫是三十三天之上，乃离恨天太上老君之处，如何错到此间？——也罢！也罢！一向要来望此老，不曾得来，今趁此残步，就望他一望也好。"

到此为止，孙悟空可都是好心。完全没有要造反的意思，也没有要偷丹的念头，只是偷偷吃了些国宴的酒肉佳肴。他来到兜率宫的时候，也没打算动老君的金丹，而是想要进去拜访一下老领导。但是无巧不成书，老君带着弟子们，和燃灯古佛一起，正在三层高阁朱陵丹台上搞学术研讨会呢，这兜率宫，没人！

燃灯古佛此次来访的目的很明显：值此蟠桃盛会，燃灯代表灵山前来参会，说明此时灵山的大权仍掌握在燃灯手中。

猴子并不知道老君去干吗了，就在老君的家里四处闲逛，无意中就逛进了丹房。孙悟空看到，老君的炉子旁边放着五个葫芦，葫芦里装着炼好的金丹。这下子，猴子更开心了，自言自语道："此物乃仙家之至宝。老孙自了道以来，识破了内外相同之理，也要炼些金丹济人，不期到家无暇；今日有缘，却又撞着此物，趁老子不在，等我吃他几丸尝新。"

心里想的是尝鲜，但猴子确实没管住嘴，猴子晕晕乎乎地吃豆子解酒，把那金丹当炒豆子一样全部吃下了肚。随着金丹逐渐吃完，猴子也渐渐酒醒。他自己思量了一下，心说："不好！不好！这场祸，比天还大，若惊动玉帝，性命难存。走！走！走！不如下界为王去也！"

由于心想着逃命，悟空此时也不回齐天府收拾行李，而是就近从西天门，使了个隐身法，直接遁出。猴子一回家，就轮到玉帝头疼了。先是七仙女被定住了一昼夜，就回禀王母，把猴子定住自己，又疑似偷吃蟠桃的事情说了一遍。王母马上来找玉帝汇报。就在这时，瑶池会场的人也来报告："不知甚么人，搅乱了'蟠桃大会'，偷吃了玉液琼浆，其八珍百味，亦俱偷吃了。"

还没等玉帝反应过来，然后四大天师启奏太上道祖来了，玉帝不敢怠慢，和王母一起出迎老君。老君缓缓说道："老道宫中，炼了些'九转金丹'，伺候陛下做'丹元大会'，不期被贼偷去，特启陛下知之。"

听老君说完，玉帝是个什么反应呢？**见奏悚惧。**

事情发展到这里，玉帝才意识到，本来是想培养猴子作为自己的工具人，没想到猴子这一通乱搅，几乎得罪了天庭的所有势力，尤其是得罪了自己最不想得罪的人——道教首脑——

第六章
蟠桃园偷窃事件

太上老君。在悟空的搅闹下,整个天界都乱成了一锅粥。

到此为止,猴子做的事情对天庭而言,伤害性不大,但侮辱性极强。尤其是猴子的齐天大圣、蟠桃园主事这些官,都是玉帝亲自封的,这孙悟空不拿下,别说天理难容,玉帝这位子也要坐不稳了。这个世界不可能完全按照你的设想去运作,即便聪明如玉帝,他要成为真正的三界共主也要经历一些磨难和妥协。

第七章 大闹天宫

大战在即

在西游世界中，每个人都有获取权力的机会。而获取权力的方法，不论是神仙还是凡人，实际上都大同小异。当孙悟空偷了仙丹，惊动了太上老君的那一刻，玉帝才意识到：

局面失控了！

孙悟空啊孙悟空，你说你惹他做什么！不过这会儿还顾不上抱怨。所以，玉帝听闻猴子偷了兜率宫的金丹，当时就下令：四大天王，协同李天王并哪吒太子，点二十八宿、九曜星官、十二元辰、五方揭谛、四值功曹、东西星斗、南北二神、五岳四渎、普天星相，共十万天兵，布一十八架天罗地网下界，去花果山围困，定捉获那厮处治。

这个命令很有意思：

首先，孙悟空扰乱蟠桃会可忍，但是冒犯兜率宫实在是罪大恶极，必须严肃处理！

然后，由于事出紧急，只有李天王去过花果山，有对付猴子的经验，所以，天兵天将们，你们全得听李天王的号令！

第七章
大闹天宫

最后，玉帝布下十八架天罗地网，重在围困，先把人抓起来，但是不能弄死，抓回来再商量！

于是，众神得令，离开天宫到了花果山。这一场大战，打得是：

寒风飒飒，怪雾阴阴……
大圣一条如意棒，翻来复去战天神。
杀得那空中无鸟过，山内虎狼奔；扬砂走石乾坤黑，播土飞尘宇宙昏。（第五回61页）

这场战斗打得有多激烈呢？从上午七点打到了下午六点，整整十一个小时！但是这么激烈的战斗，双方打了整整一天，那是一具尸体都没见着！这一战，只有独角鬼王和七十二洞妖王被李靖活捉，花果山的猴子，他们一只都没伤到！李靖也是一回帐就忙着分战果：拿住虎豹的，拿住狮象的，拿住狼虫狐狢的，各自报功，就是没有抓到一只猴子！悟空一看，被抓走的都是其他兄弟的人马，更是一点也不慌，只说："捉了去的头目乃是虎豹狼虫、獾獐狐狢之类，我同类者未伤一个，何须烦恼？"猴子一方认为自己没输，李靖一方认为自己赢了，就在双方僵持之际，菩萨来了！

观世音出场

就在猴子和李靖休战的时候,五方五老之一的观音菩萨,带着大徒弟木叉惠岸行者,拿着蟠桃会的请柬,高高兴兴地来吃席了。但是,这次的瑶池有点不太一样,观音看到的瑶池仙境是:**荒荒凉凉,席面残乱**,就剩点残羹剩饭了。难道我观音来晚了?此时,天庭众神的动向是:

玉帝、老君、王母在灵霄宝殿议事;

四大天师和赤脚大仙在通明殿值班;

其余受邀的众神佛都在瑶池吃瓜,观音也在吃瓜群众之列。

也就是说,此时在灵霄宝殿参与决策的,都是天庭的顶级官员,在通明殿值班的,也都是老君和玉帝的心腹。观音此时是五方五老的品级,理论上她也只能在瑶池听候差遣,跟同事们一起吃瓜。但是,观音在搞清楚状况以后,说的是:"汝等可跟贫僧去见玉帝。"众仙的态度是啥呢?**怡然随往**。很显然,大家早就想吃瓜了,只差一个带头的人,于是观音便充当了这个敢为天下先的人。

当观音带着地方上的诸位大神挤进灵霄宝殿时,这场面颇

第七章
大闹天宫

有几分逼宫的意思。但是观音却在接下来的谈话中坚定地站在了玉帝的这一边。虽然观音、如来和燃灯同属于佛教大背景，却并不属于同一派系。而此时的观音系，无论是在佛教，还是在五方五老中，都属于极其弱势的一股力量。后来的取经路上，孙悟空大战黑熊精时，第一次主动去南海求助观音。到了南海，孙悟空在云端遥望，听到的是：

绿杨影里语鹦哥，紫竹林中啼孔雀。（第十七回 215 页）

真假美猴王那一回，沙僧第一次去南海，听到的又是：

紫竹林中飞孔雀，绿杨枝上语灵鹦。（第五十七回 724 页）

没错，整部《西游记》中，有且仅有两处景物描写提到了孔雀这个物种，再后来在朱紫国，观音菩萨收服金毛犼时，找的借口正是：朱紫国王做太子时，射伤了孔雀大明王的孩子，孔雀大明王要报仇！别的问题我们暂且不说，但是这些线索至少可以证明，观音跟孔雀关系不错。

啊粥细说

《西游记》中的燃灯、如来系属于显教。但孔雀大明王作为大日如来的化身，却属于密教的至高神之一。

什么意思呢？观音菩萨其实也是密宗的核心人物之一。关于观音菩萨的身世来源，说法多种多样，比较主流的说法是，她是兴林国的妙善公主。我们在红孩儿和通天河等章节也曾多次提到。但是在密宗典籍里，观音的来头却相当大。

据《千手千眼观世音菩萨广大圆满无碍大悲心陀罗尼经》记载：

善男子，此观世音菩萨，不可思议威神之力。已于过去无量劫中，已作佛竟，号正法明如来。大悲愿力，为欲发起一切菩萨，安乐成熟诸众生，故现作菩萨。

也就是说，在密宗里，观音是正法明如来，她的成佛时间比燃灯和如来都要早，后来自愿做的菩萨，而非佛。百回本《西游记》的蓝本之一《大唐三藏取经诗话》，受密教影响很大。在这本书里，唐僧过香山时，就提到过千手千眼菩萨。所以观音在密宗是正法明如来的这个身份，原著作者一定是清楚的。

第七章
大闹天宫

所以，观音、孔雀系和如来、燃灯系，天然存在派系之分。观音养在普陀山的那些小孔雀，就是观音密宗身份的暗示，而南海观音和灵山佛老，分别代表佛教的**密教**和**显教**，同为五方五老。但是，观音、孔雀系为什么处于弱势地位呢？

因为在狮驼岭那一回中说得很明确：孔雀被如来降伏了。按照如来的说法，他在雪山顶上修成丈六金身之后，被吃人的恶鸟孔雀一口吞入肚中，他给人开膛破肚之后带上灵山，在诸佛的劝解之下，才给孔雀留了一条性命，封为佛母菩萨，留在灵山。

熟读原著的人会知道，如来的形象在书中并不是宽宏大量的。按如来这种做法，当年出世的孔雀想要他的命，他能把孔雀封为佛母菩萨吗？如来如此厚待孔雀，只有一种可能：孔雀对他有用。

孔雀作为本土佛教形象，据说最早来源于刘宋求那跋陀罗翻译的《杂阿含经》。里面记载的信息如下：

孔雀文绣身，处鞞提酰山，随时出妙声，觉乞食比丘。

孔雀文绣身，处鞞提酰山，随时出妙声，觉粪扫衣者。

孔雀文绣身，处鞞提酰山，随时出妙声，觉依树坐者。

上述记载翻译过来就是：孔雀的鸣叫声，可以让没开悟的人开悟，后来的诸多佛经里，孔雀也基本是正面形象，佛教的好朋友。这就有点意思了，如来究竟是修成丈六金身之后，才遇到了孔雀佛母，还是遇到孔雀佛母之后，才修成的丈六金身呢？孔雀究竟是天生爱吃人，还是如来佛出于某些目的，降伏人家之后，才这么说的呢？这些设定是《西游记》小说的原创内容，也只是如来的个人独白，没有旁白定论，因此我们不知道，和现实的宗教也无关。总之，如来靠一场"巅峰之战"，不仅降伏了西游世界中密教的核心人物——孔雀，还控制了成佛快速通道，佛教的密宗从此失势，观音系也就此沦落为弱势群体。

> **啊粥细说**
>
> 此时，如来、燃灯系内部的情况是怎样的呢？在蟠桃大会上，如来佛祖并没有收到邀请，反而是燃灯古佛早早到场，跟太上老君到三层高阁的朱陵丹台上密谋谈事去了。也就是说，直到蟠桃大会开始前，灵山名义上的领袖依然是那个众神口中的"佛老"——和道教关系更好的燃灯古佛，始

第七章
大闹天宫

> 终都不是如来。
>
> 那此时的如来是什么身份呢？大概率也是某个位高权重的职位，是灵山预备的继承人之一。需要再次说明的是，观音此时，还是和燃灯古佛平级的五方五老之一，观音还没有投靠灵山呢。

当观音菩萨看到天庭大乱的时候，她意识到，南海普陀山的机会来了。这样千载难逢的时机，必须在人前好好表现一番，立下大功。在玉帝这边，由于孙悟空不小心"玩脱"了，玉帝也只能将计就计，继续陪着他把事情闹大。通过和猴子的战争，不但能够"辨明忠奸"，整顿局势，更能够趁机提拔更多自己的人。

所以，观音作为瑶池的众神代表，问玉帝："蟠桃盛会如何？"观音这一问，玉帝就把这些天自己与孙悟空的恩怨情仇和盘托出。玉帝说得非常实事求是：

这妖猴是花果山石卵化生的，你可别多想。

招安猴子是太白金星的主意，与我无关。反正三界之间，凡有九窍者皆可成仙，这个你也懂。

猴子第一次造反是因为嫌弼马温官小，第二次造反是因为不服管教，罪大恶极，这个你也能理解。

玉帝絮絮叨叨说了一大堆，最后意味深长地留下了一句："这一日不见回报，不知胜负如何。"玉帝为何要说这一点呢？政治家的话，没有一句话是废话。玉帝的意思很明确：猴子造反了，李靖带兵在前线战斗，但是好像有点搞不定，接下来，需要诸位的时候到了。请问，谁能拔刀助朕呢？

玉帝这一声叹息，就是在给观音留空子，让她赶紧钻进来。菩萨一听，心想这趟还真是来对了。李靖在前线督战是吧，那我让他们一家人团聚，让李家拿这个平叛的头功。于是观音赶紧招呼李靖的儿子，也就是自己的徒弟、哪吒的哥哥——木叉惠岸行者，菩萨说的是：

"你可快下天宫，到花果山打探军情如何。如遇相敌，可就相助一功，务必的实回话。"（第六回 64 页）

木叉能不能赢孙悟空，其实不重要，只要木叉出战，那就是没有功劳也有苦劳，帮玉帝扶持李靖上位，这一点，很重要。

第七章
大闹天宫

二郎真君来也

木叉听了观音的嘱咐，驾云来到了花果山前线，去拜见老爹李靖。木叉说的是：

"我乃李天王二太子木叉，南海观音大徒弟惠岸，特来打探军情。"（第六回 64 页）

李靖听闻儿子木叉来，是个什么反应呢？

李天王发下令旗，教开天罗地网，放他进来。（第六回 64 页）

李靖对木叉的接待，显得非常冷冰冰。随后便是父子二人的对话，李靖正在跟木叉讲述孙悟空是如何厉害，如何打退了九曜星君。正好遇见猴子搦战，木叉自告奋勇地说："父王，愚男蒙菩萨分付，下来打探消息，就说若遇战时可助一功。今不才愿往，看他怎么个大圣！"天王道："孩儿，你随观音修行这几年，想必也有些神通，切须在意。"

自从木叉出战的这一刻，观音就赢了。那木叉这一战打得怎么样呢：

两个相逢真对手，往来解数实无穷；
这个的阴手棍，万千凶，绕腰贯索疾如风；
那个的夹枪棒，不放空，左遮右挡怎相容。

木叉的实力相当不错，和孙悟空单挑了五六十回合，但逐渐体力不支。木叉虚晃一枪，回营汇报说："好大圣！好大圣！着实神通广大！"得，南海观音的顶尖战力也拿不下猴子，更别说活捉了。李靖表示，赶紧继续请示上级，搬救兵吧！于是，李靖派大力鬼王跟着木叉，带着求救信，上天汇报。

> **啊粥细说**
>
> 　　木叉的双重身份非常有意思，作为南海观音的唯一顶级战力，由他出战孙悟空，可见南海观音此时式微，手下几乎无人可用，也难怪后来观音在取经路上想方设法地补充战力，接连收了黑熊精、红孩儿等人。另一方面，木叉作为李

第七章
大闹天宫

> 靖的儿子，亲自上天汇报继续给李靖增兵这件事，这让玉帝非常受用。

木叉是怎么汇报的呢？实际上，木叉汇报得非常真实完整，也非常难听：

始领命到花果山，叫开天罗地网门，见了父亲，道师父差命之意。父王道："昨日与那猴王战了一场，止捉得他虎豹狮象之类，更未捉他一个猴精。"正讲间，他又索战。是弟子使铁棍与他战经五六十合，不能取胜，败走回营。父亲因此差大力鬼王同弟子上界求助。（第六回 66 页）

木叉的汇报让在场的诸位天神脸都气白了。十万天兵下界，竟连一只猴子都没捉到，这到底是打仗，还是在演戏？真的是猴子太强，还是李靖在放水？没人敢下这个结论，大家都陷入了尴尬的沉默。玉帝首先打破沉默，笑道：

叵耐这个猴精，能有多大手段，就敢敌过十万天兵！李天王又来求助，却将那路神兵助之？

玉帝还没说完，观音赶紧接话说："陛下宽心，贫僧举一神，可擒这猴。"

玉帝问："所举者何神？"

观音说："乃陛下令甥显圣二郎真君，见居灌洲灌江口，享受下方香火。他昔日曾力诛六怪，又有梅山兄弟与帐前一千二百草头神，神通广大。奈他只是听调不听宣。陛下可降一道调兵旨意，着他助力，便可擒也。"（第六回 66 页）

玉帝听完观音的建议后，没有任何迟疑，直接调派二郎神去前线。

啊粥细说

这一幕可太有意思了，大家细看：

第一回，观音先是派了自己的首席大弟子出战，壮的是李靖的声势，助的是玉帝的权威。

第二回，观音举荐玉帝的亲外甥——被天庭核心势力排挤的二郎神。

"听调不听宣"意思是听从天庭的调动，完成天庭中央

第七章 大闹天宫

安排的任务，但不去朝见和参拜。你可能会觉得，这二郎神目无领导，怎么这么狂呢？但是大家想想，**调**和**宣**，哪个是核心呢？当然是"**调**"嘛。服从天庭的安排，说明二郎神认为自己本质上就是天庭的一员，但是不去朝见玉帝，你可以说这是藐视玉帝的权威，但换个视角，有没有可能是舅甥俩在演一出戏呢？反正玉帝是没有实权，这是整个天庭众所周知的事情，连亲外甥都公开跟他作对，这也没什么稀奇的，很符合他的人设。

但大家别忘了，玉帝和二郎神，毕竟是有血缘关系的真亲戚。越是这种真亲戚，越是要安排在地方上任职锻炼，这样一来，二郎神反而有了更多的发展空间，更多立功表现的机会。实际上，是二郎神想要"**听调不听宣**"吗？当然不是。他的出身污点，就决定了他没有办法通过正常的升迁途径获得权力。

后来，孙悟空跟二郎神在阵前对峙，猴子骂的是："我记得当年玉帝妹子思凡下界，配合杨君，生一男子，曾使斧劈桃山的，是你么？"这句话正好命中了二郎神的软肋——出身低微。我们分析过，天庭是按照明朝时儒家的礼法运作的，在所有天庭的高官眼中，二郎神属于私生子，出身不够光彩。有这么多的麻烦在里面，给二郎神安排核心职务本身就有很大的舆论危机。既然如此，不如将计就计，让二郎神

> 去地方上锻炼，再用"听调不听宣"这种理由包装一下二郎神叛逆的性格，这能让除了玉帝以外的天庭众神的安全感大幅提升。
>
> 所有人都会说，你看吧，玉帝连自己的亲外甥都管不了，这玉帝就真软！然而，软弱对于顶级的政治家而言，有时反而是保护自己强有力的工具。你可以装出软弱的样子，但是，你不能真的软弱。

我们继续回到现场，观音此时推举二郎神，还特意强调：**二郎神见居灌洲灌江口，享受下方香火**。这是什么意思呢？您外甥已经有了自己的根据地，现在出息啦！而且他住在人间，和天庭诸神的利益也不冲突，大家不必过于敏感，赶紧起用他吧！玉帝一听，看起来，我的乖外甥出头的日子要来了！赶紧派大力鬼王出差，玉帝给二郎神的旨意写得那叫一个诚恳：

花果山妖猴齐天大圣作乱。

因在宫偷桃、偷酒、偷丹，搅乱蟠桃大会，见着十万天兵，一十八架天罗地网，围山收伏，未曾得胜。

今特调贤甥同义兄弟即赴花果山助力剿除。

成功之后，高升重赏。（第六回 66 页）

第七章
大闹天宫

玉帝的重点在什么呢？高升重赏！名望、权力和财富，这些东西，只要你出战就会有！而这些东西，二郎神实在是太需要了。

后来，孙悟空跟二郎神打到灌江口，在二郎庙里见的都是些什么呢？

李虎拜还的三牲，张龙许下的保福，赵甲求子的文书，钱丙告病的良愿。（第六回 72 页）

大家瞅瞅，这二郎庙寒碜得连灶神爷都不如，这日子过得实在是太苦了！穷困的二郎神接到圣旨后很兴奋，他带着众兄弟亲自出门迎接，焚香开读。读完后，**二郎神大喜**，咱灌江口，封侯拜相就在此时啊！众弟兄一听，也是**忻然愿往**。

灌江口的这支奇兵，当场点兵，驾鹰牵犬，搭弩张弓，纵狂风，霎时间过了东洋大海，直奔花果山战场。大家瞅瞅，这二郎神的膝盖软得很，哪里有那股"听调不听宣"的傲气？分明就是一股立功心切的劲儿，舅舅，你可算想起我来了！二郎神的出场，把大闹天宫的这场大戏推向了高潮，二郎神的春天虽然短暂，不过，也足够他绽放了。

活捉孙猴子

二郎神一入场,就是豪气干云。上来就要跟孙悟空赌个变化,他跟花果山前线的总司令李靖说:

小圣来此,必须与他斗个变化。

列公将天罗地网,不要慢了顶上,只四围紧密,让我赌斗。

若我输与他,不必列公相助,我自有兄弟扶持;

若赢了他,也不必列公绑缚,我自有兄弟动手。(第六回67页)

二郎神的方案简单直接,表示听调不听宣的叛逆精神,要贯彻到底,不需要你们十万天兵的帮助,我自己的部曲就能搞定。安排好了一切,二郎神带着梅山六兄弟上门叫阵。猴子出门一看,那二郎神是:

仪容清俊貌堂堂,两耳垂肩目有光。

头戴三山飞凤帽,身穿一领淡鹅黄。

第七章
大闹天宫

缕金靴衬盘龙袜，玉带团花八宝妆。
腰挎弹弓新月样，手执三尖两刃枪。（第六回 68 页）

反正就是主打一个帅！猴子一看，这家伙居然这么帅，于是开嘲讽损道：

我记得当年玉帝妹子思凡下界，配合杨君，生一男子，曾使斧劈桃山的，是你么？我行要骂你几声，曾奈无甚冤仇；待要打你一棒，可惜了你的性命。你这郎君小辈，可急急回去，换你四大天王出来。（第六回 68 页）

二郎神被激怒了，心里骂了一句："泼猴！休得无礼！吃吾一刃！"然后举枪就劈。这一场打得着实精彩：

这阵上梅山六弟助威风，那阵上马流四将传军令。
摇旗擂鼓各齐心，呐喊筛锣都助兴。
两个钢刀有见机，一来一往无丝缝。（第六回 68 页）

两个人大战三百回合，不分胜负，这是第一个能和猴子打平手的天神。二郎神一看，常规的武力拿不下猴子，于是抖擞神威，施展无上神通：

摇身一变,变得身高万丈,两只手举着三尖两刃神锋,好便似华山顶上之峰,青脸獠牙,朱红头发,恶狠狠望大圣着头就砍。(第六回 69 页)

孙大圣也是开启法天象地,把身体巨大化:

变得与二郎身躯一样,嘴脸一般,举一条如意金箍棒,却就如昆仑顶上的擎天之柱,抵住二郎神。(第六回 69 页)

这两个大神在这边展开天地之战,那梅山六兄弟则趁机掩杀,一个冲锋就冲散了群猴,活捉了两三千小妖。杀得花果山:

夜猫惊宿鸟,飞洒满天星。(第六回 69 页)

终于,在二郎神这一战中,破了李靖一个猴都没捉到的尴尬。这两个人,从花果山斗到灌江口。猴子变成二郎神的模样,一屁股坐进了二郎神的家里。习惯了金碧辉煌的猴子,在灌江口参观了二郎庙贫穷艰苦的生活条件,顺带看了一眼二郎神每天处理的那些鸡毛蒜皮的小事,猴子这一参观,对于二郎神那份执着于"致富"的精神,心里便有了几分明白。二郎神

第七章
大闹天宫

回到家，听说猴子在揭自己的短，又是心中大怒，两个人又缠斗起来，一路打到了花果山。

玉帝在天上等得心急，见二郎神迟迟不回报，也担心外甥万一被猴子弄死，那就真麻烦了。看到玉帝这般焦急，观音赶紧提议："贫僧请陛下同道祖出南天门外，亲去看看虚实如何？"玉帝一拍大腿，带着太上老君、观音菩萨、王母娘娘等一众天神，一起前往南天门看戏。他们看见的是：

众天丁布罗网，围住四面；
李天王与哪吒，擎照妖镜，立在空中；
真君把大圣围绕中间，纷纷赌斗。（第六回 72 页）

看着二郎神和孙悟空打得难解难分，观音菩萨开始和太上老君聊天。

观音说："贫僧所举二郎神如何？"

太上老君瞥了观音一眼，不想理她。看见太上老君不搭理自己，观音又自问自答道："——果有神通，已把那大圣围困，只是未得擒拿。我如今助他一功，决拿住他也。"

太上老君被勾起了兴趣，冷冷地问："菩萨将甚兵器？怎么助他？"

观音说："我将那净瓶杨柳抛下去，打那猴头；即不能打死，也打个一跌，教二郎小圣好去拿他。"

老君继续鄙视道："你这瓶是个磁器，倘打着他便好，如打不着他的头，或撞着他的铁棒，却不打碎了？你且莫动手，等我老君助他一功。"

观音继续反问："你有甚么兵器？"

老君拿下胳膊上的圈子，骄傲地说："这件兵器，乃锟钢抟炼的，被我将还丹点成，养就一身灵气，善能变化，水火不侵，又能套诸物。一名'金钢琢'，又名'金钢套'。当年过函关，化胡为佛，甚是亏他。早晚最可防身。等我丢下去打他一下。"

老君最后一句化胡为佛，可谓杀人诛心：你们佛教在我面前算不上啥。接下来，请你看好了，这是我道门至高无上权力的来源。观音激将法成功，只见老道把圈子往下一扔，正中孙悟空的天灵盖，瞬间改变了战场形势。

孙悟空被老君那圈子偷袭了一下，直接给打趴在地上。猴子知道大事不妙，有敌人在背后阴人，赶紧爬起来就跑。二郎神的那条神犬一看，抓住机会，朝着孙悟空小腿肚子上就是一口，猴子第二次摔倒，梅山六兄弟随后赶上，一把拿住孙悟空，用绳索绑住，用勾刀穿了琵琶骨，锁住了猴子的法力，这下子，猴子的七十二变也没用了！

齐天大圣？拿下！

第七章
大闹天宫

> **啊粥细说**
>
> 在拿下猴子的瞬间，观音对老君的挑拨非常有意思。观音扬言要拿玉净瓶砸猴子的头，我们都知道，玉净瓶是观音最强大的宝贝，里面装了四海之水。砸那猴头一下，也是威力超然。但是老君却对观音的法宝表示不屑，只是趾高气扬地说，你那玩意儿虽然重，但是非常脆，碰到我留在东海的金箍棒，怕是难以保全。
>
> 于是老君轻描淡写地拿出了自己的最强法宝之一——金刚琢，完成了对猴子的偷袭，但是也和猴子结下了梁子。联合观音，提拔佛教，是玉帝制衡道教的重要手段。而孙悟空作为玉帝亲自培养的"小二郎"，玉帝显然不希望猴子和道教关系太好。因此，观音主动干起了挑拨离间的活儿，让猴子和老君结下了梁子。

我们继续回到剧情。二郎神抓了孙悟空，李靖和旗下的四大天王都来贺喜。二郎神懂事得让人心疼，张口就说：

此乃天尊洪福，众圣威权，我何功之有？（第六回 73 页）

于是二郎神再次非常守规矩地向自己的六个兄弟说：

贤弟，汝等未受天箓，不得面见玉帝。教天甲神兵押着，我同天王等上界回旨。你们帅众在此搜山，搜净之后，仍回灌口。待我请了赏，讨了功，回来同乐。（第六回 73 页）

二郎神的种种言行，和那"听调不听宣"的人设完全不相符。甚至得了大胜，二郎神居然不敢带着诸位功臣上天领赏，反而是让几个兄弟在花果山继续战斗。吩咐完兄弟以后，二郎神和李靖吃着火锅唱着歌，就回天庭领赏去了。这不是戏说，人家是真的唱着歌，原著说的是：

君与众即驾云头，唱凯歌，得胜朝天。（第六回 73 页）

啊粥细说

那么，二郎神通过出战花果山，得偿所愿了吗？可以确定的是，至少灌江口的二郎庙脱贫了。玉帝对于二郎神战功的赏赐是：金花百朵，御酒百瓶，还丹百粒，异宝、明珠、锦绣等件，教与义兄弟分享。

这次赏赐的规格非常高。因为玉帝封齐天大圣的时

> 候，那个入职大礼包就包括金花十朵。所以很明显，玉帝承诺的重赏兑现了。但为何没有"高升"呢？毕竟太上老君掺和了一把，如果将所有的功劳都归于二郎神，道教那边也说不过去，于是高升二郎神的事情，玉帝暂时没有提。

封赏完二郎神，接下来，就是处理孙悟空了。

跳出八卦炉，反了离恨天

猴子战败被捉，这次处理他的手段非常粗暴：

第一阶段，猴子被绑在降妖柱上，刀砍斧剁，枪刺剑刳，结果是莫想伤及其身。

第二阶段，猴子被南斗星奋令火部众神，放火煨烧，亦不能烧着。又着雷部众神以雷屑钉打，越发不能伤损一毫。

猴子的身躯如此坚硬，倒是出乎诸神的预料。太上老君也是强行找理由，痛心地说，这猴子之所以这么硬，是因为吃了我整整五葫芦金丹，怎么办呢？

不若与老道领去，放在八卦炉中，以文武火煅炼。炼出我的丹来，他身自为灰烬矣。（第七回 74 页）

啊粥细说

太上老君用八卦炉烧孙悟空，真的是为了把那点儿丹药炼出来吗？当然不是！太上老君恐怕比谁都清楚，八卦炉压根就烧不死孙悟空！事情进展到了这一步，老君就算再傻，对玉帝的这些花招应该心里也有数了。

虽然老君的法宝大大地有，搞死孙悟空的办法多的是：比如那紫金红葫芦、玉净瓶，金刚琢能收了他的金箍棒，也能让他失去反抗能力，那芭蕉扇一扇子，就能让猴子绕着赤道转两圈。如此多的法宝，但是老君却偏偏选择了耗时最长、风险最大的一种——八卦炉。

按老君的理由，他是为了回收仙丹，但是那玩意儿又不是一次性资源，吃了就再炼呗，为何非得抓着猴子肚子里这点儿不放，万一这四十九天让猴子跑了，岂不是弄巧成拙？

所以很明显，老君把猴子推进八卦炉的初衷，绝不是让他死，而是给他的仇恨，添最后一把柴火。如果有一天，孙悟空逃出来了，他会找太上老君报仇吗？

第七章
大闹天宫

当然不会，猴子的仇恨会统统指向另一个人——玉皇大帝！猴子在八卦炉里的这四十九天，恐怕一直在琢磨那首诗：

灵霄宝殿非他久，历代人王有分传。
强者为尊该让我，英雄只此敢争先。（第七回 78 页）

作为天庭顶级大佬的博弈，老君打的什么主意，玉帝心里恐怕也是门儿清。菩提祖师在几百年前早就告诉过猴子，那上天的招数阴着呢，有"火灾""雷灾""风灾"。

天庭对付猴子的常规手段，菩提祖师早就通过传授孙悟空躲避三灾之法，提前预判了。我们之前提过，菩提祖师也是玉帝的重要合作对象，因此，玉帝知道，把猴子交给老君，根本什么都炼不出来，也弄不死猴子，所以玉帝没有任何表情，乖乖地把猴子交给了老君。

四十九天之后，太上老君打开炉子的那一刻，孙悟空不仅未伤分毫，反而炼出了一双火眼金睛。悟空甩开架火的童子，推开看炉的守卫，一脚踢翻了八卦炉。猴子一句话都没说，他抄起金箍棒，直奔灵霄宝殿而去。

在猴子被关进八卦炉的这四十九天里，天庭的权力收束并没有按照玉帝设想的进行。面对悟空的再次造反，天庭诸神选择观望。于是出现了九曜星闭门闭户，四天王无影无形的诡异现象。

老君既没有拿金刚琢收金箍棒，也没有祭出任何一样法宝帮忙。他拉了猴子一把，却被猴子一把推开，摔倒在地。这一局，老君微微一笑。拿着玉帝的车，将着玉帝的军，请问，阁下该如何应对呢？

佑圣真君前来护驾

猴子在炉里这四十九天，老君没有闲着，玉帝也没有闲着。对玉帝来说，这场大戏演到现在，五方五老里只拉拢到一个观音不说，还不小心把太上老君给惹了。玉帝焦虑着呢。实际上，当众神察觉到玉帝和老君的矛盾摆上台面的时候，他们坚定地站在了老君这边。

相比于围困花果山的天罗地网，跳出八卦炉的猴子，战力也没有什么大幅增长，诸神的积极性却大幅缩水，居然就让猴子一路打到了灵霄宝殿，着实诡异。毕竟，谁赢他们帮谁。

第七章 大闹天宫

啊粥细说

在天庭以外，此时的五方五老，是个什么格局呢？在人间方面，崇恩圣帝是：

独居中界，统摄万灵，掌人间善恶之权，司阴府是非之目。

案判七十二曹，刑分三十六岳，惩奸罚恶，录死注生。

崇恩系手里的势力，有十洲三岛、瀛洲九老和八仙。崇恩圣帝，也就是东岳大帝，这是道教在人间神仙里牌面最大的一位，玉帝还没法直接针对，对于二郎神的提拔也才刚刚开始。

在天庭方面，北极玄灵，也就是黎山老母，牢牢掌握着天庭军权：

黎山老母九个儿子，长子勾陈大帝，次子紫微大帝，四帝里，人家占了两个名额。紫微大帝手里，还掌握着天庭的禁卫军权，另外七个儿子，北斗七星君也牢牢占据着关键岗位。

五方五老中，这是两家最强势的道教势力，掌握着从天庭到人间的绝大多数核心资源。另外三个比较弱势的：

西方佛老——当前掌权的燃灯古佛跟道教关系不错，

此刻正在天庭跟太上老君进行学术交流。但是灵山内部并不和睦，燃灯古佛的背后，还有个法力高强的如来虎视眈眈。

南极观音——通过木叉的出战和对二郎神的举荐，观音成功地在二战花果山一役中，为玉帝捞到了更多的资源。最后，就是势力不明的黄角大仙了，他没有参与天庭的权斗，因此我们不做分析。

分析到这儿，答案已经很明显了。对玉帝来说，强大的东岳系和黎山系显然不会在意玉帝。那剩下的南海系和灵山系，必然要进行派系合并，才有可能对抗那两派，因此玉帝的方针进一步明确：**联弱抗强，尊佛抑道**。

为了防止猴子打上灵霄宝殿，玉帝准备了一套成熟的预案：

首先是调集心腹禁军，以**翊圣真君和佑圣真君**为首，加强保卫工作。

其次是做好联络保障，提前设计好雷部雷将的出兵路线。

最后请盟友如来出面清场，想办法制服猴子，四两拨千斤。

七七四十九天之后，如同玉帝和老君预料的那样，猴子霸

第七章
大闹天宫

气地打出了八卦炉,反出了离恨天。也如同玉帝和老君预料的那样,猴子手持金箍棒,从兜率宫一路打穿通明殿,直杀到灵霄殿外。那观望战况的满天诸神,要么佯装打一打,要么直接不出面,坐山观虎斗。

大家都在等待着玉帝和老君斗法的结果。

猴子一路杀到灵霄宝殿,这一天,是佑圣真君的副官王灵官值班。王灵官虽然人微言轻,但是战力高强,是个狠角色,看着远处肆无忌惮地杀过来一只猴子,他掣出金鞭,大喊一声:"泼猴何往!有吾在此,切莫猖狂!"猴子没有说话,举棒就打。这是出了八卦炉以后,第一个挡住猴子的对手,这一场打得非常精彩:

一个欺心要夺斗牛宫,一个竭力匡扶元圣界。
苦争不让显神通,鞭棒往来无胜败。(第七回 76 页)

在二郎神之后,王灵官代表天庭的中下层武官,和猴子打了个不分胜负。王灵官的领导佑圣真君一看,连忙发文到雷府,这一纸文书不得了,直接调动了雷部最精锐的战力:

三十六员雷将齐来,把大圣围在垓心。(第七回 76 页)

孙悟空一对三十七，越战越勇，毫无惧色：

摇身一变，变做三头六臂；把如意棒幌一幌，变作三条；

六只手使开三条棒，好便似纺车儿一般，滴流流，在那垓心里飞舞。（第七回 77 页）

猴子左遮右挡，后架前迎，一时间，谁都近不得身。

啊粥细说

在这里有一层复杂的人物关系，需要给大家解释一下。王灵官的老板佑圣真君。是北极四圣之一，北极四圣包括：

老大天蓬元帅真君，简称**天蓬元帅**，在《西游记》的设定里，猪八戒的天蓬元帅身份即北极四圣之首，也就是天蓬元帅真君。"天蓬元帅"这个名号只此一家，别无分号。天蓬元帅主管八万天河水军，就是玉帝的中央禁军。由于天蓬是黎山老母的儿子，因此玉帝的中央禁军，也在黎山系手里，这是玉帝被动的直接原因。

老二天佑副元帅真君，简称**天佑副元帅**。天蓬和天佑是北极四圣的组长和副组长，属于中央禁军的两位大领导，在孙悟空打到灵霄殿之前,天蓬和天佑与其他诸神一样,躲在旁边偷偷看戏呢。

老三翊圣保德真君,简称翊圣真君,是中央禁军的三把手。

老四灵应佑圣真君,简称佑圣真君,是中央禁军的四把手。

北极四圣的直接领导,是**北极紫微大帝**。此时在灵霄殿外硬抗孙悟空的,实际上是中央禁军的四把手——佑圣真君系。而佑圣真君作为中央禁军的末位领导,他根本无法单独抵抗猴子,因此发文调雷部的雷将。

雷将是个什么存在呢?据《九天应元雷声普化天尊玉枢宝经》等记载,雷部由**九天应元雷声普化天尊**执掌,分为**一府两院三司**:

一府是神霄玉清府。

两院是五雷院和驱邪院。

三司是万神雷司、雷霆都司、雷霆部司。

这位**九天应元雷声普化天尊**,在《西游记》的设定中,是道教四帝之一——**南极长生大帝**!是仅仅比玉帝低半级的存在,但是雷将不全是由他管的,北极紫微大帝手下的**北帝雷霆司、北斗征伐司、北斗防卫司**等机构也可以调动雷将,但这些雷将仍然要受**九天应元雷声普化天尊**节制。这种兵制的设计与中国历史上的封建王朝设计非常类似，充满着你中有我、我中有你的制衡关系。

我们通过原著细节可以看到，此时此刻：

守在玉帝身边、负责安保的是北极四圣的老四，佑圣真君；

负责战场通信、去请西天佛老的是北极四圣的老三，翊圣真君。

北极四圣的老大和老二天蓬、天佑，是猴子被搞定以后才冒头的，这两个家伙非常谨慎。为什么呢？因为北极四圣的大领导，北极紫微大帝，是黎山老母的儿子，而北极四圣的大哥天蓬，也是黎山老母的儿子。让玉帝指挥黎山系的中央禁军？这显然是不可能的。因此玉帝通过一系列运作，分化了北极四圣，把老三**翊圣真君**和老四**佑圣真君**纳入麾下。

这样一来，佑圣真君直接发文到雷部，请南极长生大帝，也就是**九天应元雷声普化天尊**帮忙，就非常容易理解了。佑圣真君的老领导紫微大帝，玉帝信不过，佑圣真君自然也信不过。

佑圣真君作为紫微大帝手下的右派，和南极长生大帝保持着比较好的联系，这恐怕也是玉帝在这种生死存亡时刻，把中央的安保权交给**佑圣真君**的真正原因。实际上，玉帝提

第七章
大闹天宫

> 拔佑圣真君这一招，真的非常高明。
>
> 在大闹天宫后，由于佑圣真君调遣雷将，护驾有功，玉帝让佑圣真君下凡投胎历练。等到佑圣真君再次成仙后，直接统一北方，升任**真武大帝**，算是接手了黎山老母的剩余势力，也接管了北极紫微大帝的权力。实际上，在真实的历史里，**佑圣真君和真武大帝，就是同一个人**，暗合了《西游记》小说的设定。
>
> 我们在小雷音寺看到孙悟空求助当年的对手佑圣真君，也就是真武大帝时，真武的态度那叫一个忠诚：兵权是玉帝的，我不好擅自调动，小西天的事儿，我也不想掺和。什么叫聪明人？！带着救驾之功还如此低调谦虚，唯玉帝是尊，心里相当有数。佑圣真君能够成为天庭常青树，成为大闹天宫的天庭最大赢家，是有点东西的。

我们把镜头继续对准战场。

此时，猴子和三十六员雷将酣战。外面动静这么大，玉帝早就听到了。因此，玉帝按照原计划，不慌不忙地下了最后一道旨意。

遂传旨，着游奕灵官同翊圣真君上西方请佛老降伏。

大闹天宫,该收尾了!

灵山大地震

玉帝请如来佛祖帮忙降伏孙悟空的时候,并不像电视剧中表现得那样紧张。小说原著里,此时三十六员雷将已经将孙悟空团团围住,随便再来个二郎神或者哪吒,也足够收掉猴子了。

但玉帝的选择居然是——西方佛老。这是什么意思呢?在孙悟空被关在八卦炉的七七四十九日内,真的发生了很多事,这第一件事,由翊圣真君帮我们揭开。

且说游奕灵官和翊圣真君领了旨,赶到灵山,虽然此时的灵山还没有日后那样繁华,但是灵山的政治生态却早已变了天,佛老,居然换人了:

首先,西天佛老已经不是燃灯古佛,而是换了个新人——如来佛祖。

其次,在如来的背后,还站着四金刚和八菩萨,其中就有曾经的五方五老之一 ——南极观音。

第七章 大闹天宫

> **啊粥细说**

在孙悟空被关在八卦炉的这四十九天里,灵山究竟发生了什么?通过翊圣真君和旁白视角,我们可以看到这一连串的线索:

首先,燃灯古佛作为灵山代表,受邀参加蟠桃会,并与太上老君论道,孙悟空被收进八卦炉的时候,燃灯古佛就在天庭。

翊圣真君面对如来的问询,把孙悟空大闹蟠桃会的事儿,从头到尾讲述了一遍。这再次证明,如来并不是蟠桃会的邀请对象,也不在大闹天宫的现场。

简单来说,燃灯古佛出差去蟠桃会的那些日子,观音菩萨加入了灵山,如来佛祖成了灵山新领袖,燃灯古佛直接变成"太上皇"。在《西游记》故事的末尾,燃灯古佛得知唐僧师徒到达灵山后,被如来欺骗,取了无字真经。于是燃灯派出白雄尊者告知真相,让唐僧师徒知道了这是无字经,燃灯通过这种手段,也算表达了对如来上位的不满。如来这种套路,在我们熟知的历史里其实并不少见。

最典型的例子就是司马懿的高平陵之变,曹爽陪着曹芳外出扫墓,还没来得及回家呢,同为辅政大臣的司马懿就利用这个机会,打着太后的旗号夺取了曹爽的权力。

在顶级的政治博弈中,没有绝对的善与恶,而是讲立

> 场。毕竟，对于灵山诸佛来说，如来法力高强，头脑聪明，这些客观条件，让他具备了成为一把手的条件。对于灵山派系来说，如来是更加激进的人选，而老的燃灯一脉，灵山估计早就受够了。
>
> 事实证明，如来也配得上这份权力。从五方五老的观音来看，观音和玉帝之间，一定达成了某种合作默契，而如来的身上，也有值得观音追随的某种特质。

我们回到翊圣真君向如来求援的镜头。此时，在灵山的翊圣真君，一五一十地向新任佛老如来汇报了玉帝的窘境。在玉帝的授意下刚刚上位的如来表示，自己马上前去救驾。但如来并没有像狮驼岭篇那样，大张旗鼓地率领灵山全体领导前去天庭，此时的如来方登大位，还算年少轻狂，他急需一个展示自己实力的机会，于是他对诸位佛祖菩萨说：

汝等在此稳坐法堂，休得乱了禅位，待我炼魔救驾去来。（第七回 77 页）

说完，如来带上自己的随行秘书阿傩、迦叶，离开雷音寺，径往天庭而去。

安天大会

如来上了天庭，看到三十六员雷将把悟空团团围住，依然打得不可开交。如来眉头一皱，计上心来，就对诸位雷将说：

教雷将停息干戈，放开营所，叫那大圣出来，等我问他有何法力。（第七回 78 页）

孙悟空看到有个老头儿来劝架，但是并不认识这个老头儿，于是猴子收了神通，天真地问如来：

你是那方善士，敢来止住刀兵问我？（第七回 78 页）

孙悟空成为齐天大圣后是见过燃灯古佛的，齐天大圣和西天佛老是平级，而猴子和所有的领导基本都以兄弟相称。但是，猴子在这里并不认识如来，这进一步说明，在燃灯掌权的时代，如来非常低调。如来看到如此天真的猴子，算准了自己稳赢，于是说：

我是西方极乐世界释迦牟尼尊者，南无阿弥陀佛。

今闻你猖狂村野，屡反天宫，不知是何方生长，何年得道，为何这等暴横？（第七回 78 页）

大家看如来的自我介绍，更是非常低调。如来没有说自己已经成为西天的领袖，只说自己是一位"尊者"，这进一步让孙悟空放下了戒备心，以为这只是一个灵山来的和事佬。猴子一听，问我名号？我老孙是：

因在凡间嫌地窄，立心端要住瑶天。
灵霄宝殿非他久，历代人王有分传。
强者为尊该让我，英雄只此敢争先。（第七回 78 页）

猴子此时认定了自己无敌，完全没有揣摩这和尚的手段，如来听见猴子说大话，只是呵呵冷笑道：

你那厮乃是个猴子成精，焉敢欺心，要夺玉皇上帝龙位？

他自幼修持，苦历过一千七百五十劫，每劫该十二万九千六百年。

你算，他该多少年数，方能享受此无极大道？

你那个初世为人的畜生，如何出此大言！不当人子！不当

第七章
大闹天宫

人子！折了你的寿算！

趁早皈依，切莫胡说！

但恐遭了毒手，性命顷刻而休，可惜了你的本来面目！（第七回 78 页）

如来佛祖这番话，看起来是说给猴子听的，实际上是说给玉帝听的。毕竟，把观音派驻到灵山帮助如来，如来欠着玉帝一个天大的人情，这时候，捧一捧玉帝是非常有必要的。但是猴子才不管你们多大年纪，而是直接回怼说：

他虽年劫修长，也不应久占在此。

常言道：皇帝轮流做，明年到我家。

只教他搬出去，将天宫让与我，便罢了。

若还不让，定要搅攘，永不清平！（第七回 78 页）

如来佛祖眼看猴子如此没有心眼，慈祥地笑着说：

我与你打个赌赛：你若有本事，一筋斗打出我这右手掌中，算你赢，再不用动刀兵苦争战，就请玉帝到西方居住，把天宫让你；若不能打出手掌，你还下界为妖，再修几劫，却来争吵。（第七回 79 页）

猴子一听如来说得真,便答应了他,但是他不知道的是,自己已经中了如来的障眼法。

猴子一个筋斗,自以为翻出了十万八千里,已经到了天边,就顺势在"天边"撒了一泡尿。但是,猴子不知道自己仍旧困在如来手中。如来乘猴子不备,一个巴掌翻过来,猴子被推出了西天门外,如来的手掌化**金、木、水、火、土五座联山**,唤名"**五行山**"。

天庭诸神一看,猴子已被活捉,于是一个个合掌称扬道:"善哉!善哉!""硬刚"也刚不赢的猴子,居然被这样收拾了。

就这样,如来佛祖正式收妖成功,转身就要离开。这时,一直躲在灵霄宝殿的**天蓬、天佑**赶紧跑了出来,抢这最后一功。这北极四圣的正副二元帅嘴里说的是:

请如来少待,我主大驾来也。(第七回 80 页)

如来佛祖回首瞻仰,只见玉帝气定神闲,乘坐着**八景鸾舆、九光宝盖**,吹拉弹唱着**玄歌妙乐、无量神章**;一路上散宝花,喷真香,玉帝气场拉满,直至如来佛前,笑呵呵地说道:

第七章
大闹天宫

多蒙大法收殄妖邪，望如来少停一日，请诸仙做一会筵奉谢。（第七回 80 页）

此时，如来是个什么反应呢？如来不敢违悖。他即合掌谢道：

老僧承大天尊宣命来此，有何法力？还是天尊与众神洪福。敢劳致谢？（第七回 80 页）

这一来一往，如来立了大功，非常体面，玉帝联合盟友收伏了孙悟空，也非常体面。于是玉帝大张旗鼓，邀请那**三清、四帝、五老、六司、七元、八极、九曜、十都、千真万圣**，来此赴这庆功大会。在玉帝的设计里，整个天庭，都欠了灵山一个天大的人情。这场庆功宴办得非常风光，在这场大会上：

四大天师、九天仙女，大开玉京金阙、太玄宝宫、洞阳玉馆。

请如来高坐七宝灵台，调设各班座位，安排龙肝凤髓，玉液蟠桃。（第七回 80 页）

等到庆功宴现场准备妥当，那刚才还躲着猴子的天庭众神

终于露面了,原著里说:

玉清元始天尊、上清灵宝天尊、太清道德天尊、五炁真君、五斗星君、三官四圣、九曜真君、左辅、右弼、天王、哪吒,玄虚一应灵通,对对旌旗,双双幡盖,都捧着明珠异宝,寿果奇花,向佛前拜献。(第七回 80 页)

这群三界最高领导,给如来说的是:

感如来无量法力,收伏妖猴。蒙大天尊设宴呼唤,我等皆来陈谢。请如来将此会立一名,如何?(第七回 81 页)

如来非常高兴,笑呵呵地说:今欲立名,可作个"安天大会"。这场安天大会,实在是太体面了:

宴设蟠桃猴搅乱,安天大会胜蟠桃。
龙旗鸾辂祥光蔼,宝节幢幡瑞气飘。
仙乐玄歌音韵美,凤箫玉管响声高。
琼香缭绕群仙集,宇宙清平贺圣朝。(第七回 81 页)

天庭众神载歌载舞,非常快活,而五行山下,猴子还没反应过来自己被骗了,只是纳闷儿,俺老孙如此无敌,怎么一下子就被制住了呢?

究竟,是哪里出了问题?

取经序曲

在那安天大会上,如来佛祖名扬三界,成了众生瞻仰的新一代西天佛老。王母娘娘,主动向如来献上了自己亲手摘的好几枚大蟠桃。崇恩圣帝的下属寿星也主动到场,说的是:"始闻那妖猴被老君引至兜率宫煅炼,以为必致平安,不期他又反出。幸如来善伏此怪,设宴奉谢,故此闻风而来。更无他物可献,特具紫芝瑶草,碧藕金丹奉上。"

大闹天宫,到底意味着什么呢?《汉书·天文志》载:

太白经天,天下革,民更王。

太白星,被认为是变革之星。从太白金星作为天庭第一个出场角色在花果山现身开始,这标志着孙悟空引以为傲的大闹天宫,实际上是玉帝上位大戏的一部分。《西游记》之所以显得真实，就是因为取材于明代的朝堂之争。从后来崇祯皇帝消灭魏忠贤的手段来看，要搞定老君这种党羽遍布、权倾朝野的人物，首先就是要去其臂膀，削弱其羽翼，而玉帝的手段也是如此。

在大闹天宫的原计划中，玉帝打算利用蟠桃大会解决掉四帝和五方五老中强大的崇恩圣帝和北极玄灵（黎山老母），把分散的权力收回，孤立道教中的首脑三清。日后再用手中的得力干将齐天大圣，彻底根除旧的道教势力，实现自己的愿望。

但是，孙悟空提前惹了太上老君，这让道教核心人物提前入局，这个意外，让本来暗中的角力突然摆上桌面，变成了生死局。在猴子被关进八卦炉的那四十九天里，玉帝不得不紧急救火，利用自己和观音系建立的信任支持灵山的如来上位，压制亲道教的燃灯，而新上位的如来投桃报李，暂时压制了孙悟空，玉帝终究是为自己的错误买了单。

在这个过程中，玉帝不得不眼看着佛教崛起，而从结果来看：

首先是崇恩圣帝系，在玉帝身边的亲信卷帘将被贬下界，崇恩圣帝的势力收缩，被贬为东岳天齐大帝，虽然保全了十洲三岛这块自留地，但整个派系已经不复往日那独居中界，统摄万灵的辉煌。

然后是黎山老母系，不论是紫微大帝还是天蓬元帅，都是

第七章
大闹天宫

故意拖延，救驾无功。除了天蓬被贬下界以外，整个北斗系的势力，一部分划到了亲佛派的李靖手下，另一部分则被后来火速提拔的佑圣真君（即真武大帝）取代。黎山老母在天庭的势力几乎荡然无存，因此转而投靠佛教，后来在蜈蚣精那一回，黎山老母也将早年失势的好姐妹毗蓝婆一派拉入佛教阵营。

随着崇恩圣帝和黎山老母派系的陨落，如来掌控下的西天佛教和南极观音开始兴盛。在日后的取经故事里，如来佛祖治下的佛教影响力伴随着取经团队的传教一步一步扩大，不仅是西牛贺洲，还在南赡部洲埋下了传教的种子。

五方五老方面，曾经五方制衡的格局不复存在，虽然玉帝获得了政治上的一些灵活性，但是新一代佛道之争的种子也已经埋下。

简单复盘我们就能发现，在后大闹天宫时代，天庭的权力被玉帝、道教和佛教三家分享。

在这种局势下，玉帝为了进一步压制道教的影响力，支持如来系的佛教扩张，就非常有必要。

要怎么做呢？答案是——西天取经。

大闹天宫结束了，但是取经的故事才刚刚开始！取经故事伴随着的佛道之争，也即将拉开序幕。这一切，被压在五指山下的孙悟空，却全无知晓。

下篇

若得英雄重展挣，
他年奉佛上西方

第八章 以众生的名义——西天取经

灵山的盛宴

灵山，究竟是什么样的呢？

我们都很熟悉 1986 年版电视剧《西游记》中的灵山场景，那叫一个宝相庄严、仙气飘飘。然而，在《西游记》原著中，灵山这个西方极乐世界和电视剧塑造的有很大不同。书中写道，灵山上是日日花开，时时果熟，有看不尽的鲜花和吃不完的水果。

佛与众生关系是：猿猴为佛献果，麋鹿为佛衔花，青鸾为佛舞，彩凤为佛鸣，整个灵山世界，是以佛祖们的需求为中心运作的。

常见玄猿献果，麋鹿衔花；青鸾舞，彩凤鸣……

在这样享用不尽的资源基础上，灵山交通便利，寒暑不侵，众佛生活得无忧无虑、不知年月。

第八章
以众生的名义——西天取经

烟霞缥缈随来往，寒暑无侵不记年。

灵山如此梦幻美好，如来佛祖为什么突然降旨，让观音菩萨去寻取经人呢？这一切，要从众佛的一场宴会说起。

自从如来佛祖把孙悟空压在五行山下后，又不知道过了多少年。这一天，众佛在灵山召开了一场宴会。如来佛祖慈眉善目地询问道："今天刚好是七月十五，我这里有一个宝盆，盆中有百样奇花和千般异果，我们召开一场盂兰盆会，好不好啊？"

今值孟秋望日，我有一宝盆，盆中具设百样奇花、千般异果等物，与汝等享此"盂兰盆会"，如何？

众佛和菩萨罗汉，个个心领神会，谢过佛祖。

值得一提的是，佛祖们开的这场**盂兰盆会**，时间是农历的七月十五，恰好就是中元节，也就是民间常说的"鬼节"。这是凡人祭祀祖先、安抚鬼魂的日子，也是佛祖们享用豪华宴会的日子。我们也不知道，为什么作者如此安排这个情节，总之，为了报答如来佛祖的大恩大德，众佛和菩萨罗汉献诗称赞此次宴会：寿命延长同日月，寿如山海更悠哉。

我想，延年益寿，才是本次宴会的真正目的。

如来降旨

且说佛祖、菩萨们在七月十五这一天吃饱喝足以后，心情大为畅快。佛祖说："我看这四大部洲啊，众生的善恶各有不同。东胜神洲敬天礼地，是个值得表扬的好地方。北俱芦洲的众生虽然喜欢杀生，但也是为了糊口，情有可原。咱们灵山所在的西牛贺洲，那真是不贪不杀，人人固寿；只有南赡部洲，贪淫乐祸，多杀多争。我现在有三藏真经，能够帮助南赡部洲的万物生灵摆脱苦海。"

但是《西游记》原著却明明白白地写着：

东胜神洲，有着混世魔王、七十二洞妖王等怪物杀人如麻、残害生灵。

西牛贺洲，是西游故事的主战场，各路背景不同、残忍的妖怪皆聚集于此。

北俱芦洲，这个地方提及不多，暂不做讨论。

南赡部洲，也就是佛祖认为贪淫乐祸的地方，作者却在定场诗里说，这是天下太平，八方进贡，四海称臣的贞观盛世。

由此可见，在西游世界里，作者笔下的佛祖对善和恶的定义，是与世俗的价值观有些差异的。佛祖认为，南赡部洲的大

第八章
以众生的名义——西天取经

唐王朝众生愚蠢，毁谤真言，不识我法门之旨要，因此一定要有一个法力高强的使者，前去东土大唐寻访取经人。这时候，大慈大悲观世音菩萨发话了，这菩萨生的是：

眉如小月，眼似双星。
玉面天生喜，朱唇一点红。
净瓶甘露年年盛，斜插垂杨岁岁青。

作者对菩萨的介绍，也隐约透出"长寿"的意味。佛祖看到观音主动请缨，自然非常高兴，他给了观音五件宝贝，分别是袈裟、锡杖和金、紧、禁三个箍儿。佛祖说："这袈裟和锡杖必须取经人亲自穿用，因为穿我的袈裟，免堕轮回；持我的锡杖，不遭毒害。"而这三个箍儿更是有妙用，是教化妖魔的好宝贝，遇到法力强大、难以对付的妖魔，只要骗他们戴上去，用咒语催动，就可以让他们眼胀头疼，脑门皆裂，管教他入我门来，真可谓劝妖为善的绝佳法器。

那么，观音菩萨寻访取经人的旅途顺利吗？

途经流沙河

领完佛旨后，观音菩萨带着惠岸行者木叉东行，忽见弱水三千，到了流沙河界。这流沙河径过有八百里遥，上下有千万里远；仙槎难到此，莲叶莫能浮。平沙无雁落，远岸有猿啼。

菩萨看到这个，她知道取经人浊骨凡胎，肯定是渡不了这条河。但是菩萨明白，这是佛祖要自己发挥主观能动性去解决的问题，菩萨在流沙河前发着呆，突然看到水波里跳出一个妖魔，这妖魔生得十分丑恶：獠牙撑剑刃，红发乱蓬松。一声叱咤如雷吼，两脚奔波似滚风。这怪物看见岸边有穿着得体的人在，就上岸直奔菩萨而来，却被木叉挡住。木叉初出灵山，自然不能让师父和佛祖小看了自己。他意气风发，和怪物大战数十回合，不分胜负，打得是翻波跃浪乾坤暗，吐雾喷风日月昏。

怪物酣战之间，见久久不能取胜，丑丑的脸庞上发出大大的问号：

怪物问："你是那里和尚，敢来与我抵敌？"

木叉道："我是托塔天王二太子木叉惠岸行者，今保我师父往东土寻取经人去。你是何怪，敢大胆阻路？"

第八章
以众生的名义——西天取经

怪物闻声,心里一惊,他知道面前的人就是观音,于是纳头下拜,向菩萨告求说:

"我本来是天庭的卷帘大将,只因失手打碎了玻璃盏,玉帝把我打了八百,贬下界来,变得这般模样。又叫七日一次,将飞剑来穿我胸胁百余下方回,故此这般苦恼。没奈何,饥寒难忍,三二日间,出波涛寻一个行人食用……"

大家注意了,沙僧提到了对自己惩罚的两个细节:

一个是飞剑穿胸,七日一次

另一个是平均两三天吃一个人

飞剑穿胸是有规律的,这是玉帝定下的惩罚规则;吃人也是有规律的,这是沙僧身体的实际需要。沙僧说了,吃人的原因是"饥寒难忍",那说明,吃其他的东西没法解决"饥寒"的问题,就像食草动物没法吃肉一样,沙僧的消化系统,消化不了人肉以外的东西,看起来,吃人是体质问题,甚至是某种习惯的延续。

接下来观音的对答就有意思了。

观音说:"你何不入我门来,皈依善果,跟那取经人做个徒弟,上西天拜佛求经?我叫飞剑不来穿你。那时节功成免罪,复你本职,心下如何?"

那怪道:"我愿皈正果。"

即便是玉帝定下的惩罚规矩,观音也有足够的信心将其撤销，观音和玉帝的沟通渠道显然是通畅的。沙僧仍旧放心不下，继续问观音，他在此处吃人无数，更是连续吃了好几个取经人，还把他们的头用索儿穿在一起当玩具用。就流沙河这险恶的通行条件，取经人还能来吗？

观音自信地说："岂有不到之理？你可将骷髅儿挂在头项下，等候取经人，自有用处。"

我们且不讨论，沙僧作为神将，为什么有玩人头的癖好，也不讨论观音为什么让沙僧把骷髅当作项链挂在脖子上，但是很明显，取经人来或不来，一切早已尽在掌握，这不是某些少数派的意志能够决定的。

吃人的猪妖

观音帮沙僧摩顶受戒，指沙为姓，叫他沙悟净，然后继续和木叉东行。

走了许久，又见一座高山拦住自己的云头，观音正欲驾云过山，不觉狂风起处，又闪上一个妖魔。这妖魔生得又是十分凶恶：

獠牙锋利如钢锉，长嘴张开似火盆。

第八章
以众生的名义——西天取经

手执钉钯龙探爪,腰挎弯弓月半轮。
纠纠威风欺太岁,昂昂志气压天神。

这怪凶恶的长相里,还带着"压天神"的几分威风。木叉自然要率先迎敌,两个人又是大战数百回合不分胜负,打得是播土扬尘天地暗,飞砂走石鬼神惊。木叉占不到上风,猪妖也占不到便宜。菩萨看木叉久战不下,就在半空中抛下莲花,轻轻松松地隔开了猪妖的钯杖。看见莲花这样标志性的神器,来人是哪门哪派自然不用多说,猪妖非常心惊,赶紧给自己刚才失礼的态度找找场子。

猪妖故意问木叉:"你是那里和尚,敢弄甚么眼前花儿哄我?"

木叉骄傲地说道:"我把你个肉眼凡胎的泼物!我是南海菩萨的徒弟。这是我师父抛来的莲花,你也不认得哩!"

猪妖道:"南海菩萨,可是扫三灾救八难的观世音么?"

大家看看二师兄的语言艺术,听到观音在侧,老猪马上反应过来:"可是扫三灾救八难的观世音么?"老猪并不无知,看到莲花时他已经心惊,知道大领导下凡了,这才故意装傻给自己的无礼打掩护。

观音看到这里,也"彬彬有礼"地回应:"你是那里成精的野豕,何方作怪的老彘,敢在此间挡我?"

老猪说了自己因为调戏嫦娥被打下界的原委，又坦言了自己咬杀猪母、占山吃人的罪行。老猪没有把"吃人"这件事看作理所应当，而是甩锅般地说道："在此日久年深，没有赡身的勾当，只是依本等吃人度日。万望菩萨恕罪。"

老猪强调了自己吃人是**依本等**，也就是说，吃人是依着自己的原来的本分。在《西游记》的世界里，下凡吃人的天神比比皆是，除了沙僧和猪八戒以外，还有二十八宿的奎木狼和太上老君的童子金、银角大王，以及灵感大王、青狮、白象等，由此可见，神仙下凡为妖以人肉为食是常态。

观音继续对老猪说："若要有前程，莫做没前程。"观音说得很清楚，如果你想要有光明的未来，就别干没前途的勾当。

老猪急着反驳："前程！前程！若依你，教我嗑风！依着官法打杀，依着佛法饿杀。"什么意思呢？按照天庭的法规，自己的行为要被打死。按照佛家的戒律，自己就要被饿死，这才是老猪的苦楚。

大家注意，接下来，观音菩萨微微一笑道："汝若肯归依正果，自有养身之处。世有五谷，可以济饥，为何吃人度日？"怪物闻言，似梦方觉。

菩萨说，世间的五谷杂粮也可以充饥啊，为什么非要吃人呢？老猪这才如梦方醒。观音菩萨让老猪在此等候取经人，老猪就皈依了佛家，得名猪悟能。从此以后，他终于过上了持斋把素,断绝了五荤三厌的日子。

收降了老猪以后,菩萨又继续东行。在路上遇到一条玉龙叫唤,龙说我是西海龙王敖闰的儿子,因为纵火烧了殿上明珠,被龙王告为忤逆,正打算诛杀。玉龙祈求菩萨搭救,观音心想此龙也有用,收下这条龙,刚好可以给取经人当坐骑。于是观音直上南天门,要求面见天庭最高领导人玉帝。玉帝闻听盟友观音菩萨前来,赶紧下殿迎接。菩萨说了释放玉龙的需求,玉帝也不辩驳,直接命人放了小玉龙。菩萨让小龙潜伏在深涧之中,等取经人来,再变成白马,加入取经项目组。

小龙被菩萨救了性命,自然千恩万谢,不敢违命。毕竟,能让玉帝撤销旨意的大慈大悲观世音,她的能量,远超所有人的想象。

五行山下

观音菩萨收了小白龙以后,带着木叉径直向东,忽见**金光万道,瑞气千条**。

还是木叉机灵,跟菩萨介绍道:"师父,那放光之处,乃是五行山了,见有如来的压帖在那里。"

菩萨对悟空倒是非常尊敬,问道:"此却是那搅乱蟠桃会大闹天宫的齐天大圣,今乃压在此也。"

木叉道:"正是,正是。"

菩萨仍旧没有忘记,悟空的封号是**齐天大圣**,没有当着悟空的面,却依旧称其尊号,显然观音菩萨对悟空发自内心地尊重。为什么菩萨会对悟空尊敬有加呢?

观音和木叉二人上山观看如来的帖子,乃是**唵、嘛、呢、叭、咪、吽**六字真言。菩萨看罢,叹惜不已,作诗一首:

堪叹妖猴不奉公,当年狂妄逞英雄。
欺心搅乱蟠桃会,大胆私行兜率宫。
十万军中无敌手,九重天上有威风。
自遭我佛如来困,何日舒伸再显功!

这是菩萨亲口所作的诗,在诗文的最后一句,菩萨对悟空的境遇表达了无可奈何的叹息,这很奇怪。因为我们在文中能看到的,菩萨作为佛祖最得力的下属之一,她对如来毕恭毕敬,不敢违抗。但她对孙悟空五百年前的抗争敬佩不已,她对孙悟空遭到的境遇久久叹息。

那么,有没有一种可能,现在的观世音,曾经也是"孙悟空"呢?有没有可能,她看见悟空,就像看见了曾经的自己,而这叹息,则是跨越千万年的惺惺相惜。

菩萨作的诗,被山下的悟空听到了,悟空直接冲上面喊道:"是那个在山上吟诗,揭我的短哩?"

菩萨在土地、山神的引路之下,找到孙悟空被看押的位置。

观音收起叹息的神情,威严说道:"姓孙的,你认得我么?"

悟空的嘴巴像抹了蜜:"我怎么不认得你?你好的是那南海普陀落伽山救苦救难大慈大悲南无观世音菩萨。"

菩萨说:"我奉佛旨,上东土寻取经人去,从此经过,特留残步看你。"

悟空说:"如来哄了我,把我压在此山,五百余年了,不能展挣。万望菩萨方便一二,救我老孙一救!"

菩萨说:"你这厮罪业弥深,救你出来,恐你又生祸害,反为不美。"

大圣说:"我已知悔了。但愿大慈悲指条门路,情愿修行。"

听闻悟空如此说,观音知道自己的工作轻松了许多。吴承恩在此处又作诗一首,表达了自己的态度:

人心生一念,天地尽皆知。
善恶若无报,乾坤必有私。

那么读者朋友们，你们认为，**乾坤**，**有私吗？**

长安城中

看到悟空愿意皈依佛门，菩萨接着说："你既有此心，待我到了东土大唐国寻一个取经的人来，教他救你。你可跟他做个徒弟，秉教迦持，入我佛门，再修正果，如何？"

悟空抢着说道："愿去！愿去！"

菩萨又打算给悟空起法名，不料悟空已然有名，竟然和自己起的**沙悟净**和**猪悟能**二名同为悟字辈。要知道，**孙悟空**这个名，可是几百年前菩提祖师给起的，而观音起的名字，又怎能和菩提祖师暗合呢？菩萨不敢问，菩萨也不敢说。只是欢喜地说道："甚好！甚好！这等也不消叮嘱，我去也。"

菩萨收服悟空后，又一路向西，终于来到了南赡部洲的大唐王朝。这长安城是三川花似锦，八水绕城流。三十六条花柳巷，七十二座管弦楼。华夷图上看，天下最为头。说白了，长安城就是西游世界四大部洲最为繁华的人间城市，也是如来佛祖所认为**贪淫乐祸**的首恶之地。

飞下云头后，观音和木叉变作两个游僧，入住了长安城内的土地庙，吓得本地土地鬼兵心惊胆战，叩头接入。土地又急

第八章
以众生的名义——西天取经

跑报与城隍、社令,及满长安各庙神祇,通知长安众神前来土地庙迎接菩萨降临。

菩萨对惊惶的众神说:"汝等切不可走漏一毫消息。我奉佛旨,特来此处寻访取经人。借你庙宇,权住几日,待访着真僧即回。"

到这里,西天取经的故事序幕已经拉开,西行路上的通天大局,取经团队的师徒缘分,如来佛祖已经借由观世音菩萨之手逐一布下。

第九章 唐王游地府

愤怒的泾河龙王

观音入住长安城的土地庙后,为唐太宗量身定制了一个局,正是这个局把唐太宗逼到了绝境,然后才有的西天取经。

首先,观音请了两个"演员",扮作普普通通的渔夫和樵夫,在山中争论。从《蝶恋花》谈到《鹧鸪天》,从《西江月》聊到《临江仙》,两个人说了一天,真个是难分高下,文采斐然:

渔:烟波万里扁舟小,静依孤篷,西施声音绕……(《蝶恋花》)

樵:云林一段松花满,默听莺啼,巧舌如调管……(《蝶恋花》)

渔:仙乡云水足生涯,摆橹横舟便是家……(《鹧鸪天》)

樵:崔巍峻岭接天涯,草舍茅庵是我家……(《鹧鸪天》)

渔:碧天清远楚江空,牵搅一潭星动……(《西江月》)

樵:败叶枯藤满路,破梢老竹盈山……(《西江月》)

渔:潮落旋移孤艇去,夜深罢棹歌来……(《临江仙》)

第九章
唐王游地府

樵：苍径秋高拽斧去，晚凉抬担回来……（《临江仙》）

两个人吵来吵去，都说自己的工作才是好工作。最后那渔夫炫耀地说："我认识长安城里的一个算命先生袁守诚，这先生每天只要一条金色鲤，就会告诉我在泾河打鱼时正确的下网和收网的位置。我打鱼天天都能满载而归，你砍柴行吗？"

好巧不巧，渔、樵二人的对话，被泾河的巡水夜叉听到了。这夜叉听到二人的对话，被所谓算命先生袁守诚的神技惊得一身冷汗，夜叉慌忙回到龙宫，回禀泾河龙王说："不能让那个袁守诚再嚣张下去了，如果他天天都算得这么准，那岂不是要把我们泾河的水族都打光了。"

这泾河龙王脾气不太好，他听说此事怒火攻心，提着剑就要上长安城找袁守诚算账，幸亏被那些龙子龙孙、虾臣蟹士劝住。群臣建议道："大王您先不要轻信，先去长安城访谈一番，如果这人真有这么大本事，再杀不迟。"龙王想了想，也有道理。于是他压下怒气，变成一个文质彬彬的"白衣秀士"，前去长安城探访。

在拥挤的长安城西门大街上，泾河龙王见到了让他恨得牙痒痒的袁守诚。

关于袁守诚这个人，作者在介绍他的诗中，对他通天的能耐写得非常清楚：

能知天地理，善晓鬼神情。
未来事，过去事，观如月镜；
几家兴，几家败，鉴若神明。
开谈风雨迅，下笔鬼神惊。
招牌有字书名姓，神课先生袁守诚。

袁守诚这个人的能耐，能通天地和鬼神，能知过去未来事，即便是齐天大圣孙悟空，也没有这个本事。那么袁守诚是谁呢？整个西游世界，具备这个能力的人，一只手都数得过来，而此时驻守在长安城的高级神灵，正是大慈大悲观世音，所以袁守诚很可能是观世音的化身，或是观世音身边的人。

但可怜的泾河龙王不知道。泾河龙王为了刁难袁守诚，就请袁老先生帮忙算一卦，算算长安城最近什么时候下雨。为什么龙王要这样刁难他呢？因为长安城内的布雨工作，正是泾河龙王分内的事情。龙王认为，长安城的雨什么时候下，不可能有人比自己更清楚。但让龙王没有想到的是，袁守诚直接挑明：“明日辰时布云，巳时发雷，午时下雨，未时雨足，共得水三尺三寸零四十八点。”

泾河龙王的职位是**八河都总管**、**司雨大龙神**，他当然以为对方在胡扯了！一个算命先生，凭什么算到我龙神头上？于是龙王宽容地笑笑说：“如果你赢了，我奉上黄金五十两赔

第九章
唐王游地府

罪；如果你输了，就滚出长安城。"就这样，泾河龙王回到龙宫，和龙子龙孙们笑谈在长安的见闻。突然，天空飘来六个字："泾河龙王接旨。"

玉帝的传旨卫士径直朝龙宫而来，龙族们慌忙焚香接旨。玉帝的旨意，正是袁守诚所预言的：辰时布云，巳时发雷，午时下雨，未时雨足，共得水三尺三寸零四十八点。这下泾河龙族们才真的相信，这个袁守诚真有通天的本事。但是龙王并不以为意，他认为，虽然决策权在天庭手里，但执行权却在我龙王手里，到时候只要稍微更改下雨的时辰、点数，可不就能赢了这老头吗？泾河龙王是个**性情中龙**，正是这该死的好胜心，让他不但断送了前程，最终还断送了性命。

于是，泾河龙王真的篡改了玉帝圣旨，偷偷改了降雨的时辰和点数。长安雨罢，在自以为获胜以后，泾河龙王以胜利者的姿态走到袁守诚的摊位旁，把他的招牌、笔、砚等一齐摔碎，叫嚣着让他滚出长安。袁守诚笑道："你违了玉帝敕旨，改了时辰，克了点数，犯了天条。你在那'剐龙台'上，恐难免一刀，你还在此骂我？"这一次，龙王真的害怕了，他马上跪地求饶，请求袁守诚相救。

这里有个细节，为什么袁守诚猜中下雨的时辰、点数时，泾河龙王并不害怕，还大胆地去篡改圣旨，然而，这次说龙王"犯了天条"后，龙王才真的怕了呢？袁守诚的这两次算卦，意义是不一样的。

第一次，袁守诚算准了下雨的时辰点数，这时候他在泾河龙王心目中的地位，不过是一个能够打探天庭信息的世外高人而已。

第二次，袁守诚算准龙王要上剐龙台，这意义可就非同小可了。偷偷更改下雨点数这件事情，只有自己和龙子龙孙们知晓，但也没有瞒过袁守诚，这说明什么呢？

袁守诚算准了剐龙台，这意味着他不仅仅是个"消息贩子"这么简单，所以龙王跪地求饶，他希望袁守诚饶恕自己的无礼，给自己指条活路。但龙王万万没有料到的是，所谓算命，要的，就是自己的命。

上文说过，袁守诚大概率是观音菩萨或者菩萨身边的人。毕竟，观音菩萨能够让天庭撤销小白龙的死刑，那让玉帝降旨下雨又有什么难呢？泾河龙王是这个局里注定要死掉的一个"龙套"，神佛们正是打算利用泾河龙王的死，来震慑唐太宗李世民，让他起一个西天取经的念头。佛家要利用大唐王朝的影响力，通过西天取经这个项目来完成信仰的扩张，因此，整个局的核心，是围绕唐王李世民设计的。

凡人魏征，凭什么斩龙

在龙王的苦苦哀求之下，袁守诚"善意"地指点他："你明天午时三刻，该被唐朝丞相魏征监斩，如果你想要活命，就去求魏征的顶头上司——唐王李世民。"

龙王吓得魂不附体，也没别的办法，只得含泪拜辞而去。龙王没有回龙宫，而是伏在长安城上空，等到半夜的时候，他潜入了李世民的梦中呼救，请求皇帝手下留情，饶他一命。

梦中的唐太宗十分茫然，问他："你是什么人？我要怎么救你？"

龙王谦卑地说道："陛下是真龙，臣是业龙。臣因犯了天条，该陛下贤臣人曹官魏征处斩，故来拜求，望陛下救我一救！"

梦中的李世民一听，既然是魏征监斩，那就好办了呀，说你放心吧，看在咱们都是龙的分上我就饶你一命。泾河龙王得到了李世民的承诺，放心地退出了他的梦。

第二天一早，李世民梦醒，却依然记得泾河龙王求救一事，李世民不敢含糊，虽然是梦中的承诺，但毕竟君无戏言。为了帮助泾河龙王摆脱死刑，李世民急召魏征入宫对弈，他打算用对弈耗时间,把泾河龙王该处斩的时辰耗过去。

魏征和唐太宗一边对弈,一边聊治国安邦之事,时至午时三刻,魏征**忽然**昏睡过去。《西游记》原文说道:魏征忽然踏伏在案边,鼾鼾眈睡。这一幕被李世民看在眼里,他心疼地看着自己的爱卿说道:"贤卿真是匡扶社稷之心劳,创立江山之力倦,所以不觉眈睡。"于是,李世民任由魏征休息,也不打扰。

午时三刻一过,魏征马上就睡醒了。他意识到自己在皇帝面前睡着,顿觉无礼,正打算请求恕罪,这时候,秦叔宝、徐茂公等人带着一颗血淋淋的龙头入殿禀报。李世民大惊,问这龙头是哪里来的。原来这龙头是从云端突然落下的,直接落到了皇宫里。魏征看到龙头,赶紧上奏:"这正是臣梦中所斩之龙。"

唐太宗的心情是复杂的,他疑惑地问道:"你刚刚一直在睡觉,身边也无刀剑,怎么斩龙的呢?"魏征坦言自己梦中杀龙的前因后果,原来是自己睡着以后元神出窍,直上九天。李世民一听,**悲喜交加**:喜的是臣子本领通天,大唐江山无虞;悲的是,自己给泾河龙王的承诺没有兑现,恐怕,这事儿没完。

这就是魏征斩龙的故事。纵观整个《西游记》,凡人能够斩杀神明的,也仅此一例。我们看细节:魏征是在和皇帝对弈

第九章
唐王游地府

的时候，**忽然**就元神出窍了。这说明，是否愿意参与"斩龙"这个任务，魏征本人是没有决定权的，他甚至连自己的思想也不能控制，只是一个"工具人"而已。

神仙们安排魏征斩龙，而且是强制执行，这就意味着，唐太宗从一开始就没有办法兑现自己的承诺。但是，泾河龙王和唐太宗的梁子，也就此结下了——死掉的泾河龙王不会怪罪监斩官，也不敢怪罪天庭玉帝，只会欺负到凡人皇帝李世民的头上，控诉他言而无信。

我们换个视角，站在泾河龙王的视角去看，这件事从一开始就是个死局：他和疑似观音菩萨化身的袁守诚，打了一场自己**永远也赢不了**的赌局。神仙们安排魏征斩龙，目的就是让泾河龙王去怨恨李世民，去骚扰他，让李世民畏惧，产生求神拜佛的念头。

泾河龙王的悲惨故事，才是"君要臣死，臣不得不死"的实际版本。《西游记》讲这个故事，很明显是在隐喻嘉靖王朝的**虚伪**和封建社会的**残忍**。

从人间到阴间

话说魏征斩龙之后，李世民当晚入梦，又见那泾河龙王手提着一颗血淋淋的首级，高叫："还我命来！还我命来！你昨夜满口许诺救我，怎么天明时反宣人曹官来斩我？"

泾河龙王愤怒得不能控制自己，他扯住李世民，硬要拉着他下地府去讲理。就在二人纠缠时，观音菩萨突然现身，将杨柳枝用手一摆，那没头的龙，悲悲啼啼，径往西北而去。观音第一次现身救了李世民，李世民自然非常感动。从梦中惊醒后，李世民大喊"有鬼"，闹得三宫皇后、六院嫔妃与近侍太监，战兢兢一夜无眠。

自此以后，李世民夜夜都会被泾河龙王的鬼魂骚扰，连续七天不能入睡，太医诊脉，也说皇帝命不久矣，恐怕几天内就要撒手西去了。病危之际，李世民把魏征等人叫到病榻前托孤，魏征却说："陛下宽心，臣有一事，管保陛下长生。"李世民叹息道："我危在旦夕，这命怕是保不住了。"魏征自信地说："陛下您放心。到了阴间以后咱们可以走关系。你带着我的这封信，联系酆都判官崔珏，这崔珏原是我的把兄弟，也是太上皇李渊的宠臣之一，在前朝官至礼部侍郎，死后经常和我在梦中相会。他现在在地府当官，官至判官，主管人间的生死簿。陛下你只要拿着我的书信找到崔判官，他念及和我的兄弟之情，一定会给陛下开后门。"李世民听完，就志忑地死去了。三宫六院和满朝文武看到皇帝驾崩，就开始准备后事。

这里面有几个细节非常有意思：

第九章
唐王游地府

在小说中，崔珏是唐高祖李渊的宠臣，官至**礼部侍郎**，相当于主管高祖一朝的思想文化，定义高祖一朝的道德标准和行为规范。大家都知道，唐太宗为了夺取帝位，在玄武门之变中杀死了自己的兄弟李建成、李元吉，并且逼迫父亲李渊禅位，让他当太上皇去养老。在李世民政变后，崔珏又发生了什么呢？很显然，魏征的拜把子兄弟崔珏，没有在李世民一朝得到重用，他是怎么死的我们不知道，原著也没有提，但阴曹地府将崔珏升为判官，这说明崔珏生前在李渊一朝的功绩，是受到了地府认可的。

这意味着，崔珏即便和李世民不是敌人，也不会是盟友的关系。崔珏在阴间能够快速升迁，很明显是有贵人提拔。即便在地府，十殿阎王的诉求也是不一致的，也有一种派系林立、内斗严重的既视感。**阴间的内斗**是怎么回事？崔珏和自己的主子——唐高祖李渊又代表着谁的势力呢？

根据《全唐文》的记载：

早在李渊当郑州刺史的时候，他就曾经大造佛像祈福。

到了李渊登上帝位之后，他更是大力推行佛教，不但设置**十大德**维护佛教的利益，更是大搞**无遮大会**，有二十万僧尼享有不纳税、免兵役、不受俗法治理及不拜君亲的种种特权。

僧人俨然就是李渊一朝的人上人，是"贵族阶级"。而李渊推行佛教的时候，崔珏身为礼部侍郎，自然是最核心的执行者之一。然而，佛教在李渊一朝的兴盛的势头，在李世民即位后被有所遏制。李世民上位后，对于没有官方认可的僧人都处以极刑，对于有官方注册的僧人，也限制总数在三千以内。由此可见，贞观初年的唐太宗对僧人是非常不友好的。

我们把上述的唐初的时代背景代入《西游记》小说中，李世民和崔珏、李渊的关系，就能看得比较清楚了：

由于在李渊时代大力推行佛教，这份功绩让崔珏死后被地府重用，升任判官，主管凡间阳寿。搞清楚了崔珏的身份背景，我们就会知道，崔判官，就是佛家在阴曹地府的代言人，这一点在后面"太宗游地府"的故事中屡屡体现。

接下来，我们回到李世民死后的阴间之旅。

阴间之旅

李世民拿了魏征走后门的书信，灵魂就到了阴曹地府，他独自散步在荒郊草野，心里十分恐惧。

走不多时，突见一人高声大叫道："大唐皇帝，往这里来！往这里来！"李世民听到声音，就看到一个头顶乌纱、登云促雾的鬼差，此鬼风度翩翩，正在恭候自己。他见到李世民直接下跪，请恕救驾来迟之罪。李世民问他是谁，鬼差说他正

第九章
唐王游地府

是魏征的把兄弟，前朝的礼部侍郎，现任的酆都判官崔珏。李世民听闻大喜，拿出魏征的推荐信，请崔珏过目。魏征在信中言辞恳切，请求崔珏为皇帝开后门，放他还阳。

崔珏笑道："魏征梦斩神龙的事情，我已经知道了，现在魏征把陛下交给我，您就尽管放心吧。"李世民谢过崔珏，两人前往阎王处报到。

崔珏带着李世民进入鬼门关，好巧不巧，被李世民杀死的兄弟李建成、李元吉欣喜若狂，大呼"世民来了"。李家兄弟的鬼魂死死揪着李世民不放，李世民被吓得几乎魂飞魄散，幸好崔珏及时现身，让手下呵退了李家兄弟。这场唐太宗和李家兄弟的阴间相会，非常像崔珏刻意安排的。崔珏为什么要吓唬李世民呢？因为他想让李世民诚心诚意地办点事情，这个我们暂且按下不表，文末揭秘。

崔珏引领李世民继续前行，走到了森罗殿前，十殿阎君听闻人间皇帝李世民已至，纷纷亲自下殿迎接，可算是给足了面子。这下轮到李世民谦虚了，李世民没有料到自己在阴间也能够得到这样的礼遇，还有机会和阎王爷们同席而坐、谈笑风生。

李世民先问魏征斩龙到底是怎么回事。

阎王们说："南斗星死簿上已注定该遭杀于人曹之手，我等早已知之。"

这里小说直接挑明了，泾河龙王的命运，就应该被人间的官员斩杀，这是南斗星死簿上早已定好的。大家注意，神仙的生死簿和凡人是不同的：凡间有凡间的生死簿，归崔珏管；神仙有专属的**南斗星死簿**。从阎王的口中，我们自然知道，阎王们是管不了神仙的，南斗星死簿怎么写，地府就怎么执行。能够决定泾河龙王生死的没有其他人，就是他的直属上级——天庭。

李世民又问，自己是否该遭此劫难，阎王让崔珏取凡间的生死簿来查看。崔珏调出《天下万国国王天禄总簿》一看，只见上面明明白白地写道：南赡部洲大唐太宗皇帝注定贞观一十三年。崔判官吃了一惊，急取浓墨大笔，将"一"字上添了两画，改成**贞观三十三年**，这一笔直接为唐太宗增加了二十年阳寿。

大家一定要注意，这个细节非常重要。原本唐太宗注定死于**贞观一十三年**，这显然在崔珏的意料之外，这说明唐王的命运崔珏此前是不知情的。崔珏在此大笔一挥，给李世民增加了二十年阳寿，而且**没有任何审核程序**，这就说明，主管凡人生死簿的判官，有直接决定凡人命运的权力，哪怕是人皇这个级别，也难以逃脱判官的掌控。

换句话说，崔珏能让李世民活，就能让李世民死。崔珏把自己修改过的生死簿呈给阎王，阎王一看，也是吃了一惊。很

第九章
唐王游地府

明显，按照生死簿的说法，李世民阳寿未至，自然是**不该死**的。但是，**不该死的人，又怎么会出现在地府呢？**难道是六界的运转系统失灵了吗？显然不是。

很明显，十殿阎罗也知道有人不想让李世民死，又利用地府"销账"来了。既然李世民不能死，那还能怎么样呢？还阳呗。阎王们非常识趣，让崔珏亲自送李世民去六道轮回转生。

临走之前，李世民非常感激，他希望自己还阳后，能够报答阎王，就客气地询问地府还缺什么，说他还阳后一定送来。十殿阎君高兴地说："我处颇有东瓜、西瓜，只少南瓜。"我们在上一章，讲如来佛祖认为**南赡部洲**贪淫乐祸，而十殿阎君也在此强调**南瓜**，这背后是什么意思，应该不用过多赘述了。

我们继续回到唐太宗的地府旅程。告别了十殿阎君后，崔珏领着李世民参观地府。与其说是参观，不如说是通过感官刺激，让他感受一下地府的恐怖：

第一站，崔珏带着李世民来到**幽冥背阴山**。李世民看到的这座山：荆棘丛丛藏鬼怪，石崖磷磷隐邪魔。耳畔不闻兽鸟噪，眼前惟见鬼妖行。李世民被横行的妖魔吓得亡魂丧胆，最后靠着判官崔珏的保护，离开了这座鬼山。

第二站，崔珏带着李世民来到了**一十八层地狱**。在地狱里，他看到堕落阴间的凡人们，待遇好点的，是脱皮露骨，折臂断筋；待遇差点的，皱眉苦面血淋淋，叫地叫天无救应。凡人的惨象相比于鬼怪更加让李世民感到恐惧。因为他深知，自己虽然贵为人皇，在此间也不过是个凡夫俗子而已，阳间有阳间的道理，阴间有阴间的规矩。

第三站，崔珏带着李世民来到了**奈何桥**，这桥高有百尺……上无扶手栏杆，下有抢人恶怪。经历了这些，李世民的心态已经接近崩溃了，他的前半生虽然百战百胜，杀得人头滚滚，但是这等凶险的场景却还是头一次见，李世民不由得想起成为自己上位垫脚石的那些人，他又是恐惧，又是懊悔。

第四站，过了奈何桥，就到了**枉死城**。突然间，成千上万的恶鬼把李世民团团围住，兴奋地大叫道："李世民来了，李世民来了！"吓得李世民大喊："崔先生救我！崔先生救我！"崔珏说："陛下啊，这些人都是不得超生的孤寒饿鬼，他们就是要些钱财。阳间有个叫相良的人，刚好在我这儿存了些钱，陛下你说巧不巧啊！要不，咱们就借相良的一库金银，散给这些饿鬼，等陛下还阳，再酬谢相良，您说怎么样？"都这个情况了，李世民敢说不好吗？他自然连连应承，签了借条和承诺书，交给崔珏。大家以为，有承诺书就够了吗？当然不够，得加钱！崔珏擅作主张，告诉饿鬼们："这些金银你们先拿去，放大唐皇帝还阳后，他还会帮你们做一场**水陆大会**，让你们**早日超生**。"大家注意，崔珏所谓的"水陆大会"，其实就是慷他人之慨，他料定此时吓得唯唯诺诺的李世民已经不敢吱声，更

第九章
唐王游地府

不敢表达什么不同意见。好不容易过了枉死城,李世民终于来到了自己阴间之旅的终点——**六道轮回**。是哪六道呢?

行善的,升化至仙道

尽忠的,超生至贵道

行孝的,再生至福道

公平的,还生至人道

积德的,转生至富道

恶毒的,沉沦至鬼道

崔珏身为佛家在地府的代言人,给李世民铺垫了这么久,最后会让他投哪条道呢?崔判官最终把李世民送进了**贵道**。

我们看看上面这六道的超生条件,你说李世民行善也好,行孝也罢,公平也行,积德也说得过去,毕竟,李世民篡位后仍旧让老爹李渊当了太上皇,而且大行德政、重用贤臣,公平和积德之类的也都说得上。但是崔珏偏偏就送李世民进了**贵道**,进贵道的条件是什么?是**尽忠**啊!

李世民又是杀兄弟,又是逼父亲禅位,他是忠于家人、忠于上级,还是忠于国家呢?怎么看,李世民就是个只忠诚于自己的人嘛。那么,这样的"不忠"之人,又怎会进入贵道呢?既然不忠之人可以进贵道,那是不是说明,所谓的行善、积德、行孝,这些六道的对应条件,其实都是假的,实际上操作起来,不忠不孝之人依旧可以大富大贵,行孝积德之人,也有可能沉沦鬼道呢？

　　崔珏送李世民进贵道，还有一个原因，那就是他想提醒李世民，要忠于佛家。因为崔珏对李世民说的最后一句话就是："陛下到阳间，千万做个'水陆大会'，超度那无主的冤魂，切勿忘了。"这再明显不过了，李世民游地府这一趟，就是为了把"水陆大会"这个任务领回去。

　　那么，李世民还阳后，又发生了什么呢？

大唐的臣服

　　未央宫白虎殿上，李世民的灵柩陈设其中。

　　此时，李世民已经驾崩了三个昼夜。就在这沉痛的氛围里，突然之间，李世民的棺材里传出响声。文武百官惊恐异常，还得是秦琼和尉迟恭等人胆大，他们打开棺材才惊喜地发现，皇帝居然活过来了！李世民稍稍安定下来，发现自己做了一个好长好长的梦，梦中的什么十殿阎罗、十八层地狱、奈何桥、枉死城都清晰地记得。他询问群臣才得知，自己已经"驾崩"三日有余。

　　地府之旅，深深地刺痛，也刺醒了李世民。他方才明白这世间真的有神佛，真的有地府。李世民不敢怠慢，马上筹办

第九章
唐王游地府

"水陆大会"。在筹办水陆大会之前,李世民还有两个承诺需要兑现:

第一,是给阎王爷的南瓜。

第二,是还给相良的一库金银。

先往地府送去南瓜以后,李世民又寻访相良,打算还他金银。但是相良刚好是个信佛的人,他分文不受,于是李世民帮他兴建了一座巨大的寺庙,名"敕建相国寺",也就是后来明代的大相国寺。

大家看,从泾河龙王案,到太宗游地府,再到"敕建相国寺",所有的事件,受益人统统指向了佛家,说佛家是李世民游地府的幕后推手,应该不过分吧?当然,李世民在做这一系列礼佛措施的时候,大臣们并非全盘支持。大臣傅奕就指出:然惟西域桑门,自传其教。实乃夷犯中国,不足为信。傅奕表示,佛教在大唐传教,本质上就是夷犯中国,陛下,您可别被那帮和尚给忽悠了。

然而,亲眼看见过阴曹地府的李世民,怎么能听得进去呢?于是李世民下令,但有毁僧谤佛者,断其臂。谁敢再说佛家一点坏话,至少要他一条胳膊。虽然这法令看似残忍,但相比那让人见肉生根、脑门尽裂的三个箍儿,显得还是稚嫩一些。

水陆大会

　　李世民的水陆大会是头等大事，而这场水陆大会，必须由一个德高望重的高僧来主持。

　　这个高僧，是谁呢？

　　在这场"公开透明"的高僧选举中，**前任宰相殷开山的外孙陈玄奘**，"幸运"地拿下了高僧榜的头名，并且被李世民拜为**天下大阐都僧纲**，直接向皇帝汇报。就这样，断绝了七情六欲的陈玄奘，成为大唐王朝一名高级和尚，主管天下僧侣和寺院。在陈玄奘的主持下，长安城里召开了七七四十九日水陆大会，目的是为李世民在地府遇到的索命冤魂超生。

　　到了这时候，观音菩萨负责执行的这盘大棋，就该收网了。

　　李世民办水陆大会的初衷，是还自己在阴曹地府欠下的债。就在大会召开期间，观音带着木叉，化身游僧混到了人群中。观音当众指出，玄奘所讲的经文，仅仅是"小乘佛法"，度不得亡者升天。并且，观音告诉李世民和陈玄奘，西天灵山大雷音寺，有"大乘佛法三藏"，能解百冤之结，能消无妄之灾。

　　李世民正要指责他干扰佛事，不料游僧直接驾云显圣，在云端之上现出菩萨原形，惊得满朝文武纷纷低头，默念南无观

第九章
唐王游地府

世音菩萨。观音也不多说，只留下一张帖子，帖上写的是：礼上大唐君，西方有妙文……此经回上国，能超鬼出群。大家注意了，**能超鬼出群**，这才是李世民苦苦哀求大乘佛法的原因，他忘不掉自己在阴曹地府的三日行，忘不掉绕着他索命的千千万万个鬼魂，为了能够让自己安稳地再过完二十年阳寿，李世民下定决心，派人去西天拜佛求经。

这就是李世民想要求取真经的前因后果。

唐僧为什么能够被李世民选中呢？因为唐僧拎得清，唐僧知道李世民想安稳度过余生，所以说："贫僧不才，愿效犬马之劳，与陛下求取真经，祈保我王江山永固……如不到西天，不得真经，即死也不敢回国，永堕沉沦地狱！"听完唐僧的这番慷慨陈词，李世民感动万分。在临别之际，他以皇帝的身份和唐僧结为兄弟，唐僧此时正式拥有了皇家的贵族身份——御弟，李世民还告诉唐僧："宁恋本乡一捻土，莫爱他乡万两金。"

讲到这里，西天取经的前因，可以算是给大家基本讲清楚了。

经过了地府三日游，唐王李世民变成佛教拥趸，我们不禁要好奇的是：李世民到底知不知道自己被"套路"了？实际上，这并不重要。在神仙的绝对的优势力量面前，即便李世民知道那是个套，也得往里钻。

第十章 从双叉岭到五行山

信仰崩塌

少年时期，我们都曾经被唐僧和悟空的师徒情谊所打动。但在《西游记》原著里，让悟空与唐僧师徒二人走到一起的，并非对彼此的欣赏或者依赖，他们的关系，其实非常依赖外部的暴力干涉。

贞观十三年九月，唐僧拜别李世民，带了两个随行的徒弟开始西行。唐僧的第一站是法门寺，法门寺住持带领僧众五百余人盛大欢迎。在欢迎会上，法门寺僧众对唐僧的勇气敬佩不已，讨论到西行的路途艰难，有的说峻岭陡崖难度，有的说毒魔恶怪难降，但唐僧并不参与这些讨论，而是非常傲气地用手指了指自己的心脏部位。

众僧**不解地**问："法师指心点头者，何也？"

唐僧**酷酷地**说："心生，种种魔生；心灭，种种魔灭……这一去，定要到西天，见佛求经……愿圣王皇图永固。"

唐僧的回答，真可谓既有高度，又有态度。先从哲学的角度，把可能遭遇的困难用心生心灭解释一番，然后强调了希望

第十章
从双叉岭到五行山

自己的把兄弟李世民**皇图永固**的恳切愿望。这一番发言的水平极高,不愧是大唐王朝的高级僧侣。众僧闻得此言那是人人称美,个个宣扬,都叫一声:"忠心赤胆大阐法师!"

唐僧一行人过了法门寺以后,一路西行又过了巩州城,此时,已经接近大唐的国土边境。这一日,师徒三人行进在荒郊野岭,突然,三个人不慎掉入一个深坑,只见狂风滚滚,拥出五六十个妖邪,将唐僧师徒揪了上去。

唐僧战战兢兢地眯着眼观看,发现带头的魔王长得是:

锯牙舒口外,凿齿露腮旁……
钢须稀见肉,钩爪利如霜。

原来这领头的妖怪是一个老虎精!这副长相把**忠心赤胆的大阐法师**吓得几乎魂飞魄散!这老虎精又带着一个棕熊精和野牛精,三个人商量如何烹饪唐僧师徒。不料棕熊精非常克制地说道:"不可尽用,食其二,留其一可也。"

原著里没有介绍棕熊精为什么这么克制,但从结果来看,唐僧就是那个被留下的人。被留下也并不是什么好事,接下来,唐僧亲眼见证了自己的两个随行爱徒被妖怪们剖腹剜心,然后剁碎四肢吃掉。唐僧第一次亲眼看见妖怪吃人,几乎吓死。但是说来也奇怪,众妖怪吃完唐僧的两个徒弟后就退散了，也没有把唐僧抬回山洞当食物储备。这么克制的妖怪，确实还是挺罕见的。

妖怪走后，唐僧还是没有缓过劲儿来，吓得几乎昏厥过去。这时候，突然出现了一个老头子，用手一拂就断了绳索，唐僧感动得几乎哭出来，向老头子诉说着自己方才的骇人经历，还问他怎么会突然出现。然而老头子并不正面回应，只是淡淡地说道："只因你的本性元明，所以吃不得你。你跟我来，引你上路。"

走到大路上以后，老头子就化作一阵清风而去，还顺带留下简帖一张：

吾乃西天太白星，特来搭救汝生灵。
前行自有神徒助，莫为艰难报怨经。

看了这封自我介绍，唐僧方才知道，老头子就是太白金星。

我们都知道，唐僧是要经历九九八十一难的，刚刚经历的这一难，正是**落坑折从第六难**。大家肯定也觉得奇怪，**为什么这几个妖怪这么克制，吃完徒弟就撤了？为什么太白金星会突然出现，还给唐僧留下了一份攻略，让他大胆前行，不要害怕呢？**

第十章
从双叉岭到五行山

我们换个视角，站在神佛的立场上看看。很明显，佛祖安排的大徒弟孙悟空就在前面等着了，这时候你还带着自己的徒弟，那算怎么回事？为了把唐僧身边的人清理干净，天庭策划了这次吃人事件，让妖怪们当着唐僧的面生吃了两个徒弟。但是神佛们显然是高估了唐僧的心理承受能力，妖怪们当着自己的面吃掉爱徒以后，唐僧吓得几乎快昏死过去，这时候在旁边默默观察的太白金星，知道事态有点过了，于是马上现身，又是解绑又是带路，亲自帮助唐僧导航到大路上才走，真是煞费苦心。

可以肯定的是，失去两个徒弟的唐僧，世界观几乎崩塌了，但与此同时，唐僧全新的信仰体系又开始重建。如果说，唐僧原有的信仰是人间通行的普世价值观的话，那么全新的信仰，又是什么呢？

谨言慎行

经历了双叉岭吃人事件以后，唐僧开始变得小心谨慎起来。

不料唐僧刚出了妖怪洞，又碰到了一只野生老虎。唐僧眼看着老虎朝自己扑了过来，于是仓皇逃命。唐僧拼命逃跑，跑着跑着,突然发现了一个奇怪的大汉在前面堵路。唐僧心想完了,后有老虎,前有山贼,但老虎不通人性,那还是求人靠谱一点。于是唐僧合掌高叫道:"大王救命!大王救命!"他看到猎户的装束,以为这是本地的山大王,不料这猎户居然彬彬有礼地回应道:"长老休怕。我不是歹人……我才自来,要寻两只山虫食用,不期遇着你,多有冲撞。"

从猎户的描述中,我们知道他叫刘伯钦,他们的家族在此处打猎生活已经上百年了,如果唐僧遇到的那伙妖怪真是常驻于此,又怎会容忍一个专门以猎杀动物为生的猎户家族呢?这就是《西游记》的作者,为我们留下的暗笔。

我们不妨大胆推测,刘伯钦家族之所以能够在此生活上百年,正是因为本地没有什么妖魔鬼怪,吃掉唐僧徒弟的那几个妖怪,是临时过来做任务的,他们对破坏本地原有的生态系统没有任何兴趣。

而这个猎户刘伯钦,还是个能讲汉语的唐人,唐僧更加放心地说道:"贫僧是大唐驾下钦差往西天拜佛求经的和尚。"就在俩人交谈之际,突然老虎又袭来,刘伯钦也不含糊,用钢叉尖穿透老虎心肝,霎时间血流满地。刘伯钦开心地说道:"造化!造化!这只山猫,够长老食用几日……赶早儿剥了皮,煮些肉,管待你也。"

唐僧此时性命得救,听刘先生这么说,当然不敢讲什么出

第十章
从双叉岭到五行山

家人慈悲为怀,不能杀生吃肉之类的话。原著只说三藏夸赞不尽,道:"太保真山神也!"唐僧的情商也是很高的,他知道什么时候说什么话。

刘先生把唐僧带到庄上,见了母亲和妻子。老母亲一看唐僧,马上来了精神:"既然我儿子对师父您有救命之恩,明天刚好是我亡夫的一周年忌日,您就帮我们做个法事,超度一下我丈夫的亡灵呗。"唐僧一看,对方有求于自己,刚好报答这份救命之恩,于是一口答应下来。等刘家人准备好了好几盘老虎肉,端到餐桌上来的时候,唐僧才说出自己不能吃肉的实情。但是刘家人有求于他,就重新帮唐僧准备了一些素食。等到吃完饭,唐僧参观刘家宅邸发现,这座宅院到处是枪棒和血腥,家里有大量的野味和圈养的家禽。看起来,这家人还挺爱杀生,在佛教的"积分体系"里,大概率是积累不到什么功德的。

第二天一大早,唐僧就开始准备佛事,打算超度亡灵。唐僧铺开佛礼,累计念了《度亡经》《金刚经》《观音经》《法华经》《弥陀经》和《孔雀经》。在长安的时候观音就曾指出:唐僧会的这一套只是**小乘佛法**,**度不得亡者升天**。因此,按说唐僧也清楚,自己做的这一套也就是走个过场,报答一下刘家人的救命之恩,能不能超度亡魂,自己是真的不知道。

但是,有意思的来了。在唐僧做完了这一套佛事以后,当晚，死去的刘太公就给老婆孩子们托梦，说多亏了唐僧作法，自己已经摆脱了苦难，去中华福地托生了。这下子把刘家人高兴坏了，一家人开开心心地为唐僧送行，这股热情把唐僧给搞迷糊了。在这里，作者通过刘太公之口再次强调，中华大唐就是人间最好的地方，那是中华福地，不是什么贪淫乐祸之地。

看到刘家人这么热情，唐僧疑惑地问："贫僧有何能处，敢劳致谢？"刘家人这才把托梦的事情转述给唐僧。唐僧不明白，为什么没法超度亡魂的小乘佛法，可以成功超度刘太公呢？很明显，能不能超生与念什么佛经没有关系。在前文我们已经看到，超生的解释权在"佛家代言人"崔判官手里。

帮助刘太公超生成功这件事，是一个让唐僧重建信仰的最佳契机。当唐僧知道自己会的佛经居然真的有用，很明显和观音说的小乘佛法没用论相悖的时候，这两种矛盾的说法已经足够让唐僧醒悟。唐僧大彻大悟，而此后的取经路上，除了《心经》以外，唐僧几乎不再练习其他佛法。

暴力与服从

超度亡灵完毕以后，唐僧一路西行，走到了五行山下。唐僧和孙悟空，终于相见了！

第十章
从双叉岭到五行山

通过猴子的描述，唐僧知道眼前这只猴子必须成为自己的徒弟，于是唐僧接受了这个安排。后面的一路上，唐僧见识了悟空的手段：碗口粗的铁棒可以变成针放入耳中，斑斓猛虎被悟空一棒子就能打得脑浆迸裂。悟空手段高强，看得唐僧又惊又喜，称赞悟空是"强中更有强中手"！悟空打完老虎，就顺势剥了虎皮，此时唐僧知道猴子在杀生，但是他没有任何怨气和指责，只是不断地夸赞悟空真厉害。

为什么唐僧不指责悟空杀生呢？第一次见刘伯钦伏虎，唐僧被人救了性命，自然不敢絮叨。而这一次，悟空伏虎恰逢唐僧的三观重建之后，唐僧知道，唯有力量才能够帮助自己更好地西行修成正果！因此，也没有念叨悟空。那么，什么时候，唐僧会指责悟空杀生呢？答案只有一个，那就是在他自身安全得到保障的时候。

伏虎没多久，师徒二人又遇到六个盗贼，这六贼也不是什么好人，他们打算抢劫唐僧师徒。但是悟空并没有区别对待人类和老虎，他仍旧一顿铁棒，轻松打死了六个盗贼。这下子，唐僧不开心了。

唐僧说："你十分撞祸！他虽是剪径的强徒，就是拿到官司，也不该死罪……出家人'扫地恐伤蝼蚁命，爱惜飞蛾纱罩灯'。你怎么不分皂白，一顿打死？全无一点慈悲好善之心！"

悟空回答得非常干脆："师父，我若不打死他，他却要打死你哩。"

唐僧说:"只因你没收没管,暴横人间,欺天诳上,才受这五百年前之难。今既入了沙门,若是还像当时行凶,一味伤生,去不得西天,做不得和尚!忒恶!忒恶!"

悟空听了这一套唠叨,不胜其烦,就驾云逃走了。大家发现了吗,相比于打死老虎,唐僧对于悟空杀死盗贼非常气愤,慈悲心肠大增,这是怎么回事呢?唐僧身为师父,自然是取经队伍当仁不让的领导,但是悟空尊重过谁啊,天上天下唯他独尊,一棒子下去打死几条人命,在悟空眼里和打死虎豹豺狼没有区别。在唐僧眼里,老虎只是不通人性的动物,而盗贼却是人,是自己的同类,唐僧看到凡人被悟空打死,身为凡人,同理心让他发自内心地厌恶悟空的行为。

因此,唐僧怕了。他希望以"出家人慈悲为怀"为出发点,指导悟空"应该如何当一个和尚"。但是悟空呢?悟空活了快一千年,见过的太多太多,他不想被这个没本事的凡人管教,于是猴子一气之下干脆溜了。

悟空的这次出走,又给唐僧上了一课。离开大唐后,唐僧第一次发现,自己的大道理甚至连一只猴子也说服不了,又怎能谈"普度众生"?

悟空走了,唐僧无奈只得继续西行。忽见一个老婆婆出现,送他一套衣服和一个箍儿,婆婆让他把衣服给悟空穿上,

第十章
从双叉岭到五行山

把箍儿给悟空戴上。而且，婆婆预言悟空一定会回来，交代完毕后，就化作金光而去。看到金光，唐僧知道又是菩萨前来帮忙了，自然千恩万谢，把婆婆传授的《定心真言》铭记于心。

这《定心真言》正是《紧箍儿咒》。

为什么观音预言悟空一定会回来呢？悟空离了唐僧，前往东海龙王处吃酒，龙王劝悟空道："大圣，你若不保唐僧，不尽勤劳，不受教诲，到底是个妖仙，休想得成正果。"悟空闻言，沉吟半晌不语。

龙王这番话，说到了悟空心坎里了。悟空知道，妖和神最大的区别，就在于天庭的认可。细细思索之下，悟空决定忍一忍。他驾云离开龙宫，不多时又回到了唐僧身边。此时，唐僧听了观音的指点，正在路边静坐等待悟空回来。

悟空看到这幅场景，上前问道："师父！怎么不走路？还在此做甚？"

唐僧不悦地说："你往那里去来？教我行又不敢行，动又不敢动，只管在此等你。"

在这里，唐僧又一次展示出自己万里挑一的情商，他没有再谈悟空杀死盗贼的事情，而是从师徒情分入手，告诉猴子：我怕你找不到就没敢动，我一直在这里等你回来。悟空毕竟只是个猴儿，听见唐僧这么说，马上鼻子一酸，不再争辩杀死盗贼的事情，就去包袱里给师父找吃的。但悟空怎能料到，这是个精心布置的陷阱。他在师父的包袱里一翻，就看到了观音送的衣物和箍儿。

悟空好奇地问："这衣帽是东土带来的？"

唐僧说："是我小时穿戴的。这帽子若戴了，不用教经，就会念经；这衣服若穿了，不用演礼，就会行礼。"

为了骗徒弟上钩，唐僧说起鬼话来，也是毫无底线。他知道悟空最烦礼佛念经，就故意用这一套说辞，骗悟空穿上衣服、戴上箍儿。悟空当然没有多想，就傻乎乎地开始穿戴。等到悟空穿戴完毕，唐僧突然开始念咒，疼得悟空**耳红面赤，眼胀身麻**。悟空疼得不行，箍儿又已经见肉生根，拔不下来，只得苦苦哀求："师父别念了。"

唐僧终于露出了真面目："你今番可听我教诲了？"

悟空说："听教了！"

唐僧说："你再可无礼了？"

悟空道："不敢了！"

悟空虽然嘴上答应，但此时已经怒火攻心，他知道自己被师父暗算了，就想一棒子打死他了事。大家想，这时候的猴子该多绝望啊！他本来已经说服了自己，就想保护师父平安取经，但没想到，自己这份善意反而被师父利用和暗算了。如来一开始就说过，这箍儿的功效是让人**眼胀头疼、脑门皆裂**。这样残忍的法器，也暗示了《西游记》对于佛家的设定。

第十章
从双叉岭到五行山

　　唐僧仍在念经,悟空的头疼仍在继续。悟空跪下哀告道:"师父!这是他(观音)奈何我的法儿,教我随你西去。我也不去惹他,你也莫当常言只管念诵。我愿保你,再无退悔之意了。"

　　三藏道:"既如此,伏侍我上马去也。"

　　自此,悟空和唐僧的关系就在这样的暴力威慑中稳固下来。他们师徒的关系开头是美好的,一个救人一个被救,完全有可能在日后的磨合中培养出真正的师徒情。但是唐僧在这件事上并不成熟,由于这箍儿的存在,唐僧和悟空之间真正的师徒情谊,实际上在三打白骨精之后才建立起来。

第十一章 猜忌、谋杀和观音禅院

鹰愁涧的猜忌

唐僧用观音给的手段收降了悟空后,师徒二人彼此猜忌相伴,一路走到了蛇盘山鹰愁涧:

千仞浪飞喷碎玉,一泓水响吼清风。
流归万顷烟波去,鸥鹭相忘没钓逢。

考验他们师徒感情的灾难即将来临。师徒二人正在水边观景,突然之间——只见那涧当中响一声,钻出一条龙来……慌得个行者丢了行李,把师父抱下马来,回头便走。那条龙就赶不上,把他的白马连鞍辔一口吞下肚去,依然伏水潜踪。

戴上紧箍儿后,悟空几乎彻底被驯化了,此时的悟空,的确是时时刻刻想着师父的,想着以保护师父为第一要务,什么马匹、行李自然是顾不上了。

带着师父逃到安全的地方后,悟空说他们的马儿可能被那条白龙吃掉了,这时候唐僧非但没有感激徒儿的救命之恩,反

第十一章
猜忌、谋杀和观音禅院

而大说丧气话。

唐僧消极地说："既是他吃了，我如何前进！可怜呵！这万水千山，怎生走得！"说着话，泪如雨落。

悟空看到师父这般模样，不耐烦地喊道："师父莫要这等脓包行么！你坐着！坐着！等老孙去寻着那厮，教他还我马匹便了！"

唐僧听到悟空要走，又慌忙扯住悟空说："徒弟呀，你那里去寻他？只怕他暗地里撺将出来，却不又连我都害了？那时节人马两亡，怎生是好！"

悟空一看，走也不行留也不行，直接撂挑子喊道："你忒不济！不济！又要马骑，又不放我去，似这般看着行李，坐到老罢！"

这时候的师徒二人完全没有任何默契，为了要不要去找马这件事，两个人就大吵一架。按说，师徒分工这种小事，应该还不至于找神仙帮忙吧？看到唐僧师徒吵了起来，正在天上监控唐僧师徒的六丁六甲、五方揭谛、四值功曹、一十八位护教伽（qié）蓝现身了，领头的值班神仙说："大圣你只管放心去找马，我们在此照看你师父。"

这是一支神佛混编的"监控特勤队"，唐僧师徒遇到的所有险和难，全部都是在监控以内的事情。监控队里的众神都是什么身份呢？

六丁六甲归天庭管,他们是道教的护法神将。

五方揭谛归佛家管,他们是佛教中的五个守护大力神。

四值功曹归天庭管,他们主管年、月、日、时四个维度的事件。

一十八位护教伽蓝归佛家管,这属于灵山的一线护法保镖。

从这支监控特勤队的背景,我们就能看出,西天取经事件的背后,有着灵山和天庭的大力支持。这支混编队仅仅负责唐僧的日常护卫,实际上,唐僧能够获得的各路支援上不封顶。看到幕后的监控队伍现了身,悟空放心安排众神仙保护师父后,就独自去找那条白龙单挑了。这两人打得那叫一个精彩:

龙舒利爪,猴举金箍……
那个须下明珠喷彩雾,这个手中铁棒舞狂风。

悟空一嘴一个**妖怪**,白龙一口一个**泼魔**,他们都以为对方是没有编制的凡间妖仙,却不知对方曾经都是天庭的"在编"神仙。打不多时,白龙不敌悟空,就化作小蛇躲了起来。悟空急得跳脚,却找不到白龙。幸好本地的土地出主意说:"**这怪原是观音降伏的**,你去请观音过来,自然收服。"

悟空打算去南海寻找观音,唐僧又幽怨地说:"若要去请

第十一章
猜忌、谋杀和观音禅院

菩萨,几时才得回来?我贫僧饥寒怎忍!"还得是佛教的**金头揭谛**有眼色,他们一看唐僧又在这里闹情绪,悟空也脱不开身,于是**金头揭谛**主动请缨去南海。到了南海,**金头揭谛**向观音汇报了唐僧白马被吃掉的事情。观音也没有料到,自己送给唐僧的礼物居然搞得如此难堪,于是驾云,来帮助唐僧降龙。

一看到观音前来,悟空还在为"紧箍儿咒"的事情记恨,悟空对观音大声喊道:"你这个七佛之师,慈悲的教主!你怎么生方法儿害我!"

观音训斥道:"我把你这个大胆的马流,村愚的赤尻!我倒再三尽意,度得个取经人来,叮咛教他救你性命,你怎么不来谢我活命之恩,反来与我嚷闹?"

悟空并不客气,而是接着回撑道:"你怎么又把那有罪的业龙,送在此处成精,教他吃了我师父的马匹?此又是纵放歹人为恶,太不善也!"

悟空在这里误会观音了,小白龙确实是观音送给取经队伍的礼物。但是,悟空最初的反应颇值得玩味。悟空认为是观音**故意**让小白龙在此作恶,这说明什么?说明在悟空的心里,观音作恶才是基本操作。

观音澄清责任后,就开始教悟空降龙。后面的故事大家都知道了,小白龙为了赎自己的忤逆之罪,就变成白马让唐僧骑着。但是这时候的马鞍已经被白龙吃掉了,这可怎么办呢?不用担心,自有高人相助。唐僧眉头一皱,正叹息没有马具,马上就有落伽山神变成老头,专程送了一套马具过来。这马具当然也不是凡物:

辔头皮札团花粲,云扇描金舞兽形。
环嚼叩成磨炼铁,两垂蘸水结毛缨。

大家看看这马具的奢华程度,不愧是仙家精选。

平心而论,在收服小白龙的章节里,悟空和白龙的争斗不算精彩,唐僧和监控特勤队的反应才是重要看点。这一章为我们揭示了取经项目的背景构成,我们知道了唐僧取经,原来是时时刻刻都有人盯着的。

邪恶的观音禅院

收服小白龙后,取经队伍继续西行,又走了数月,忽见一座高大巍峨的寺院:

层层殿阁,叠叠廊房。三山门外,巍巍万道彩云遮;五福

第十一章
猜忌、谋杀和观音禅院

堂前,艳艳千条红雾绕。

师徒两个往里走,早有僧人前来迎接。只见山门上书四个大字:**观音禅院**,师徒方才明白,这正是观音菩萨的道场。本寺僧众看到面相端正的唐僧和毛毛躁躁的悟空形成强烈的对比。

僧人悄悄问唐僧:"那牵马的是个甚么东西?"

唐僧偷偷小声说:"悄言!悄言!他的性愚,若听见你说是甚么东西,他就恼了。——他是我的徒弟。"

僧人说:"这般一个丑头怪脑的,好招他做徒弟!"

唐僧说:"你看不出来哩,丑自丑,甚是有用。"

看起来,唐僧对孙悟空的定位还是非常清晰的。正说间,本寺住持金池长老听闻唐朝和尚来此,亲自前来迎接。这住持的造型非常浮夸:

头上戴一顶毗卢方帽,猫睛石的宝顶光辉;
身上穿一领锦绒褊衫,翡翠毛的金边晃亮。

住持虽然衣着奢华,但样貌却没那么起眼:

满面皱痕,好似骊山老母;一双昏眼,却如东海龙君。

在这里，原著作者从衣着到相貌的反差对比，已经暗示了这老和尚不是个好人。交谈之下，唐僧师徒方才知道，这金池长老已经活了二百七十多岁。师徒二人看到，寺院里的用度基本都是金银玉器，全无出家人的任何一点克制。住持也不谈佛，也不讲经，张口就问唐僧："既然老爷您是东土大唐来的，能不能让我看看大唐的宝贝啊？"

唐僧倒也警惕，也察觉到了这帮和尚的污秽气质。于是推托道："可怜！我那东土，无甚宝贝；就有时，路程遥远，也不能带得。"

悟空一听不高兴了，道："师父，我前日在包袱里，曾见那领袈裟，不是件宝贝？"

唐僧一看悟空掀老底，急得悄悄告诉悟空："'珍奇玩好之物，不可使见贪婪奸伪之人。'倘若一经人目，必动其心；既动其心，必生其计。"

也不知道悟空是故意拱火还是好胜心旺盛，他并不听师父的话，只是说："放心！放心！都在老孙身上！"说罢，悟空便去拿观音送给唐僧的宝贝袈裟。这方丈的气质邪恶，连唐僧也能一眼看出他是个**贪婪奸伪之人**，并不想惹他。唐僧能看出来，悟空又怎么会看不出来呢？因此悟空在这里，大概率就是故意拱火。

且说悟空拿出唐僧的宝贝袈裟以后，袈裟的华贵让老住持

第十一章
猜忌、谋杀和观音禅院

大为惊叹：

> 千般巧妙明珠坠，万样稀奇佛宝攒。
> 上下龙须铺彩绮，兜罗四面锦沿边。

虽然金池长老搜刮金银财宝两百多年，却不曾见过这样的宝物。他越想越委屈，越想越生气，不由得流下了不争气的眼泪。金池长老可怜巴巴地对唐僧跪下说："老爷若是宽恩放心，教弟子拿到后房，细细的看一夜，明早送还老爷西去，不知尊意何如？"

唐僧自然是不舍，但是孙悟空说没关系，唐僧只能说："凭你看去。只是明早照旧还我，不得损污些须。"

这老住持也是没什么出息，把袈裟骗到手后，马上就开始抱头痛哭，哭得本寺僧众不敢先睡，只是询问师祖到底怎么了。金池长老惨兮兮地跟弟子们说："我今年二百七十岁，空挣了几百件袈裟。怎么得有他这一件？怎么得做个唐僧？……若教我穿得一日儿，就死也闭眼，也是我来阳世间为僧一场！"

徒子徒孙们看到师祖如此痛苦，一个叫广智的小和尚出主意说："将他杀了，把尸首埋在后园，只我一家知道，却又谋了他的白马、行囊，却把那袈裟留下，以为传家之宝，岂非子孙长久之计耶？"老住持一听，不愧是我的门徒啊，于是满心欢喜地擦了眼泪道："好！好！好！此计绝妙！"

看起来，这老和尚的七八百件袈裟，恐怕就是在这样一个又一个谋杀中"挣"到的。那么，这群僧人的阴谋能得逞吗？

黑烟漠漠，红焰腾腾

金池长老定下了谋杀唐僧师徒的计划后，负责执行的两个和尚，一个叫广智，一个叫广谋。**广智**本打算直接杀死唐僧师徒，但被**广谋**阻止。

广谋机智地对师父说："那个白脸的似易，那个毛脸的似难。万一杀他不得，却不反招己祸？我有一个不动刀枪之法，不知你尊意如何？"

老住持道："我儿，你有何法？"

广谋说："依小孙之见……舍了那三间禅堂，放起火来，教他欲走无门，连马一火焚之……那两个和尚，却不都烧死？又好掩人耳目。袈裟岂不是我们传家之宝？"

那些和尚听完，更兴奋了，都夸赞广谋："强！强！强！此计更妙！更妙！"

第十一章
猜忌、谋杀和观音禅院

就这样，诸位和尚按照广谋的规划，二百多号人开始计划放火。但是这些菩萨门徒的恶毒心思可瞒不过悟空的顺风耳，悟空听闻有动静，出来一看，原来是僧众正打算放火谋害师父。悟空也不叫醒师父，也不打杀贼人，而是直上天庭，问广目天王借了辟火罩一用。

悟空拿到了广目天王的辟火罩，护住了唐僧的居所和马匹行李。僧众一放火，悟空马上念咒起风，让那火势扩大了十倍。但见：风随火势，焰飞有千丈余高；火趁风威，灰迸上九霄云外。……烧得那当场佛像莫能逃，东院伽蓝无处躲。

悟空的这场报复，真是痛快！自从观音唆使唐僧让猴子戴上箍儿以来，猴子是一直怀恨在心的，这场大火刚好报仇。在这个案子里，悟空并没有动手伤害任何人，但借着别人的恶行，达到了自己的目的。然而悟空没有料到，这场火灾却惊动了本地的一个妖魔，他就是黑熊精。这黑熊精本来正在梦中酣睡，突见火光冲天，妖精大惊道："呀！这必是观音院里失了火！这些和尚好不小心！我看时，与他救一救来。"

大家注意，黑熊精的第一反应是什么？是救火！此时黑熊精在自己洞府，并无外人，他救火这个念头是真实的，而不是装给别人看的。**一个妖怪，为什么要帮助观音禅院里的和尚救火呢？**

恐怕，这黑熊精和观音禅院的和尚们是一伙的。黑熊精驾云来到观音禅院，本来是打算救火。原著里写道：他大拽步撞将进去，正呼唤教取水来，只见那后房无火，房脊上有一人放风。此时火势甚大，黑熊精看到的放风者正是悟空，此时悟空报复心极重，他吹风吹得太认真，完全没有注意到黑熊精的降临。

黑熊精急切地往方丈房间里走去，想着救那方丈老友。进入方丈房间，只见那房间中有些霞光彩气，台案上有一个青毡包袱。黑熊精把包袱解开一看，看到一领锦襕袈裟，乃佛门之异宝。正是财动人心，他也不救火，他也不叫水，拿着那袈裟，趁哄打劫，拽回云步，径转东山而去。

黑熊精原本是好心救火，就这样变成了入室盗窃！那么，黑熊精为什么要偷袈裟呢？我们暂且按下不表。等到天亮时，唐僧醒来看到整个观音禅院被焚烧殆尽，悟空倒是解气了，唐僧只得暗暗叫苦。

唐僧问："你有本事护了禅堂，如何就不救别房之火？"

悟空笑道："果然依你昨日之言，他爱上我们的袈裟，算计要烧杀我们……老孙见他心毒，果是不曾与他救火，只是与他略略助些风的。"

唐僧说："天那！天那！火起时，只该助水，怎转助风？"

悟空说："古人云'人没伤虎心，虎没伤人意'。他不弄火，我怎肯弄风？"

第十一章
猜忌、谋杀和观音禅院

唐僧恨恨地说:"袈裟何在?敢莫是烧坏了也?……但是有些儿伤损,我只把那话儿念动念动,你就是死了!"

悟空被师父这么一威胁,吓得马上准备去找袈裟,唐僧却早已按捺不住心中的怒火,开始念咒发泄,原著写道:三藏心中烦恼,懊恨行者不尽,却坐在上面念动那咒。行者扑的跌倒在地,抱着头,十分难禁,只教:"莫念!莫念!管寻还了袈裟!"那众僧见了,一个个战兢兢的上前跪下劝解,三藏才合口不念。

袈裟还没有找到,问题还没有解决,唐僧却当着敌人的面开始折磨自己人,看来所谓的金蝉子转世,也不过如此。悟空被唐僧咒怕了,逼问众僧此间是否有妖怪。众僧这才透露,二十里开外有一个黑风洞,洞中的黑熊精经常与师父论道讲经。悟空一听,这死掉的老住持,原来每天和妖怪厮混在一起,怪不得可以活二百七十多年呢!

听完众僧的讲述,悟空就急着去找妖怪,又被唐僧拦住:

唐僧说:"你去了时,我却何倚?"

悟空说:"这个放心,暗中自有神灵保护,明中我叫那些和尚伏侍。"

看悟空都安排好了,唐僧才放他去。自从进入了西牛贺洲,唐僧的脾气似乎越来越臭,架子越来越大,和在法门寺立下雄心壮志的那个人比起来,仿佛完全是两个人。

《西游记》原著观音禅院的这一章，其讽刺意味摆在了明面上。寺院住持不但是个贪婪虚伪之人，还和妖怪勾勾搭搭、牵扯不清，那黑熊精日后更是成了观音门徒。什么是妖，什么是神，什么又是佛呢？

第十二章 黑熊成正果

一战黑熊精

悟空得知袈裟有可能被黑风山的妖怪偷了，于是叮嘱观音禅院的和尚们伺候好师父，然后驾云直奔黑风山而去。待到山前，悟空恰好碰见黑熊精跟两个伙伴炫耀自己偶得的"锦襕佛衣"，黑熊精声称要举办一场"佛衣会"，邀请各山道官前来参会，这所谓的"道官"，自然指的就是各山的妖王了。悟空知道黑熊精所称的"佛衣"必是师父的袈裟，于是高叫道："我把你这伙贼怪！你偷了我的袈裟，要做甚么'佛衣会'！趁早儿将来还我！"黑熊精慌忙化作一阵清风而去，道人也驾云逃走，悟空一棒子打死一个白衣秀士，原来是一条白花蛇怪。

悟空径入后山，继续寻找黑熊精。但见：

烟霞渺渺采盈门，松柏森森青绕户。
鸟衔红蕊来云壑，鹿践芳丛上石台。

这黑熊精丑是丑了点，但绝对是个有品位的妖怪，他的妖

第十二章
黑熊成正果

怪洞府犹如仙境一般美好，怪不得后面观音看到后，都赞叹不已。悟空走到妖怪门前，见门口写着"黑风山黑风洞"，于是在门口叫骂。突然探头出来一个小妖，彬彬有礼地问道："你是何人，敢来击吾仙洞？"悟空一听这话便恼了，不客气地回应道："你个作死的业畜！甚么个去处，敢称仙洞！'仙'字是你称的？"

> **啊粥细说**
>
> 　　这一段对话非常有意思，黑风山看大门的小妖，并不觉得自己是"妖怪"，反而以"仙"自居。这肯定不是小妖自作多情，至少说明，黑熊精平时就是这么教育手下的：咱们是"仙"，不是"妖"。可见此时的黑熊精虽然没有位列仙班，但他的内心深处明显是渴望被招安的。

　　黑熊精一听悟空来叫门，绰一杆黑缨枪，走出门来。悟空看见黑熊精这副打扮，直接嘲笑道："这厮真个如烧窑的一般，筑煤的无二！想必是在此处刷炭为生。"黑熊精怒道："你是个甚么和尚，敢在我这里大胆？"

　　这个问题让悟空兴奋了，悟空吟诗一首自我介绍：

花果山前为帅首，水帘洞里聚群妖。

玉皇大帝传宣诏，封我齐天极品高。

你去乾坤四海问一问，我是历代驰名第一妖！

悟空自吹自擂，说自己是妖中极品，还是历代驰名第一妖。但还没等悟空炫耀完，黑熊精便打断道："你原来是那闹天宫的弼马温么？"这下悟空笑不出来了。本来以为是个野怪，没想到是熟悉天庭旧事的旁门左派，甚至还了解自己官封弼马温的往事。于是悟空直接一棒子呼了上去，和黑熊精扭打在一起，打得是白虎爬山来探爪，黄龙卧道转身忙。

悟空和黑熊精从早晨打到中午，大战十数回合不分胜负。黑熊精渐渐不敌，声称肚子饿了要吃饭，虚晃一枪就撤回了洞内，只留下悟空在洞外干着急。悟空也不强攻，回观音禅院向唐僧汇报工作进展。悟空问唐僧被伺候得怎么样，唐僧说道："我已吃过了三次茶汤，两餐斋供了。……但只是你还尽心竭力，去寻取袈裟回来！"一看师父非常不欢迎自己回来，悟空无奈，只得又驾云前往黑风山，继续想办法。

第十二章
黑熊成正果

神妖有别否

　　回到黑风山以后，悟空遇到一个小怪，这小怪拿着请帖，邀请观音禅院的老住持前去参加"佛衣会"。看起来，悟空的出现并没有影响黑熊精继续举办这场宴会，此时黑熊精也并不知道金池长老已经在大火中丧生。于是，悟空打死小妖，变成金池长老的样子，就前往赴会。

　　在黑风洞内，"金池长老"和黑熊精一顿客套。悟空原本打算变成金池长老的样子摸进妖怪洞府，骗黑熊精把袈裟拿出来，再下手争抢，不料突然进来一个小妖报告，说有人打死了送信的同事，混进洞来窃取袈裟。黑熊精方才明白，眼前这个金池长老是假扮的。黑熊精大怒，拿枪直接刺过来，和悟空缠斗在一起，打得是吐雾喷风，飞砂走石，只斗到红日沉西，不分胜败。悟空见拿不下这怪，又只得打道回府，回到观音禅院，去听师父接着抱怨。

> **啊粥细说**

这段故事细节很多，有三个问题显得很可疑：

第一，黑熊精在金池长老的屋子里偷了袈裟，怎么还敢邀请他去参会？

第二，悟空两次对战黑熊精，居然两次打成平手，这是为什么？

第三，为什么悟空一碰壁，就要返回观音禅院汇报工作？

首先是第一个问题，关于黑熊精邀请老住持的意图，非常值得玩味。黑熊精和老住持交往多年，他喜欢收藏袈裟的爱好，黑熊精不可能不知道。黑熊精去别人的房间里偷了东西，还要反过来给别人炫耀，这是什么用心呢？要么是黑熊精双商不高，要么就是别有目的了。

从后面的剧情，我们知道了黑熊精一心向佛。他接近金池长老的目的其实也很明显，金池长老作为观音禅院的话事人，和观音菩萨的距离是很近的。黑熊精屡屡接近金池长老，就是想让他帮忙和观音牵个线，聊聊招安的事情。但谁料金池长老利欲熏心，利用了黑熊精的进步心理，总是在黑熊精这里骗财骗物，就是不解决实际问题。那场大火，刚好是黑熊精抓住的反制机会之一。在房间里拿到袈裟以后，黑熊精以为这是金池长老刚刚搜刮的财宝，他知道这

第十二章
黑熊成正果

个宝贝不是凡物，于是放弃了救火，拿走了宝贝。后面黑熊精举办的这个所谓的"佛衣会"，也不是为了炫耀，而是他想当着各山妖王的面，逼着金池长老表态，帮自己解决向观音引荐的问题。只有这种解释，黑熊精的种种奇怪行径才显得合理。

第二个问题，我们再来看关于悟空和黑熊精的战斗。坦白说，这两场战斗的激烈程度，在西路上的诸多妖怪里也是倒数的，完全不精彩，也没有任何斗智斗勇。但是面对这样水准的妖怪，悟空居然只能和其五五开，为什么呢？其实谜底就在谜面上。黑熊精一开始就知道悟空是弼马温，能说出这等天庭往事，说明此怪"受教育程度"很高，知晓最近几百年来神佛两界的重大事件。再看他的洞府，就在观音菩萨的道场附近。这样一个身份暧昧的妖怪，悟空是不敢随便痛下杀手的，悟空担心的是，万一不小心惹了观音，不好交代。

然后是第三个问题，为什么悟空要反复回去给师父汇报工作呢？是不是怕师父念咒啊？大家可别把唐僧当傻子，徒弟在外面厮杀，他没必要在"家里"念咒。悟空反复回到观音禅院，是因为观音禅院是观音菩萨的道场。面对黑熊这样可能有背景的妖怪，悟空不敢痛下杀手，而在"监控"遍地的观音禅院，在五方揭谛的目光下，他相信积极汇报才是头等大事，也是解决这个问题的正确做法。

于是，悟空再次回到观音禅院后，和师父产生了如下对话。

悟空说："此物必定是个黑熊成精。"

三藏道："都是兽物，他却怎么成精？"

悟空说："老孙是兽类，见做了齐天大圣，与他何异？大抵世间之物，凡有九窍者，皆可以修行成仙。"

三藏又道："你才说他本事与你手平，你却怎生得胜，取我袈裟回来？"

悟空说："莫管，莫管，我有处治。"

第二天，天刚透白，师父马上坐起大喊："悟空，天明了，快寻袈裟去。"

悟空早已做好了打算，对师父说："我想这桩事都是观音菩萨没理。他有这个禅院在此，受了这里人家香火，又容那妖精邻住。我去南海寻他，与他讲三讲，教他亲来问妖精讨袈裟还我。"说罢，直飞南海观音处求助。

观音听到悟空抱怨，安抚一番后，就驾云随他前来降怪。悟空建议观音变作黑熊精的朋友，自己则变作一颗丹药，让观音骗黑熊精吃下去，这样一来就可以从内部击垮黑熊精。最好的结果是降伏他；最坏的结果，也可以将黑熊精开膛破肚。菩萨批准了悟空的策划案，两人就这样潜入黑风山。在妖怪洞府前，菩萨看到：

第十二章
黑熊成正果

崖深岫险……果是妖邪出没人烟少；柏苍松翠，也可仙真修隐道情多。菩萨看了心中暗喜道："这业畜占了这座山洞，却是也有些道分。"因此心中已此有个慈悲。

啊粥细说

菩萨看到黑熊精的洞府后感慨万千，认为这里虽然妖邪出没，但也是个仙真修隐的好地方。看起来，妖怪洞府和神仙的洞府，也没有那么大的差别。那么，菩萨看到妖怪的洞府起了慈悲心，这里的"慈悲"是什么意思呢？很明显，黑熊精出于对入编非常渴望，他的洞府就是仿制仙洞来造的。金池长老和黑熊精交往密切，观音菩萨不可能不知道，而菩萨的慈悲心，正是对黑熊精努力的肯定。她知道，这样一个努力的妖怪，一定也能当个好神仙。

进入黑熊精洞府后，菩萨骗黑熊精吃了悟空变成的丹药，悟空在黑熊的肚子里翻江倒海，菩萨趁机又来了一手紧箍套头，咒语念将起来，黑熊疼得撕心裂肺，诚心皈依。就这样，一代妖王顺利洗白，成了南海观音落伽山的守山大神。

观音收降黑熊精这一章，初步为我们揭秘了西游世界中神佛和妖魔的差别。我们知道了妖和神，其实没有那么大的差别。另外一方面，黑熊精的故事也非常真实，作为一个寒门妖怪，他确实凭借自己的努力，获得了菩萨的赏识，这一点是有积极意义的。谁说努力没有用呢？

八戒的委屈

降伏黑熊精后，唐僧师徒继续西行，又走了一段时间，来到了高老庄。悟空打算去借宿，刚好碰到一个大户人家的家丁出门，悟空揪住询问，才知道是高家老太爷家里遭了妖怪，正在到处寻访有本事的法师驱邪。悟空一听就来了兴趣，和师父借宿在高老太爷家，打算帮忙除妖。

悟空问起高家遭妖怪的原委，老太爷说："我没有儿子，膝下有三个女儿。大女儿和二女儿都嫁给了本庄的人家。三女儿翠兰，打算用来招个上门女婿养老，三年前招到了一个模样精致的汉子，就和他一起生活，谁知道这汉子后来经常变成猪的模样。这汉子干活儿卖力，但也能吃，一顿饭能吃三五斗米饭，早上吃点心，也得百十个烧饼才够。"

唐僧听到这里，心想没有无缘无故的大食量，于是淡淡地

第十二章
黑熊成正果

回道："只因他做得,所以吃得。"老太爷继续抱怨："吃还是件小事,他如今又会弄风,云来雾去,走石飞砂,唬得我一家并左邻右舍,俱不得安生。又把那翠兰小女关在后宅子里,一发半年也不曾见面,更不知死活如何。因此知他是个妖怪,要请个法师与他去退去退。"

根据高老太爷的一面之词,我们可以得知,是因为猪八戒会驾云弄雾,把高小姐关在后院以后,高家人才知道他是妖怪。那么问题来了:为什么八戒要把小姐关在后院,而不直接带走呢?每天驾云飞奔在云栈洞和高老庄之间,八戒不累吗?人家一个能腾云驾雾的妖怪,抢老婆,还把老婆关在娘家,这怎么看都不合理呀。听高老太爷说到这里,悟空听出了撒谎的成分,就试探性地问道:"老儿你管放心,今夜管情与你拿住,教他写个退亲文书,还你女儿如何?"

谁知道,高老头早有杀心,他狠狠地说:"我为招了他不打紧,坏了我多少清名……但得拿住他,要甚么文书?就烦与我除了根罢。"

高老太爷的诉求是明确的,那就是杀掉猪八戒。杀猪八戒的原因是,这个妖怪坏了我的清名。相信大家已经感受到一丝恶意了。听完了高老太爷的一面之词,我们再看看猪八戒是怎么说的。

悟空被高老太爷带到后院,看到院门紧锁,悟空又试探道："你去取钥匙来。"谁料高老太爷反应极快，直接来了句："若是用得钥匙，却不请你了。"悟空一棒子就砸开了锁，发现这只是凡间普通的铜锁，并不是什么妖怪法宝。

悟空又说："老高，你去叫你女儿一声，看他可在里面。"高小姐听见父亲的声音，才说了句："爹爹，我在这里哩。"猪八戒贵为前任天蓬元帅，法力高强，真要有心锁住高小姐，又怎么会用个凡间的铜锁？这种凡锁，高老太爷何须找法师来打开呢？我们且按下疑惑，接着往下看。

悟空变成高小姐的样子，就开始躺在被窝里，等八戒来。八戒进了门，径直朝悟空扑来，悟空一把将八戒撂倒在地。八戒疑惑了，问道："姐姐，你怎么今日有些怪我？想是我来得迟了？"很明显，高小姐的抗拒在八戒的意料之外，这说明，平日的高小姐对八戒大概是百般顺从的，因此八戒才会有此一问。那么，是不是高小姐屈服于八戒的淫威呢？悟空又说："你先睡，等我出个恭来。"那怪果先解衣上床。

很明显，八戒对高小姐的话是顺从的，在高小姐和八戒的关系里，她不是彻底被动的，还有一些主动权。悟空看到八戒上床，于是继续作妖，怨念道："造化低了！"造化低了，就是没有福分的意思，悟空尝试站在高小姐的立场上抱怨一下，看看八戒到底是什么反应。谁料，八戒听悟空这么说，瞬间来了气，开始一顿指责：

第十二章
黑熊成正果

　　"造化怎么得低的？我得到了你家，虽是吃了些茶饭，却也不曾白吃你的：我也曾替你家扫地通沟，搬砖运瓦，筑土打墙，耕田耙地，种麦插秧，创家立业。如今你身上穿的锦，戴的金，四时有花果享用，八节有蔬菜烹煎，你还有那些儿不趁心处，这般短叹长呼，说甚么造化低了！"

> **啊粥细说**
>
> 　　猪八戒这一长串的絮叨意思是，你们家能有如此多的家产，你们能够穿金戴银、好吃好穿，全都是我老猪的功劳，没有我老猪，就没有你们高家。我都这样供着你们了，你还说造化低了？此时的猪八戒，并不知道眼前的高小姐是孙悟空变的，因此，猪八戒的这番话可信度是很高的。高家很可能不是传统意义上的大户人家，而是最近几年才起来的暴发户，否则高家应该会有三个赘婿，大小姐和二小姐应该不会嫁出去。

　　听到八戒抱怨，悟空继续试探道："今日我的父母，隔着墙，丢砖料瓦的，甚是打我骂我哩。……他说我和你做了夫妻……这样个丑嘴脸的人,又会不得姨夫,又见不得亲戚,又不知你云来雾去的,端的是那里人家,姓甚名谁,败坏他清德,玷辱他门风,故此这般打骂,所以烦恼。"悟空在这里的表现可谓聪明绝顶。除了编造的"父母打骂"以外,悟空把高老太爷的说辞,又重复了一遍,向八戒求证以验证真伪。谁料八戒直接说:"我虽是有些儿丑陋,若要俊,却也不难。我一来时,曾与他讲过,他愿意方才招我。今日怎么又说起这话!"

啊粥细说

从这段对话我们能看明白:**八戒没有骗亲!八戒没有骗亲!**

关于自己会变成猪嘴脸这件事,八戒一开始,就和高老太爷讲得清清楚楚,但是高老太爷明知道八戒会变猪,却依旧招他做女婿,正是看中了八戒无与伦比的生产力可以让他发家致富。靠着八戒致富以后,高老太爷解决了生理需要和安全需要,开始追求自我实现了,他觉得和一个妖怪合作有损家风,有辱清名。为了除掉自己的合伙人猪八戒,高老太爷暗暗寻访法师,打算杀掉八戒独吞家产,只有这样才能解释八戒和高老太爷对事情描述的矛盾。

第十二章
黑熊成正果

> 　　那猪八戒为什么不带走高小姐，高小姐为什么又被关在后院里呢？很明显，猪八戒要带走高小姐十分简单，要把她关起来也不可能只用一个凡间的铜锁。而高小姐，大概率是高老太爷亲自关起来的。之所以给女儿的院子上锁，是高老太爷的虚荣心作祟，他早就和猪八戒商量好了，以院墙为界，分家过日子，但是分家之后，高老太爷又想要所谓的"清名"，还想彻底除掉猪八戒独吞家产，因此编造了"猪妖骗亲"这样一个故事。
>
> 　　可怜了高小姐，在这个事件里，始终找不到立场，这才沦为一个工具人。我想，这样的事情真相，才能够解释原文中的诸多矛盾之处。不愧是西牛贺洲的好人家啊，果然"民风淳朴"得紧。

　　悟空套完了八戒的话以后，大概也明白了是怎么回事。悟空知道八戒被高老太爷坑惨了，两个人虽然从高老庄打到福陵山，但是悟空并没有痛下杀手，他知道八戒不是坏人，杀他没道理。八戒被打急了，就躲进山洞里闭门不出，悟空怕师父又唠叨，也先回高老庄汇报工作。回到高老庄后，悟空向师父讲述了自己打跑八戒的前因后果。

　　高老太爷越听越急，马上插话道："长老，没及奈何，你虽赶得去了，他等你去后复来，却怎区处？索性累你与我拿住，除了根，才无后患。我老夫不敢怠慢，自有重谢……只是要剪草除根，莫教坏了我高门清德。"

悟空看到高老太爷这么不厚道，也直接挑明："你这老儿不知分限。……他虽是食肠大，吃了你家些茶饭，他与你干了许多好事。这几年挣了许多家资，皆是他之力量。他不曾白吃了你东西，问你祛他怎的？"

悟空早已洞悉事情的真相，他知道猪八戒完全没有伤害老高一家人的意思，而且还有恩于高家人，没必要赶尽杀绝，因此悟空和高老太爷争执起来。但唐僧此时已经受到了高家人的接待，也不讨论对错，更是不分皂白就直接下命令："悟空，你既是与他做了一场，一发与他做个竭绝，才见始终。"悟空看到师父已经发话了，也不敢回嘴，径回福陵山寻找猪八戒去了。

第十三章 从浮屠山到黄风岭

神秘的乌巢禅师

猪八戒在高老庄受尽了委屈，辛辛苦苦帮老丈人挣下了家产，反而要被谋财害命，是真的惨。巧合的是，高老庄恰好就在"不贪不杀"的西牛贺洲。悟空搞清楚真相以后，也起了慈悲心，并不想对八戒痛下杀手，但是师父听信了高老太爷的一面之词，要求孙悟空斩草除根。悟空不得已，又回到福陵山找八戒。这次悟空并不手软，一棒就打碎了八戒家的洞门，八戒正在酣睡，突然被人打破家门，气得破口大骂，提起九齿钉钯就冲向悟空。悟空笑道："你这钉钯莫不是帮高家人种菜用的？"八戒一听，你这猴子居然不识货，于是狂傲地介绍道，自己的武器是：

老君自己动铃锤，荧惑亲身添炭屑。
五方五帝用心机，六丁六甲费周折。

悟空一听这兵器还挺有来头，就把头伸出去让老猪筑一筑，

第十三章
从浮屠山到黄风岭

悟空是铜头铁脑，八戒一钉耙下去筑得自己手麻，悟空瞬间乐开了花。八戒泄气地问：“我老丈人怎么这么大本事，还能去东胜神洲把你请过来？”悟空笑道：“我早已皈依佛家，跟从唐僧西天取经了。路过高老庄，你老丈人请我捉妖，咱们才对上线。”八戒一听，丢了钉耙马上下跪，就要去见取经人。悟空问了原委，才知道八戒也是观音菩萨度化来当徒弟的，师兄弟二人不打不相识。悟空揪着猪耳朵，带着八戒一起回了高老庄。在此处，原著中有这么一句诗：金性刚强能克木，心猿降得木龙归。

此处的心猿，指的就是悟空，而木龙指的是八戒。在《西游记》原著中，心猿是悟空的代称，而木龙（木母）是八戒的代称，这里面蕴含了一些五行思想：

孙悟空外号心猿，"心"字属金，"猿"字属土，土生金，所以金是悟空的属性。

猪八戒外号木龙，"木"字属木，"龙"字属水，水生木，所以木是八戒的属性。

啊粥细说

有人会说，人体五脏六腑里"心脏"在五行里是属于"火"的，这没错，而"心"这个汉字，五行属金。我们可以看到，悟空是金，八戒是木，金克木，所以悟空老是欺负八戒，八戒的九齿钉钯也筑不动悟空的铜头铁脑。

有人说，《西游记》的内核是儒家的修心之法；有人说，《西游记》的内核是道家的内丹秘籍；还有人说，《西游记》隐含了深刻的佛家禅宗思想。

这些说法各有各的道理，我们顺着故事线往下走，在后面的章节中，各门各派的思想，我也会尽量一一点出来，为大家注释阐明。

我们的视角，继续回到悟空和八戒。且说兄弟两个驾云回到高老庄，八戒拜见了唐僧，说明了自己被观音降伏的原委，唐僧也坦然接受了这个观音菩萨早就安排好的徒弟。收下八戒后，师徒三人继续西行。

从高老庄出发，又走了月余，师徒看见一座高山。八戒告诉师父，这山唤作**浮屠山**，山中有一个乌巢禅师在此修行。乌巢禅师也曾劝八戒跟他一起修行，但是八戒并未理会。师徒几个人说着话，只见这座浮屠山里：左边有麋鹿衔花，右边有山猴献果……青鸾彩凤齐鸣，玄鹤锦鸡咸集。这几句诗，大家看看熟不熟悉？作者对灵山的描写，正是：常见玄猿献果，麋鹿衔花；青鸾舞，彩凤鸣。

第十三章
从浮屠山到黄风岭

我们会发现,浮屠山和灵山的生态环境高度相似。唐僧师徒正在观赏奇景时,突然看见不远处有个老禅师正在打坐,八戒一眼认出了他,说这就是乌巢禅师。唐僧驾马到跟前,下马奉拜。老禅师非常有礼貌地说:"圣僧请起。失迎,失迎。"老禅师看到八戒,又吃惊地问:"你是福陵山猪刚鬣,怎么有此大缘,得与圣僧同行?"

八戒坦诚交代:"前年蒙观音菩萨劝善,愿随他做个徒弟。"

禅师大喜道:"好,好,好!"

禅师转头看到悟空,又问:"此位是谁?"

悟空笑着说:"这老禅怎么认得他,倒不认得我?"

唐僧介绍了悟空,禅师也很有礼貌地向悟空行礼。唐僧又问此去西天之路途远近,禅师只是笑道:"路途虽远,终须有到之日,却只是魔瘴难消。我有《多心经》一卷,凡五十四句,共计二百七十字。若遇魔障之处,但念此经,自无伤害。"唐僧手无缚鸡之力,一听居然还有这等功效的佛家经文,马上跪在地上叩头,请求禅师传授。禅师遂传《多心经》一卷,也就是我们常说的《心经》,原文为了划分清楚和现实世界的联系,特意在"心经"前面加了一个"多"字。乌巢禅师传授的原文是这么写的:

《摩诃般若波罗蜜多心经》。观自在菩萨,行深般若波罗蜜多时,照见五蕴皆空,度一切苦厄。舍利子,色不异空,空不异色;色即是空,空即是色。受想行识,亦复如是。舍利子,是诸法空相,不生不灭,不垢不净,不增不减。是故空中无色,无受想行识,无眼耳鼻舌身意,无色声香味触法,无眼界,乃至无意识界,无无明,亦无无明尽,乃至无老死,亦无老死尽。无苦集灭道,无智亦无得。以无所得故。菩提萨埵,依般若波罗蜜多故,心无挂碍;无挂碍故,无有恐怖;远离颠倒梦想,究竟涅槃。三世诸佛,依般若波罗蜜多故,得阿耨多罗三藐三菩提。故知般若波罗蜜多,是大神咒,是大明咒,是无上咒,是无等等咒,能除一切苦,真实不虚。故说般若波罗蜜多咒,即说咒曰:"揭谛!揭谛!波罗揭谛!波罗僧揭谛!菩提萨婆诃!"

唐僧自幼背诵经文,听禅师传经一遍,就已经熟记于心。禅师传完经文正要走,唐僧一把扯住禅师,硬要问个西天路途之远近,禅师笑着揭秘:

精灵满国城,魔主盈山住。
老虎坐琴堂,苍狼为主簿。
狮象尽称王,虎豹皆作御。

第十三章
从浮屠山到黄风岭

野猪挑担子,水怪前头遇。

多年老石猴,那里怀嗔怒。

你问那相识,他知西去路。

禅师说罢,化作一道金光而去,悟空听完,突然之间心中大怒,举铁棒往上乱捣,只见莲花生万朵,祥雾护千层。很明显,乌巢禅师的法力远远强过悟空,悟空根本拿他没有办法。原著里说:行者纵有搅海翻江力,莫想挽着乌巢一缕藤。可见两个人的法力差距之大。只是一首诗而已,悟空为什么这么生气呢?就因为禅师调侃他是"老石猴"吗?当然不是。悟空如此气愤,根本原因还是,这首诗的内涵只有悟空能听懂,悟空痛恨他,却又拿他无可奈何。为什么这么说呢?

啊粥细说

这座"浮屠山",正是如来佛祖的地盘。浮屠本就是佛家术语,暗指佛地;山中出现了**麋鹿、猿猴、青鸾、彩凤**这些灵山的标志性生灵,很明显这座山是按照灵山的标准"装修"的。乌巢禅师拥有碾轧悟空级别的法力,而纵观整个三界，能够和悟空五五开的人不在少数，但是能够戏耍悟空的人屈指可数，乌巢禅师的法力如此强大，极有可能就是如来本人的化身。那么，乌巢禅师的那首诗是什么意思呢？我们拆开来看：

精灵满国城，魔主盈山住。
老虎坐琴堂，苍狼为主簿。
狮象尽称王，虎豹皆作御。

这个部分，禅师说前方妖魔多作恶，这在唐僧听起来，只是预告了前方的路途凶险，但是却着实恶心了孙悟空一把。怎么说呢？我们看后面三联：

野猪挑担子，水怪前头遇。
多年老石猴，那里怀嗔怒。
你问那相识，他知西去路。

重点就在最后三联，禅师清清楚楚地知道悟空是老石猴，一开始却还装作不认识，故意让唐僧介绍。那么，这前后两部分联系起来是什么意思呢？乌巢禅师又是传经又是引路，唐僧听到这首诗，听到的是妖魔鬼怪遍地走，前路艰难,但悟空听出了言外之意:**前面的妖魔鬼怪都是灵山安排的,你这老石猴别想偷懒,每个关卡的设计我们都别有用意,你安心做好带路工作,听从安排即可。**

大家代入悟空想一下,这种捉弄和调侃的态度,这种把自己玩弄于股掌之间的算计,悟空怎能不气?悟空气愤极了,因此一棒子捣了上去,算是表达自己的不满。

乌巢禅师在此处出现,主要是为了做两件事:

第一,给唐僧传《多心经》,这部经文也是唐僧日后在西行路上唯一修习的经文。

第二,敲打悟空,让悟空别耍滑头。乌巢禅师要让悟空知道:**五行山,无处不在。**

正是遇到乌巢禅师以后,各路神佛安排的残忍妖魔不断涌现,唐僧师徒未来的旅程,可谓步步惊心。那么,乌巢禅师传给唐僧的《多心经》,真的有**消魔避障**的功效吗?我们接着看。

黄风岭疑云

离了浮屠山,师徒三人餐风宿水、戴月披星,又遇见一座高山。但见:青岱染成千丈玉,碧纱笼罩万堆烟,这就是八百里黄风岭。接下来，我们要讲的是整个《西游记》中最奇怪的妖怪之一，黄风怪。

且说师徒正前行，忽然旋风大作，风势甚恶。三藏心惊、八戒惶恐，急忙找地方避风，匆忙之间，山坡下突然跳出一只斑斓猛虎。八戒从容应对，和老虎战在一起。悟空见八戒久战不下，就要去帮忙，唐僧只得躲在后面，战战兢兢地念着《多心经》，祈求保命。在悟空和八戒二人的围攻下，老虎渐渐不敌，就化作一阵狂风，往兄弟二人后方掠去。唐僧正在念《多心经》，还没睁开眼睛，就被妖怪一把拿住，驾风带走了。

这老虎，正是黄风洞的"虎先锋"，他回到洞中禀报黄风怪："大王啊，我巡逻时抓住了西天取经的唐僧，刚好够咱们吃一顿。"那妖王闻得此言，吃了一惊："我闻得前者有人传说：三藏法师乃大唐奉旨意取经的神僧；他手下有一个徒弟，名唤孙行者，神通广大，智力高强。你怎么能够捉得他来？"虎先锋得意扬扬地吹嘘自己的计谋，说了自己用金蝉脱壳之计戏弄了悟空和八戒二人。但是黄风怪仍旧不放心，他认为自己不是悟空和八戒的对手，不如先把唐僧绑起来，过几天以后，确定没有麻烦找上门再说。虎先锋看大王这么忌惮悟空二人，虽然心里不爽，但是也没多说。

这黄风怪很明显不是凡间的野怪，他不但知道孙悟空，还知道西天取经这个项目的原委，这妖怪不但本领通天，人脉也

第十三章
从浮屠山到黄风岭

通天。唐僧被抓住以后，又是个什么情况呢？原著里说，唐僧在妖怪洞府里久久叹息道：

"徒弟呵！不知你在那山擒怪，何处降精，我却被魔头拿来，遭此毒害，几时再得相见！好苦啊！你们若早些儿来，还救得我命；若十分迟了，断然不能保矣！"一边嗟叹，一边泪落如雨。

唐僧在妖怪洞府里哭得停不下来，悟空和八戒跟丢了师父，也非常慌张。兄弟二人穿岗越岭，好不容易找到了妖怪洞口，但见这洞府：奕奕巍巍欺华岳，落花啼鸟赛天台。洞门上书六个大字，乃"黄风岭黄风洞"。悟空一想，刚才的老虎精战斗力并不强，就是跑得快，于是悟空安排八戒殿后捡漏，自己亲自上前叫战，慌得守门小怪急入洞府来报。看到悟空约战，虎先锋当仁不让，他主动请战说："大王放心稳便，高枕勿忧，小将不才，愿带领五十个小妖校出去，把那甚么孙行者拿来凑吃。"

黄风怪一听，这下属这么靠谱，于是抖擞精神道："我这里除了大小头目，还有五七百名小校，凭你选择领多少去。只要拿住那行者，我们才自自在在吃那和尚一块肉，情愿与你拜为兄弟……"

> **啊粥细说**
>
> 在这里，黄风怪的反应非常奇怪。既然黄风怪知道悟空的手段，那这番操作无疑就是在坑手下了。他自己都没把握拿下悟空，自己的手下几斤几两，黄风怪难道还不知道吗？但即便如此，妖王还是派虎先锋前去迎敌，更是用"拜为兄弟"这种激励诱惑他出战，好像生怕他反悔似的。虎先锋哪里知道悟空师兄弟二人的厉害，傻乎乎地领兵前去对战孙悟空。

悟空带着怒气，三五回合就打得虎先锋手软。虎先锋慌忙掉头要跑，却被赶上来的八戒一钯筑死：九个窟窿鲜血冒，一头脑髓尽流干。刚吹完牛的虎先锋，还没打几个回合，就这样惨死在八戒的手下。兄弟二人赢了第一回合，继续来到洞门口挑战。妖王虽然心里叫苦，却只能硬着头皮迎战。悟空抖擞精神，和妖王大战三十回合，妖王渐渐不敌，落了下风。悟空正打算收割，妖王突然卷起一股恶风，这风刮得三界震荡，甚是离谱：黄河浪泼彻底浑，湘江水涌翻波转……五百罗汉闹喧天，八大金刚齐嚷乱。文殊走了青毛狮，普贤白象难寻见……

第十三章
从浮屠山到黄风岭

老君难顾炼丹炉，寿星收了龙须扇。

> **啊粥细说**
>
> 这首诗非常有意思，妖王刮起的这股"风"，真的有震动三界的能量吗？我认为这里有夸张的嫌疑。诗中出现的文殊菩萨、普贤菩萨、太上老君、寿星，后来基本都有身边人在下界成精为祸一方。在这里作者借用妖王刮起的这股"风"，提前给读者剧透了，日后路上出现的各路妖怪，也和这个黄风怪一样，都是在天庭和灵山有背景、有后台的，神仙下界成精为祸一方，这就是一种"风向"，这风还是有颜色的，是**黄（皇）风**。实际上，这就是作者对嘉靖朝支持皇帝的炼丹派的暗讽。炼丹只是个办事儿的噱头，以炼丹之名搜刮民脂民膏，才是真正的利益。

咱们的视角切回悟空和黄风怪的对战。悟空虽然实力远胜妖王，但是仍旧抵挡不了这股狂风，悟空被妖王的风刮得近乎眼盲，只得退回去寻八戒帮忙。眼见天黑，师兄弟两人就在附近找人家借宿，这时候刚好遇见一个农庄，早有一位老者在此接待二人。

老者道:"那风能吹天地怪,善刮鬼神愁。裂石崩崖恶,吹人命即休。你们若遇着他那风吹了呵,还想得活哩!只除是神仙,方可得无事。"

> **啊粥细说**
>
> 老者的这句话,和前面那首诗是对应的。老者说了嘛,这股黄(皇)风,只除是神仙,方可得无事。这说明什么呢?作者借着这老者之口,在骂嘉靖朝廷的腐败已经深入骨髓,大明朝的子民无一能够免于被害,除非是神仙。

和老者唠嗑完毕,老者帮悟空敷了眼药,兄弟俩就在此借宿了一夜。一觉睡到天亮后,哪有什么农家庄园,悟空和八戒分明就睡在野地里,只见留书一封:

庄居非是俗人居,护教伽蓝点化庐。
妙药与君医眼痛,尽心降怪莫踌躇。

第十三章
从浮屠山到黄风岭

看了这封留言,兄弟俩就明白,这是佛家的护教伽蓝在暗中帮忙。悟空和八戒恢复元气后,再次来到黄风洞想办法解救师父。由于黄风怪的风力强大,悟空奈何不得,只得变作一只小虫子潜入洞去打探消息。妖王的洞府中,悟空听到妖王自夸:"若还定得我的风势,只除了灵吉菩萨来是,其余何足惧也!"

> **啊粥细说**
>
> 在这里,黄风怪的反应也很奇怪。退一万步讲,就算黄风怪不知道悟空在侧偷听,向手下们吹牛,有必要把自己的弱点暴露出来吗?这吹牛的尺度也太大了些。因此,黄风怪主动暴露弱点这一行为非常可疑,他仿佛生怕悟空打不赢自己似的,一个劲儿地给悟空透露消息,让他赶紧想办法打败。黄风怪为什么要这么做呢?

听到妖王这么说,悟空自然就知道了需要去找灵吉菩萨。但是悟空并不知道灵吉菩萨在哪儿。正在迷惘之际,突然冒出一个老头告诉悟空,灵吉菩萨的住处,在此去正南方两千里。这种突然出现的老头,不是神仙就是妖怪。老头指完路,就化

作一阵清风而去,只留下一份攻略:

上复齐天大圣听:老人乃是李长庚。
须弥山有飞龙杖,灵吉当年受佛兵。

好嘛,又是太白金星。太白金星指明,要降伏黄风怪,必须用如来赐予灵吉菩萨的飞龙杖。八戒十分迷惑,问悟空道:"那个化风去的老儿是谁?"悟空说:"**是西方太白金星。**"八戒慌忙下拜道:"恩人!恩人!老猪若不亏金星奏准玉帝呵,性命也不知化作甚的了!"

> **啊粥细说**
>
> 　　很明显,八戒和太白金星没有那么熟悉。既然两人没有故交,太白金星和八戒也不是老朋友,那太白金星为什么奏请玉帝,饶恕八戒的罪过呢?
> 　　这段剧情稍微有些复杂,我们要认真捋一捋。我们返回猪八戒那一章,去看八戒的成仙之路,会发现二师兄真的是迷迷糊糊就飞升了:

第十三章
从浮屠山到黄风岭

> 自小生来心性拙，贪闲爱懒无休歇。
> 不曾养性与修真，混沌迷心熬日月。
> 忽朝闲里遇真仙，就把寒温坐下说。
> ……
> 有缘立地拜为师，指示天关并地阙。
> 得传九转大还丹，工夫昼夜无时辍。
> ……
> 玉皇设宴会群仙，各分品级排班列。
> 敕封元帅管天河，总督水兵称宪节。

这是八戒的成长经历。我用白话文翻译一下，这首诗的大意是：八戒身为凡人时，原本就是个贪闲爱懒的普通人，从来没有想过养性修真的事情，突然有一天遇到了一个仙人，这仙人说要收他做徒弟，然后就开始传授他修仙的诀窍。最后，八戒通过九转大还丹成功飞升，参与了玉皇大帝召开的新一届神仙定级会。八戒成功定级，被玉皇大帝敕封为天蓬元帅，总督天河水兵。

这就是八戒的修仙之旅，没有受过任何苦难和考验，而是稀里糊涂就当上了神仙，还是品级非常高的神仙。这说明什么呢？说明八戒运气好吗？显然不是。我们在开篇说过，八戒的九齿钉钯，那是**老君自己动钤锤**。这说明八戒背

> 后的人至少包含太上老君,但是老君为什么要让一个傻憨憨飞升成仙呢?这里面一定有故事。顺便一提,八戒的飞升之路和《儒林外史》中范进被提拔有着异曲同工之妙,都是稀里糊涂就当上了大官,很明显,作者在暗讽官场结党营私的乱象。

且说悟空通过太白金星得知了灵吉菩萨的位置,于是驾云飞过千里,不多时就到了小须弥山。悟空直入山门,见一道人,项挂数珠,口中念佛。

悟空问:"这可是灵吉菩萨的讲经处么?"

道人道:"此间正是,有何话说?"

悟空道:"累烦你老人家与我传答传答:我是东土大唐驾下御弟三藏法师的徒弟,齐天大圣孙悟空行者。今有一事,要见菩萨。"

道人笑道:"老爷字多话多,我不能全记。"

悟空道:"你只说是唐僧徒弟孙悟空来了。"

熟悉三国的朋友肯定看出来了,在面见灵吉菩萨的这个桥段,悟空和刘皇叔的三顾茅庐实现了梦幻联动。这灵吉菩萨比观音要讲究得多,对悟空也非常有礼貌。听说是悟空来见,灵吉穿上袈裟,焚香迎接,这算是给足了礼遇。悟空详细讲述了

第十三章
从浮屠山到黄风岭

黄风怪的厉害，灵吉菩萨取了**定风丹**和**飞龙杖**，就前往跟随悟空降魔。

不多时，灵吉菩萨和悟空又到了黄风洞前，悟空引诱黄风怪出战，灵吉隐在云端，见黄风怪出战后，随即扔出飞龙杖，这飞龙杖变作一条金龙，把黄风怪瞬间打出原形，原来是一只**黄毛貂鼠成精**。接下来，高潮来了，悟空正打算冲上去结果妖怪的性命，却被灵吉菩萨拦住。灵吉说："大圣，莫伤他命。我还要带他去见如来。他本是灵山脚下的得道老鼠；因为偷了琉璃盏内的清油，灯火昏暗，恐怕金刚拿他，故此走了，却在此处成精作怪。如来照见了他，不该死罪，故着我辖押，但他伤生造孽，拿上灵山；今又冲撞大圣，陷害唐僧，我拿他去见如来，明正其罪，才算这场功绩哩。"

悟空闻言，瞬间懂了，他什么也没有说，也没有抱怨，让灵吉带着老鼠精回了灵山复命去了。

啊粥细说

这段剧情依旧非常奇怪。我抛出几个问题，大家想一想：

第一，灵吉菩萨是《西游记》小说中虚构的人物，在《西游记》最后一回，灵山众佛都默念了各位佛祖、菩萨、罗汉的时候，甚至念到了白龙马的封号，也没有轮到灵吉菩萨，这很奇怪。

第二，黄风怪在黄风岭成精多年，灵吉菩萨明知如此，却没有捉拿他，而是任凭他在此处为祸一方，这合理吗？很明显不合理。灵吉菩萨和黄风怪，很明显不是"警察和犯人"的关系，而是某种合作关系。但是，他们具体合作的是什么事情呢？

第三，黄风怪的恶风能震动三界，看似无敌，但是偏偏有定风珠和降龙杖作为克星，且就在自己身边。黄风怪面对降龙杖毫无还手之力，就好像被设定好的程序一样。那么，黄风怪的这股恶风，到底是怎么回事呢？这些问题，我们暂且按下不表。

八百里流沙河

走过八百里黄风岭后，大概过了一个月，师徒几个就到了流沙河。肯定有人会问，这"八百里"走起来就这么快吗？实际上，《西游记》中出现的"八百里某某地"，指的是南北八百里宽度，唐僧师徒是由东向西走的，因此，但凡遇到"八百里"，就说明师徒几个遇到了几乎不可能绕过的障碍。整个西行路上，以"八百里"为地标的有下面七个：

八百里黄风岭（黄风怪）

八百里流沙河（沙僧）

八百里通天河（灵感大王）

八百里火焰山（牛魔王）

八百里荆棘岭（十八公）

八百里七绝山（蟒蛇精）

八百里狮驼岭（狮、象、鹏）

这几个地方都是"径过八百里"，直接拦在西游团队必经之地。这七道关卡要么有强大妖王，要么是天险地绝之处，凡夫俗子几乎无法通过。正是这七道关卡，断绝了南赡部洲与西牛贺洲之间的交流。这里，我们引入一张示意图：

灵山	狮驼岭	七绝山	小雷音寺	荆棘岭	火焰山	通天河	流沙河	黄风岭	长安

小西天

细看这七道关卡的势力分属：黄风岭是佛家的；流沙河是道家的；通天河是佛家的；火焰山道家痕迹比较重；荆棘岭和七绝山中间的小雷音寺，是佛家的；最后狮驼岭三妖，也都是佛家背景。那么，同样都占据着一处"八百里"地标，沙僧和黄风怪之间，到底有什么联系呢？

第十四章 沙僧与八戒的天庭往事

奇怪的沙僧

且说唐僧师徒过了八百里黄风岭后,又走了月余,到了八百里流沙河。这个流沙河中的水,是传说中的"弱水"。在中国古代神话传说里,弱水本是古代水名,由于水浅而流急,无法用舟楫通过,只能用皮筏,人们就认为这是水弱不能载舟,故称"弱水"。

《山海经》说弱水"其力不能胜芥"。

《海内十洲记》说弱水"鸿毛不浮"。

《西游记》里,弱水也只此一处:八百流沙界,三千弱水深。

《西游记》对于"弱水"的设定,结合了《山海经》和《海内十洲记》的特点。这条流沙河是西游团队遇到的第一条大河,径过八百里,阻断了南赡部洲与西牛贺洲的交流,更阻断了佛教东传,唐僧的前九世都是丧命在此。在这条凶险的弱水里,住着沙和尚——沙悟净。

师徒三人看见流沙河水势凶猛,正在发愁之际,河道中突

第十四章
沙僧与八戒的天庭往事

然钻出一个妖魔,生的是:

> 一头红焰发蓬松,两只圆睛亮似灯。
> ……
> 项下骷髅悬九个,手持宝杖甚峥嵘。

这妖怪不搭理悟空和八戒,而是一个旋风上了岸直奔唐僧而去,慌得悟空一把抱住师父便走。

啊粥细说

沙僧初见唐僧,就对他痛下杀招,可以说是"**不忘初心**"了。在不久之前,观音菩萨刚刚帮助沙僧皈依佛门,沙僧皈依之前已经在流沙河吃了九世取经人,而皈依后,沙僧早已承诺观音不再杀生吃人。原著里说,沙僧皈依后洗心涤虑,再不伤生,专等菩萨。但是沙僧很显然没有说到做到,看到唐僧师徒路过流沙河,看到他们是和尚模样,既不问话,也不辨别,而是一个旋风,奔上岸来,径抢唐僧。他不介意脖子上多加一个骷髅,但是这一次,沙僧并未得逞。

悟空带着师父撤离前线后，八戒拿出钉钯，看见妖怪便筑，他两个来来往往，战经二十回合，不分胜负。悟空在一旁看着急了，抢起铁棒，望那怪着头一下。那怪急转身慌忙躲过，径钻入流沙河里。

八戒急得责备师兄说："哥呵！谁着你来的！那怪渐渐手慢，难架我钯。再不上三五合，我就擒住他了！"

悟空笑道："我见你和他战的甜美，我就忍不住脚痒，故就跳将来耍耍的。那知那怪不识耍，就走了。"

兄弟两个回禀师父。悟空说自己水性不佳，还需师弟前往水底引诱这怪物，自己只在岸边埋伏便是。八戒也不还嘴，径往水底寻找怪物。**为什么沙僧明明受了观音的戒，见了唐僧师徒，却依旧下死手呢？**我们且看八戒和沙僧的水下会谈。八戒拨开水浪，在水底遇见怪物就问："你是个甚么妖精，敢在此间挡路？"

沙僧也是吟诗一首：

自小生来神气壮，乾坤万里曾游荡。
万国九州任我行，五湖四海从吾撞。
因此才得遇真人，引开大道金光亮。
玉皇大帝便加升，亲口封为卷帘将。

第十四章
沙僧与八戒的天庭往事

这几句的意思是:我老沙本是凡人一个,喜欢五湖四海到处游历。突然有一天碰到一个真人,他就带我飞升成仙了,然后玉皇大帝封我为卷帘将,我就一直在玉帝身边伺候。这就是沙僧飞升成仙的经历,我们看看八戒成仙的履历,会发现这师兄弟的飞升之路非常相似:沙僧和八戒本都是凡人,都是突然有一天遇到仙人,然后稀里糊涂就飞升了,可以说是运气绝佳。另外,他们不但飞升之路稀里糊涂,被贬也同样稀里糊涂。我们来看沙僧的为官和被贬经历:

南天门里我为尊,灵霄殿前吾称上。
往来护驾我当先,出入随朝予在上。
失手打破玉玻璃,天神个个魂飞丧。
卸冠脱甲摘官衔,将身推在杀场上。
多亏赤脚大天仙,越班启奏将吾放。
饶死回生不典刑,遭贬流沙东岸上。

这段的意思是说:沙僧成为卷帘大将以后备受尊敬,南天门里我为尊,灵霄殿前吾称上,这一句就足可见,这个卷帘大将品级不低,不可能是给玉帝拉帘子的。那么"卷帘将"究竟是个什么官儿,具体负责什么呢?往来护驾我当先,出入随朝予在上。很明显,这就是玉帝的贴身侍卫,是玉皇大帝的贴身禁军统领。玉帝的贴身禁军统领，品级如何呢？

我们用《西游记》故事背景设定的唐朝来代入一下：在唐朝，皇帝直接统辖的禁军叫"十六卫"，其中负责皇帝宿卫、仪仗的禁军，又叫"千牛卫"。综合《唐六典》，千牛卫分左右两个机构，设如下领导班子（不同时期稍有不同）：

大将军各一人，正三品

将军各两人，从三品

中郎将各两人，正四品下

这五个人的领导班子，统领大约三百人的护卫和仪仗队。千牛卫虽然统辖的兵力不多，但品级特别高，品级相对低的千牛卫中郎将，也是正四品官位。沙僧所在的部门，职责和千牛卫相仿，就是在玉帝驾下伺候，负责日常护卫和仪仗队相关的工作。

因此，沙僧的官衔保底也是正四品这个级别，这和猪八戒的天蓬元帅级别是不相上下的。搞清楚了上述问题，沙僧的这段自述才更显矛盾。**出身低微的沙僧，为什么突然成了玉帝身边的高级武官？** 在历史上，千牛卫这种机构，是很难通过正常的考核渠道进入的。由于负责皇帝的警卫工作，责任重大，一般都由皇亲国戚的后代任职，祖宗八代的背景都要特别干净。而沙僧作为一介凡人，能够进入这种机构的概率比天上掉馅饼的概率都小，因此我们说，沙僧的身份还是比较可疑的。

沙僧成为玉帝的警卫队以后，又发生了什么呢？大家且

第十四章
沙僧与八戒的天庭往事

看,沙僧成仙后随驾玉帝左右,一时间风头无两。突然有一天,他不小心打碎了玻璃盏,这不大不小的过错,却受到了**卸冠脱甲摘官衔**的惩罚,多亏了玉帝的亲信**赤脚大仙**启奏,沙僧才保住性命,被贬在了流沙河东岸。沙僧的履历中有几个重大疑点:

第一,沙僧作为一介凡人,凭什么侍驾玉帝身边?

第二,作为玉帝近臣,为什么打碎了一个容器,就要被喊打喊杀?

第三,遭贬流沙河后,为什么沙僧吃取经人,而且一连吃了九世?

第一个问题,按照常识推断,沙僧身为一介凡人,不可能成为玉帝近臣,但沙僧的卷帘大将身份是坐实了的。那么,一个没有背景的凡人是怎么成为玉帝近臣的呢?如果沙僧对自己的成仙之路没有撒谎,那就说明他是被别有用心的人,安插在了玉帝身边。把话说得明白一点就是,沙僧能成为玉帝近臣,这说明天庭并不是铁板一块的,有人在玉帝的近臣里掺了"沙子",试图监控玉帝。

第二个问题的答案就比较明显了,为什么沙僧作为玉帝近臣,仅仅是打碎了一个容器,就直接上了断头台呢?我大胆推测,这是玉帝和反对派的较量。埋伏在流沙河这件事,完全可以偷偷摸摸去做,毕竟天上下来的"脏东西"多了去了,多老沙一个并不多。既然天庭内部并不和谐，那么沙僧**吃取经人**这件事，就变得更加有意思了。如果天庭内部不是铁板一块，而且利益分歧严重，对于取经这件事，天庭内部的态度也必然是不统一的。很多朋友会问：对于佛教在中原的渗透，道教难道就不管不问吗？原著里的"天庭"和"道教"可以看作两回事，道教只是天庭的一支势力，但并不是天庭的全部。

消失的流沙国

且说八戒引诱沙僧出水，悟空一见怪物出水劈头就打，沙僧慌忙躲入水中避战。兄弟两个无奈，恰逢此时唐僧喊饿，悟空只得帮忙去化斋。由于流沙河附近荒无人烟，悟空驾云往正北处五七千里，方才寻到一户人家。

> **啊粥细说**
>
> 大家注意啊，我要提问了：此前沙僧受观音菩萨戒时曾说，自己吃人的频率是：三二日间，出波涛寻一个行人食用。

第十四章
沙僧与八戒的天庭往事

但是唐僧师徒自打过了黄风岭，不但一个多月没有遇到人家，而且悟空往流沙河正北方向七千里，才寻到一户人家，这说明什么呢？这说明，流沙河沿岸方圆数千里是无人区。在这样一个无人区，沙僧是怎么做到每隔两三天就吃一个人呢？

要解释这个谜团，我们的时间线要往后拉。百回本《西游记》第六十六回，"诸神遭毒手，弥勒缚妖魔"这一章曾写道，孙悟空去南赡部洲搬救兵打黄眉大王，请来了国师王菩萨的徒弟小张太子。小张太子给黄眉大王这样介绍自己身世：

> 祖居西土流沙国，我父原为沙国王。
> 自幼一身多疾苦，命干华盖恶星妨。

很明显，小张太子的祖国就是流沙国，但是在流沙河这一章我们又分明看到，流沙河方圆几千里是无人区，哪来什么流沙国？要知道，整个《西游记》以"流沙"打头的地名，其实就这两处。那么结论也很明显：流沙国的人，或被沙僧吃绝了，或被他吓跑光了！实际上，这黑锅不能归到沙僧一人头上，我们还不能忘了流沙河以东的黄风岭，因为流沙国的位置，恰好就在流沙河的东岸，黄风岭的西边。

| 流沙河 | 流沙国 | 黄风岭 |

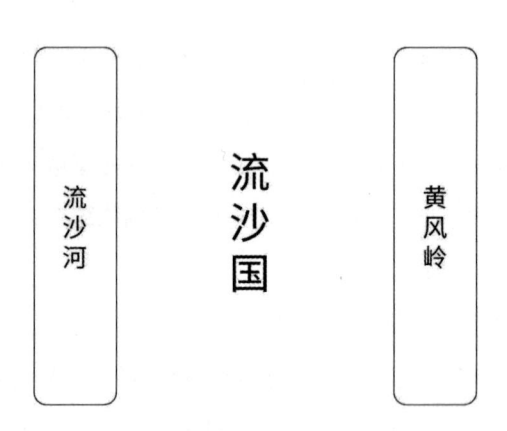

沙和尚,来自天庭,因玻璃盏的罪名,羁押在八百里流沙河,每隔七日要被利剑穿心一次。黄风怪,来自灵山,因琉璃盏的罪名,羁押在八百里黄风岭,被灵吉菩萨看管。二人相隔一国,而如今此国已灭,荒无人烟。二人合力阻断了南赡部洲与西牛贺洲的交流,这里肯定有蹊跷。

我们之前说过,灵吉菩萨受了如来法令,在此镇押黄风怪。而流沙国恰好就在黄风岭的西边。从黄风怪一伙的饮食习惯可以看出,流沙国的国民,可能受到了沙僧和黄风怪两股势力的双重夹击。

佛家处理流沙国的方式,大概率和处理大唐的问题如出一辙,基本都用了"补锅法":先给麻烦,再提方案。小张太子自幼体弱多病,他的师父只用半粒金丹就可以帮忙消灾解难,小张太子自此拜服于佛法,流沙国自然也就臣服于佛家。然而

第十四章
沙僧与八戒的天庭往事

沙僧的降临改变了这一切。我们知道沙僧堵在流沙河，专吃东边来的过路人，这说明什么呢？这说明不论沙僧服务于谁，也不论他究竟是谁的棋子，他背后的这股势力，很可能是和佛家过不去的。流沙国亲佛，沙僧则在流沙国旁边吃人，为了制衡沙僧，佛家又在流沙国的东边安排了黄风岭，而流沙国就这样成了佛家和天庭某股势力对抗的主战场。

那么，天庭内部的权力斗争，到底是怎么回事呢？实际上，八戒的故事疑点更多，趣味性也更足。

广寒宫往事

让我们继续回顾一下，八戒稀里糊涂的下凡之旅。按照八戒的说法，他是参加蟠桃宴后，醉酒闯入了广寒宫：

> 逞雄撞入广寒宫，风流仙子来相接。
> 见他容貌挟人魂，旧日凡心难得灭。
> ……
> 纠察灵官奏玉皇，那日吾当命运拙。
> 广寒围困不通风，进退无门难得脱。
> 却被诸神拿住我，酒在心头还不怯。

押赴灵霄见玉皇，依律问成该处决。

八戒的意思是，蟠桃宴后他喝醉了，想要找嫦娥仙子玩耍一番，这就是风流仙子来相接。八戒刚要开始对仙子动手动脚的时候，却被纠察灵官逮了个正着，然后霎时间，就出现了把广寒宫围困得密不透风的诸神，八戒很明显是落入了一个提前布置好的陷阱。此时的八戒觉得被抓也就被抓了，他并不怯，原本也不是什么大事，依律惩罚就是了，但是没想到，这么小的事情，居然推到玉帝面前问罪，还问成了一个**该处决**！

好家伙！我们来看看和八戒同朝为官的二十八星宿之一的奎木狼——奎木狼在天上勾搭仙女，又下界为妖十三年，祸害一国，抢了公主，还生两个孩子。奎木狼回到天庭接受的处罚，仅仅是带着俸禄去给太上老君烧火，且没多久就官复原职，相比于八戒，奎木狼受到的惩罚实在不值一提。很明显，八戒调戏嫦娥被问罪**该处决**很有问题！肯定会有朋友说，奎木狼调戏的是仙女，八戒调戏的是广寒宫宫主嫦娥，性质不一样。实际上，《西游记》中的嫦娥并不单指一个特定的神仙，而是"某一类仙女"。

在《西游记》第九十五回里，悟空曾对天竺国王说："这宝幢下乃月宫太阴星君，两边的仙妹乃月里嫦娥，这个玉兔儿却是你家的假公主，今现真相也。"在《西游记》中，姮娥、

第十四章
沙僧与八戒的天庭往事

嫦娥、素娥都是一种群体称呼,指的是广寒宫里的众仙女,所谓的"八戒调戏嫦娥",我们看作八戒调戏广寒宫的仙女也可。

那么,在天界,仙女是什么样的存在呢?实际上,在天庭除了玉帝、王母身边有仙女,其他神仙手下大都是些属官和仙童,只有月老太阴星君那里全是仙女,也就是孙悟空口中的"众仙妹"。太阴星君曾与齐天大圣称兄道弟,明显是个男的,凭什么他可以有一群仙妹陪伴呢?神仙们并不都是清心寡欲的,他们在天上有编制就是神仙,在下界不带编制就是妖,奎木狼勾搭仙女,也没影响他做神仙。

那天上的蟠桃宴一年一开,极其奢靡,那肉是**龙肝凤髓**、**熊掌猩唇**,那酒是**玉液琼浆**、**香醪佳酿**。八戒在宴会完毕淫心大动,对于神仙们来说,自然不是孤例。那么淫心大动,怎么办呢?天蓬元帅喝酒误闯广寒宫碰到风流仙子,这就是一个标准答案,本来也是大家心照不宣的事,但是八戒又怎么会知道,这次就是冲他来的!神仙的作风问题,既能像奎木狼那样轻轻放下,也可以像八戒这样直接死刑。这就是八戒的被贬经历!八戒曾经说,自己被孙悟空大闹天宫给连累了。

那么,八戒是怎么被悟空连累的呢?我们且看原文这一段:

(第七回"八卦炉中逃大圣,五行山下定心猿")这一番,那猴王不分上下，使铁棒东打西敌，更无一神可挡。只打到通明殿里，灵霄殿外。幸有佑圣真君的佐使王灵官执殿。他看大圣纵横，掣金鞭近前挡住……他两个斗在一处，胜败未分，早有佑圣真君，又差将佐发文到雷府，调三十六员雷将齐来，把大圣围在垓心，各骋凶恶鏖战。……当时众神把大圣攒在一处，却不能近身，乱嚷乱斗，早惊动玉帝。遂传旨着游奕灵官同翊圣真君上西方请佛老降伏。

> **啊粥细说**
>
> 孙悟空当年大闹天宫，手持金箍棒，从兜率宫一路杀到通明殿，眼睛都不带眨一下的。满天神仙要么关门躲祸，要么被打趴下，无一神可挡，最后，还是佑圣真君手下的王灵官拦住了孙悟空。这王灵官本领高强，和悟空一时间打了个不分胜败。佑圣真君趁机发文到雷府，调三十六员雷将齐来，跟王灵官一起围困孙悟空。就这样，悟空与王灵官、三十六员雷将在灵霄殿前僵持，一直拖到翊圣真君请如来佛祖来救驾，悟空才被压在五行山下。

第十四章
沙僧与八戒的天庭往事

我们拆开来看细节，佑圣真君作为和悟空最后一战的实际指挥者，护驾之功厥功至伟。说了半天佑圣真君，那么他是谁呢？实际上，佑圣真君正是与八戒一个班子的同事。天蓬元帅就是"天蓬元帅真君"，是北极四圣之首，总督八万天河水军。和天蓬元帅一个领导班子的同僚还有三个，分别是天佑元帅、翊圣真君、佑圣真君，天蓬元帅正是"北极四圣"这个机构的"班长"。天蓬元帅的顶头上司，是北极紫微大帝。

我们通过上面的原文已经看到，天蓬的下属佑圣真君为救驾立下了汗马功劳，那么作为北极四圣之首的天蓬元帅在干什么呢？在如来佛降伏孙悟后，一直隐身的天蓬突然出场了：

> 时有天蓬、天佑急出灵霄宝殿道："请如来少待，我主大驾来也。"

大家看，这不就凑齐了吗？翊圣真君请来了如来佛，佑圣真君更是厥功至伟，现场拖住了孙悟空，实乃护驾第一人。班长天蓬和副班长天佑，也不知道躲在哪里了，总之全程没有出现。在大闹天宫的章节结束后，"佑圣真君"这个名号就不再出现了，在《西游记》后来的故事中，他的另外两个名号是**真武大帝**和**九天荡魔祖师**。你们没有看错，我国道教典籍里的**真武大帝、九天荡魔祖师、佑圣真君**，这三个不同的名号，指向的都是同一位大神。那么据此，我们就可以深挖八戒被贬的这段隐藏剧情。

在大闹天宫后，北极四圣之首的天蓬被贬下界，而拖住悟空的佑圣真君则是火速升迁为真武大帝，成为玉帝的宠臣，更是获封号**九天荡魔祖师**，道场设在武当山。天蓬元帅和佑圣真君，同为一个班子的同事，"班长"天蓬贬下界成为猪妖，小弟佑圣真君则火速飞升为真武大帝，也难怪八戒曾对悟空变化的高翠兰说："就是你老子有虔心，请下九天荡魔祖师下界，我也曾与他做过相识，他也不敢怎的我。"

那么，八戒和沙僧被贬下界，反映出了西游世界上层怎样的权斗格局呢？悟空大闹天宫前后，天庭的权力格局是完全不一样的：

大闹天宫时，玉帝是名义上的三界统领，但是悟空从兜率宫杀到灵霄殿，各路神仙纷纷躲事，悟空几乎没遇到什么像样的抵抗，而天蓬的小弟佑圣真君的认真抵抗充分说明，悟空虽然战力强悍，但是并不无敌，天庭有的是他的对手。在天庭高手辈出的情况下，玉帝居然要借助佛家的力量降伏悟空，玉帝的被动可见一斑。

大闹天宫后，玉帝开始整顿天庭。天蓬的顶头上司，也就是紫微大帝逐渐式微，天蓬的下属佑圣真君火速飞升为真武大帝，并且取代了紫微大帝，成为这个时期玉帝真正的心腹。而

第十四章
沙僧与八戒的天庭往事

在同一时期，不管是天蓬元帅，还是卷帘大将，都因为各种奇奇怪怪的原因被贬下界。

因此，悟空大闹天宫后的这几百年，也是玉帝完成整顿的过程。这个过程相当复杂，我们以后会穿插在后面的剧情中慢慢讲述。

总之，八戒、悟空与沙僧僵持不下，悟空照例前往南海请观音出山，观音派木叉前去降魔。沙僧看见木叉，纳头便拜，交流之下方才知道，岸边的唐僧正是取经人。沙僧看了看脖子上的九个骷髅，又看了看唐僧，他没有解释自己是不是真的不认识取经人，悟空也没有多问。沙僧取下骷髅项链，把这项链变作一个法船，就请唐僧师徒上船。唐僧并不知道，脚下的骷髅，是自己前九世的人头。

虽然唐僧哭哭闹闹了一路，但终究还是自己度了自己。

第十五章 四圣试禅心背后的秘密

到底谁该挑担

唐僧的三个徒弟，是观音菩萨按照如来佛祖的要求配置的，如来佛祖原话是："我有'金紧禁'的咒语三篇。假若路上撞见神通广大的妖魔，你须是劝他学好，跟那取经人做个徒弟。"按照佛祖的要求，观音菩萨给唐僧配置了三个徒弟，数目是凑齐了，但真称得上**神通广大**的，也就孙悟空一个。取经路上遍地都是强悍的妖怪，有不少都能跟孙悟空五五开，而猪八戒和沙和尚虽说也都是有神通的天将，但他们的真实战斗力，是肉眼可见地弱。

悟空就曾经对八戒说："兄弟，你虽无甚本事，好道也是个人。俗云：'放屁添风。'你也可壮我些胆气。"悟空认为，就降妖除魔的本事来说，八戒和沙僧，都是放屁添风的水平。这么说，是诋毁了八戒和沙僧吗？其实这个评价，是符合原著精神的。猪八戒、沙和尚这哥儿俩在西天取经路上主要的功劳是什么呢？那就是**你挑着担，我牵着马**。在取经任务完成后，如来佛祖论功行赏，是这么说的：

第十五章
四圣试禅心背后的秘密

孙悟空：隐恶扬善，炼魔降怪有功，全终全始，加升大职正果，汝为斗战胜佛。

猪悟能：保圣僧在路，因汝挑担有功，加升汝职正果，做净坛使者。

沙悟净：保护圣僧，登山牵马有功，加升大职正果，为金身罗汉。

白龙马：驮负圣僧来西，又驮负圣经去东，亦有功者，加升汝职正果，为八部天龙马。

猪八戒的功劳是"挑担有功"，沙和尚的功劳是"牵马有功"，但这对八戒来说，确实有些不公平。相比沙僧、白龙马，猪八戒苦劳最多，但只换到了一个中级职称，这是因为他在某一次的关键考核中被记了大过，如来佛祖说八戒**色情未泯**的依据，主要就在"四圣试禅心"一劫上。

在《西游记》原著"四圣试禅心"这一回开篇，师徒四人赶路的时候，八戒提出了一个问题：**谁挑担？**

八戒说："哥哥，你看这担行李多重？"

悟空说："兄弟，自从有了你与沙僧，我又不曾挑着，那知多重？"

八戒说："似这般许多行李，难为老猪一个逐日家担着走。偏你跟师父做徒弟，拿我做长工！"

悟空说："呆子，你和谁说哩？"

八戒说："哥哥，与你说哩！"

就在八戒和悟空二人拌嘴的时候，沙僧在一旁沉默不语。很明显，八戒觉得挑担太累了，既然沙僧是后来的师弟，那么由他分担一下任务，也在情理之中。悟空看透了八戒的心思，才问了这句："呆子，你和谁说哩？"但是沙僧只是默默牵马走路，悟空也不想得罪新来的沙僧，于是打了个马虎眼，一顿糊弄。

悟空说："老孙只管师父好歹，你与沙僧，专管行李、马匹。但若怠慢了些儿，孤拐上先是一顿粗棍！"

八戒说："我晓得你的尊性高傲，你是定不肯挑；但师父骑的马，那般高大肥盛，只驮着老和尚一个，教他带几件儿，也是弟兄之情。"

悟空说："他不是凡马，本是西海龙王敖闰之子，唤名玉龙三太子……他在那鹰愁陡涧，久等师父……才变做这匹马，愿驮师父往西天拜佛。这都是各人的功果，你莫攀他。"

这时候，沉默的沙僧突然插话道："哥哥，真个是龙么？"

八戒一看沙僧不好欺负，马上开始打白龙马的主意，谁料悟空又说那匹白马是龙，不能委屈让人家驮担子。悟空话里话外就是在说，挑担子这罪，你八戒还是受着吧。但悟空刚吹捧完白龙马，随后拿起棍子就要打白龙马，吓得白龙马撒开腿狂奔一阵，弄得唐僧手软，险些跌下马。

第十五章
四圣试禅心背后的秘密

唐僧只管赶路，不管其他的事情，悟空还承担着团队管理的职责。从这段对话开始，作者就关于"谁挑担子"这个问题埋下了伏笔，取经队伍内部是存在矛盾的：大师兄孙悟空的地位高人一等，能压制住两个师弟，而唐僧负责用《紧箍儿咒》压制孙悟空。这就是观音菩萨为取经团队制造的一种平衡。

假设把唐僧的其他两个徒弟换成跟孙悟空实力不相上下的妖王，那恐怕就真的是谁都不服谁了。虽然悟空和八戒一直"哥哥""兄弟"相称，但悟空把当年北极四圣之首当苦力、长工使唤。对于这样的分工，八戒是有怨气的，因此，八戒也在五庄观和白骨精这两回的时候落井下石诋毁悟空，最后成功逼走了悟空，这就是冤有头、债有主啊！

上面这段剧情看似闲笔，但孙悟空欺负猪八戒、指挥沙僧、威胁白龙马、惊吓师父，嚣张得不得了，众人心中的不满也可想而知。此时取经团队刚组建完成，两个师弟更还没有对孙悟空服气，内部矛盾还在发酵期的时候，就迎来了一次大领导的考核，这次考核，进一步激化了取经团队的内部矛盾。

四圣试禅心，试出了什么

在悟空的威胁之下，那白龙马一路狂奔，恰好停在一座庄院之前。孙悟空已经看出这处庄院内藏玄机，但他并没有点破。原著里说：行者闻言，急抬头举目而看，果见那半空中庆云笼罩，瑞霭遮盈，情知定是佛仙点化，他却不敢泄漏天机……

悟空在这里不泄露天机，和之前乌巢禅师的威胁，就对应上了。这座庄院的门柱上，一副大红纸的春联写道：丝飘弱柳平桥晚，雪点香梅小院春。这副对联化用了唐朝诗人温庭筠《和道溪君别业》，原文部分如下：

风飘弱柳平桥晚，雪点寒梅小苑春。
屏上楼台陈后主，镜中金翠李夫人。

在温庭筠的原诗中，又是陈后主，又是李夫人，这首诗本就有些春闺寂寞、韶华易逝的伤感氛围，而《西游记》的作者又把清冷意象的"风飘"和"寒梅"改为妖娆意象的"丝飘"和"香梅"，更平添了些许暧昧撩人的气息。一副春联，一丝点缀，就把这处庄院写得春色撩人了，也暗示出这处庄院的女主人非等闲之辈。真乃妙笔！

师徒几个进了庄院，发现这庄院的女主人是个风韵犹存的半老徐娘，打扮得很优雅知性、时髦贵气，这美妇人把师徒四人请进雅间喝茶，香茶喷暖气，异果散幽香。那人绰彩袖，春

第十五章
四圣试禅心背后的秘密

笋纤长；擎玉盏，传茶上奉……

总之，气氛越来越暧昧。喝完茶，唐僧礼貌地寒暄，问女菩萨高姓、贵地何名。那美妇人介绍说自己姓贾，夫家姓莫。介绍完毕，就开门见山地说："我是寡妇，只有三个妙龄女儿，没有近亲远亲，空有良田家业无数。小妇娘女四人，意欲坐山招夫，四位恰好。不知尊意肯否如何。"

一杯茶的工夫，这女菩萨就提亲了，唐僧直接蒙了，吓得装聋作哑、寂然不答。一看唐僧无动于衷，那美妇人再次加码，盘点了一大堆家里的产业，总之就是：八九年用不着的米谷，十来年穿不着的绫罗；一生有使不着的金银。然而，唐僧也不表态，照旧是：如痴如蠢，默默无言。

美妇人再度加码，拿美色来诱惑他们。她说："小妇人我这等模样也只算是丑陋，我那三个女儿青春妙龄，貌美如花；女工针指，无所不会；饱读诗书，吟诗作对。端的是德艺双馨、才貌双全！"随着妇人的诱惑条件升级，唐僧的迷茫程度也随之升级。唐僧此时好便似雷惊的孩子，只是翻白眼儿打仰。看着师父无动于衷，八戒反而着急了，催着师父，让他别磨叽，同意不同意倒是回个话啊！八戒这一催，恰好解了唐僧的窘况。

只见刚才还唯唯诺诺、痴痴傻傻的唐长老怒目圆睁、大骂一声："你这个业畜！我们是个出家人，岂以富贵动心，美色留意，成得个甚么道理！"唐僧不敢面对那美妇人，就借着骂八戒的话来拒绝美妇人的招赘邀请。

随后那美妇人吟诗一首，打算跟唐僧辩论一下当出家人好，还是当在家人好。她说她们在家人是："四时受用般般有，八节珍羞件件多；衬锦铺绫花烛夜，强如行脚礼弥陀。"

美妇人言下之意，你那和尚有什么好当的，还不如还俗来得快活。面对女菩萨的挑衅，唐僧更不示弱，直接回应道："功完行满朝金阙，见性明心返故乡。胜似在家贪血食，老来坠落臭皮囊。"

这里本来辩论的是出家人的好处，结果唐僧列出的出家人的好处，也不过是世俗名利，唐僧说他的目标是朝金阙、返故乡，就是为了名利双收。最后一联，唐僧更是直接人身攻击，说美妇人这帮人不过是"臭皮囊"，他作为大唐御弟、国师圣僧，确实看不上她们这群乡野村姑。

那美妇人听见唐僧这么说，勃然大怒道："这泼和尚无礼！我若不看你东土远来，就该叱出。我倒是个真心实意，要把家缘招赘汝等，你倒反将言语伤我。"听见女菩萨这么一骂，刚才嚣张的唐僧瞬间哑火了，赶紧跟悟空说道："悟空，你在这里罢！"唐僧用拐着弯骂人的方式，算是通过考核了。然后他把锅一甩，轮到了三个徒弟。这三个徒弟的表现就有意思了。

第十五章
四圣试禅心背后的秘密

行者道:"我从小儿不晓得干那般事。教八戒在这里罢。"

八戒道:"哥啊,不要栽人么。大家从长计较。"

三藏道:"你两个不肯,便教悟净在这里罢。"

沙僧道:"自蒙师父收了我,又承教诲;跟着师父还不上两月,更不曾进得半分功果,怎敢图此富贵!宁死也要往西天去,决不干此欺心之事。"

孙悟空知道这是领导考核,直接来一句,我是石猴,不懂男女之事。猪八戒嘴上不敢说同意,但已经透露出了心有二意,立场很不坚定。沙僧就厉害了,这一番慷慨陈词,简直振聋发聩。一句**宁死也要往西天去**,让这个"刚入职"的新人,通过咬牙切齿的誓词,交出此次考核的完美答卷。

所以啊,为什么沙僧这牵马之功就能获得大职正果呢?大领导"下基层",既是风险,更是机会,沙僧机会把握得好啊!如果给这次考核按级别评分,那沙僧是 A+,唐僧是 A,悟空是 B,猪八戒直接不及格。沙僧一番慷慨誓词之后,接着撺掇八戒说:"二哥,你在他家做个女婿罢!"八戒接下来的表现更加离谱。被孙悟空、沙僧撺掇了几句,八戒直接来一句:"大家都有此心,独拿老猪出丑。常言道:'和尚是色中饿鬼。'那个不要如此?"

八戒给自己打完掩护,找了个借口溜出去,寻见那美妇人,然后一口一个"**娘**",表达了自己强烈的入赘意愿。那美妇人于是叫自己的三个女儿，真真、爱爱、怜怜出场，美妇人是贾（假）氏，三个女儿分别叫莫真、莫爱、莫怜，什么意思啊？都是假的呗！都叫你莫真、莫爱、莫怜了，女菩萨早就明示得清清楚楚。

但是这几位姑娘实在太美了，八戒被迷得神魂颠倒。那三位姑娘的美貌是：满头珠翠，颤巍巍无数宝钗簪；遍体幽香，娇滴滴有花金缕细。

又是金银首饰，又是少女体香，我们再看师徒四人的表现：那三藏合掌低头，孙大圣佯佯不睬，少沙僧转背回身。你看那猪八戒，眼不转睛，淫心紊乱，色胆纵横……

唐僧低头不敢看，悟空假装没看见，沙僧怕自己把持不住，直接转过身去，唯有老猪是目不转睛地瞧，彻底沦陷了。接下来在对猪八戒的单独考核里，他更是丑态尽显。

妇人说："我要把大女儿配你，恐二女怪；要把二女配你，恐三女怪；欲将三女配你，又恐大女怪。所以终疑未定。"

八戒道："娘，既怕相争，都与我罢，省得闹闹吵吵，乱了家法。"

妇人说："岂有此理！你一人就占我三个女儿不成！"

八戒道："你看娘说的话。那个没有三宫六院？就再多几个，你女婿也笑纳了。我幼年间，也曾学得个熬战之法，管情一个个伏侍得他欢喜。"

第十五章
四圣试禅心背后的秘密

妇人说:"女婿,不是我女儿乖滑。他们大家谦让,不肯招你。"

八戒道:"娘啊,既是他们不肯招我呵,你招了我罢。"

那妇人道:"好女婿呀!这等没大没小的,连丈母也都要了!"

……

一夜过后,考核结束。唐僧师徒一觉醒来,美人庄院变成松柏林。只见林中挂着一张简帖。沙僧急去取来与师父看时,却是八句颂子:

黎山老母不思凡,南海菩萨请下山。
普贤文殊皆是客,化成美女在林间。
圣僧有德还无俗,八戒无禅更有凡。
从此静心须改过,若生怠慢路途难!

考核结束!八戒成了这次考核的唯一需要整改的"项目",被记了大过。取经完成后论功行赏,猪八戒那些辅助降妖的功劳,就成了放屁添风而忽略不计。什么过错最大?考核现场被抓着的把柄过错最大。八戒这种行为,必须树立典型,在三界"通报批评"!

那么,这次突击考核意义何在,目的又是考核谁呢?当然是唐僧。唐僧作为十世取经人，"色中饿鬼"，面对前方各路妖娆妩媚的女妖女仙、女王公主，如何能保证他不陷入温柔乡？取经这等轰动三界的大事，无数眼睛在盯着。各路妖怪要吃唐僧，被吃了那是孙悟空没本事，但如果唐僧自己破了色戒，那就成了天大的笑话。

悟空说过，师父死了他也想办法救活。但他怕唐僧把持不住自己，破了色戒。第五十一回，悟空原话是："那怪物一窝子可都淹死，我却去捞师父的尸首，再救活不迟。"

第五十五回，悟空也说："只怕这怪物夜里伤了师父……倘若被他哄了，丧了元阳，真个亏了德行，却就大家散伙……"很明显，唐僧的元阳丧失，是会导致取经项目失败的，肉体死亡对悟空来说不过就是去地府一趟捞人而已。

这次四圣试禅心的目的，就是来给唐僧敲响警钟，神佛们要让唐僧知道，美色皆是幻化，往后遇到的各种色诱，都有可能是菩萨的考验。菩萨不会时时出来考验你，但你心中必须时时有菩萨。

言到此处，四圣试禅心突击检查事件算结束了，明面上的事已讲完。如果要看《西游记》深度解读，接下来，让我们忘记表象，顺着蛛丝马迹，来完成关于猪八戒的最后关键拼图，探索四圣试禅心这一回背后所暗藏的真正玄机！

第十五章
四圣试禅心背后的秘密

神秘的黎山老母

黎山老母不思凡,南海菩萨请下山。
普贤文殊皆是客,化成美女在林间。

这张四圣留下的简帖,揭示了考核项目组的构成:美妇人是黎山老母,三个女儿分别是文殊、普贤、观音三位菩萨。按照简帖的说法,黎山老母和文殊、普贤,是观音菩萨请过来的。观音请文殊、普贤两位我们可以理解,都是佛教自己人嘛,但黎山老母是道家的神仙,观音请黎山老母当他们几个的母亲,是何用意呢?黎山老母在《西游记》中出场过两次,提到过一次。

满面皱痕,好似骊山老母;一双昏眼,却如东海龙君。(第十六回"观音院僧谋宝贝,黑风山怪窃袈裟")

黎山老母不思凡,南海菩萨请下山。(本章回)

只见那半空中叫道:"大圣,是我。"行者急抬头看处,原是黎山老姆。(第七十三回"情因旧恨生灾毒,心主遭魔幸破光")

黎山老母在《西游记》中三次出场,却是写作三个不同的名字:**骊山老母**、**黎山老母**、**黎山老姆**。这三次不同,明显是刻意为之，因为她的身份是多变的。黎山老母在我国古代历史、民间神话传说及宗教典籍里都有多处记载，她是中国传统文化里意义非凡的一位女仙。

史书记载

关于黎山老母最早的记载，出自秦汉史书。

《史记·秦本纪》申侯乃言孝王曰："昔我先郦山之女，为戎胥轩妻……"

《汉书·律历志》载张寿王言："骊山女亦为天子，在殷、周间。"

结合《史记》与《汉书》的记载，骊山女是商、周之间的人物，是戎胥轩的妻子。戎胥轩是商朝贵族公子，奉命镇守西陲，与西陲之戎骊山女结婚。换句话说，戎胥轩和骊山女，他们夫妻俩就是春秋战国时期秦、赵两国王室的祖先。从秦昭襄王至秦始皇，历代秦王及王后，陵墓几乎都会建在骊山，秦始皇陵就在骊山。也是因此，《汉书》才会有"骊山女亦为天子"的说法，在夫妻二人中，掌权的是骊山女。骊山女有鲜明的母系社会首领色彩，这种形象与远古的女娲颇为相似。宋朝的书籍就认为，骊山女就是女娲氏的后代。

《路史》："女娲，立治于中皇山之源，继兴于骊。"

《长安志》："骊山有女娲治处，今骊山老母殿即其处。"

第十五章
四圣试禅心背后的秘密

民间传说

骊山女的形象,在唐宋时升格成了女仙,她也成了女英雄们的专属师父。比如战国时期的**钟无艳**,唐代的**樊梨花**,宋代的**刘金定**、**穆桂英**,还包括《白蛇传》里的**白素贞**,这些有神通的女英雄,在民间传说里都是黎山老母的徒弟。清代小说还**把祝英台**也写成了她的徒弟,可以说,黎山老母和中国的女英雄深度绑定。更有意思的是,在早期关于西天取经的元杂剧里,黎山老母还是孙悟空的大姐,但是《西游记》并未采用这个设定。

道教典籍

《西游记》包罗万象,博大精深,其对佛道两教典籍及神佛体系的采用,高妙之处就在于重新解构并混为一体,一手搭建了中国新神话体系,对后世影响深远。

《西游记》相关的修行、炼丹、宗教等术语很明显出自专业人士之手,但为《西游记》定稿的那个作者,代号"华阳洞天主人"的那位,必然是身居高位、见过世面的士大夫,他的字里行间满满都是反宗教思想,其社会讽刺、政治隐喻不只对明代社会有反思意义,对当今社会也有参考价值。对于《西游记》隐藏剧情的探索,我们必须借助佛道典籍,比如我们之前就讲过,猪八戒的手下佑圣真君,和后来的九天荡魔祖师、真武大帝其实是同一个人，这种设定稍微深挖一下，就会有隐藏剧情出现。

那么，黎山老母在道教典籍里是谁呢？

根据《骊山老母玄妙真经》的记载：老母乃是昔斗姥而化，为上八洞古仙女也。先天号曰：九灵太妙中天梵气斗姥元君，先天而化气，太初神后，西天竺国妙相法王师，大悲大愿大圣大慈摩利支（pū）天斗姥无上元君。常驻天宫，间山穿法，上古降于中原骊山。

简单来说，黎山老母在道教典籍里，是北极玄灵——斗姆元君！**在这里我们画个重点：**

在道教典籍里，黎山老母就是斗姆元君的化身。在佛教典籍里，斗姆元君又是西方佛教的摩利支天菩萨。黎山老母、斗姆元君、摩利支天菩萨这三个不同的形象，其实是同一位神。她在佛道两家的身份合起来，全称是"先天斗姥紫光金尊摩利支天大圣圆明道姥元尊"。这个线索意味着什么呢？

八戒，你究竟是谁

我们在流沙河篇中，梳理了猪八戒的前世今生，但还留下两个疑点：

第一，猪八戒的前前世既是了不起的人物，那他到底是谁？

第二，猪八戒的前世作为太上老君的徒弟，为何会在紫微大帝手下总督天河兵权？

前文梳理分析过，猪八戒的前世被疑似太上老君的神仙收为徒弟，稀里糊涂就飞升了。八戒一到天庭就成了掌握实权的天蓬元帅。天蓬元帅是北极四圣之一，直接上级是北极紫微大帝，北极紫微大帝在设定上是黎山老母（斗姆元君）的儿子。

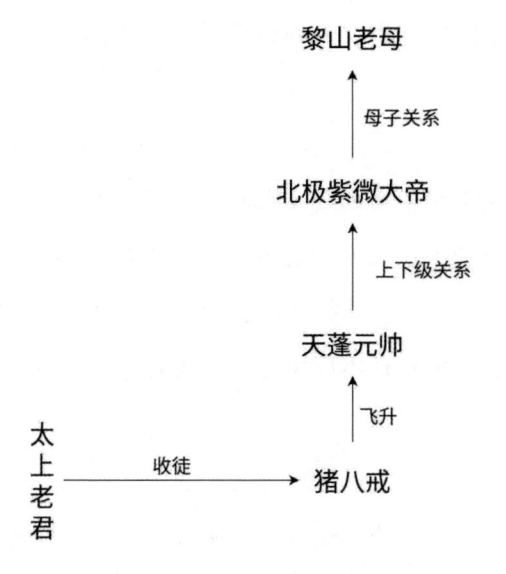

```
                黎山老母
                   ↑
                母子关系
                   
                北极紫微大帝
                   ↑
                上下级关系
                   
                天蓬元帅
                   ↑
                 飞升
                   
 太上老君 ——收徒——→ 猪八戒
```

黎山老母（斗姆元君） 共有九个儿子：长子勾陈大帝，次子紫微大帝，另外七个儿子是北斗七星君，所以黎山老母又被称为"北斗众星之母"。这一系势力非常强大，地位可与玉皇大帝相提并论，所以称得上**常游日月二天前，独立刀兵三界内**。

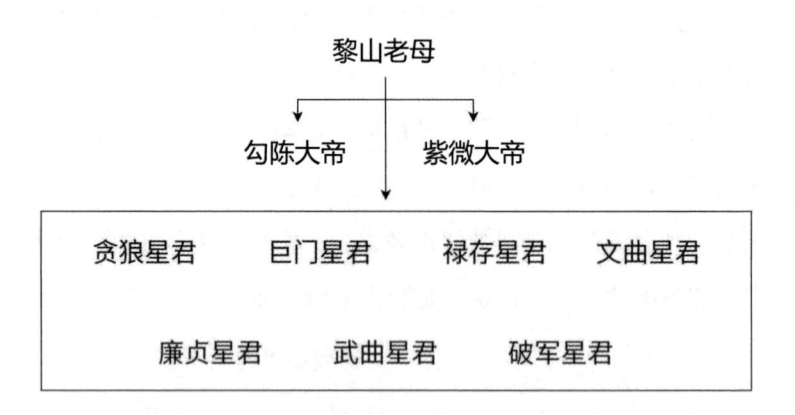

```
              黎山老母
            ↙       ↘
        勾陈大帝    紫微大帝
                      ↓
┌─────────────────────────────────────────┐
│  贪狼星君    巨门星君    禄存星君   文曲星君  │
│                                         │
│       廉贞星君    武曲星君    破军星君        │
└─────────────────────────────────────────┘
```

我们之前讲过，在《西游记》隐藏剧情中，**斗姆元君、紫微大帝的势力被玉帝削弱**，原紫微大帝下属、北极四圣之一的佑圣真君迅速上位。玉帝削弱北斗众星势力的第一步，就是布下广寒宫事件的套，除掉紫微大帝座下掌握天河兵权的天蓬元帅。广寒宫抓捕行动雷厉风行，导致天蓬元帅还来不及被人营救就被贬下界了。

现在我们来盘一下已知的线索：

首先，猪八戒跟黎山老母有所关联——猪八戒的顶头上司紫微大帝的母亲是黎山老母。然后，我们知道了斗姆元君就是黎山老母，同时也是佛教的摩利支天菩萨。

那么，猪八戒跟摩利支天菩萨有关联吗？当然有！且关联

第十五章
四圣试禅心背后的秘密

重大！

猪八戒的形象初步定型于元代杨景贤的《西游记》杂剧，这也是小说《西游记》的前身。在杂剧《西游记》里，猪妖的模样是"喙长项阔，蹄硬鬣刚"，本领非常强，二郎神跟孙悟空联手都打不败他。这个猪妖，并不是《西游记》里的天蓬元帅转世，而是**摩利支天的部下，御车将军**。

摩利支天菩萨原为古印度婆罗门教光明女神，后被佛教吸收，称作光明佛母，佛教传入中国后，她的形象又与道教女仙斗姆元君合二为一。那摩利支天菩萨部下的**御车将军**是个什么形象呢？

《佛说摩利支天菩萨陀罗尼经》载："想彼摩利支菩萨坐。**金色猪身之上身**。著白衣顶戴宝塔。左手执无忧树花枝。**复有群猪围绕**。""于月轮中**乘猪车**而立。"

在古代一些摩利支天菩萨的画像里，有的是菩萨乘坐一只巨大金猪，有的是乘坐着七只野猪拉的车。在佛教神话里，这位菩萨也是乘着一驾由七头猪或九头猪拉的车跟着太阳奔走。这就是"摩利支天部下御车将军"的来源。摩利支天菩萨有着多种不同形象，正如同黎山老母的称呼有多种写法一样。但是这多种形象的共通之处是都与猪有关，且在藏传佛教里，这位菩萨的形象是三面八臂，其中一面恰是——猪头猪脸。

摩利支天菩萨，就是佛教神话里唯一的猪头菩萨。在佛教神话里，斗姆元君、黎山老母、摩利支天菩萨的形象处处与猪有关；在道教神话里，黎山老母的七个儿子北斗七星恰恰又被称为"七猪"！民间在供奉斗姆元君之时，有时就以"七猪"代表"七星"，在早期文明良渚文化的考古发掘里，就存在北斗猪神的信仰。

那么，猪八戒跟北斗七星又有何关系呢？斗姆元君有九个儿子，除了勾陈大帝和紫微大帝以外，北斗七星分别是**贪狼**、**巨门**、**禄存**、**文曲**、**廉贞**、**武曲**、**破军**。

我们的重点放在"破军"上，在道家典籍里，恰恰有关于"破军"的答案。

《道法会元》记载：祖师九天尚父五方都总管北极左垣上将都统**大元帅天蓬真君**，姓卞名庄。**三头六手**，执斧、索、弓箭、剑、铎、戟六物，黑衣玄冠，领兵三十万众，**即北斗破军星化身也**。

《道法会元》：**北斗九宸**，应化分精，而为九神也。九神者，**天蓬**、天任、天衡、天辅、天英、天内、天柱、天心、天禽也。

在不同历史时期、不同流派的说法中，北斗七星有不同的称谓。但能对应上的，正是**天蓬**与**破军**。把以上佛道典籍梳理一遍，再对应到《西游记》里，诸多谜团皆清，一切豁然开

第十五章
四圣试禅心背后的秘密

朗！简单来说：**天蓬元帅就是破军星君，是黎山老母的九子之一。**

前世的八戒之所以能通过"走后门"顺利升天，总督天河兵权，就是因为，他的母亲是黎山老母，也就是"四圣试禅心"这一章里的美妇人。八戒本领平平、呆头呆脑、色厉胆薄，却能作为北极四圣之首，真正有大本领的佑圣真君却要屈居于他之下，为什么呢？因为八戒和他的上司紫微大帝，是亲兄弟，他们共同的母亲，就是**常游日月二天前，独立刀兵三界内**的黎山老母。所以玉帝贬八戒，根本目的是清除黎山老母的家族集团——北斗势力。这也就解释了，为什么黎山老母会和观音、普贤、文殊菩萨一起出现。作为七猪之一，八戒被贬下界之后成了猪的形象并不奇怪，毕竟他母亲黎山老母的佛教形象里，就有猪头人身。

总之，作者通过巧妙的剧情设计，在字里行间精心摆放了破解密码。那些宗教里神圣不可侵犯的神格形象，也会尔虞我诈、争权夺利；那些经籍里法力通天的信仰神殿里，也有肮脏奸险的官僚做派……通过上述考据，我们相信，猪八戒的剧情拼图至此已完整。那么，再回过头来看，四圣试禅心为何要请黎山老母过来唱这场主角戏？

观音菩萨要敲打的人是唐僧，黎山老母要敲打的人却是猪八戒。显然，观音菩萨特意请"不思凡"的黎山老母下山来，就是让她来看儿子的。观音菩萨是让黎山老母来见证，佛家确实挽救了这个儿子，而且拉他进了取经队伍。观音菩萨是什么意思呢？你儿子那点成色，你比谁都清楚，你权势滔天的时候都保不住他两次投胎，何况你现在落魄了。我们结合历史去看，黎山老母确实成了佛家里的摩利支天菩萨，沙僧在结尾说这四圣是"四位菩萨"，《西游记》后续章节，黎山老母再次出场时也明示她是佛家的人了。

因为黎山老母"北斗众星之母"的身份崇高，又被佛教尊称为光明佛母，所以，在这个章节，黎山老母可以扮演文殊、普贤、观音三位菩萨的母亲，无论是资历、身份还是佛母之名号，都合情合理。代入这些背景，我们再去看这一章，正是因为黎山老母和猪八戒有一层母子关系，所以她跟猪八戒聊得很开心，面对猪八戒各种大逆不道的唐突言论，她都能笑着去回应他。

猪八戒在高老庄时都只叫高小姐的父母"丈人、丈母"，在这里却对着黎山老母一口一个"娘"地叫，为什么呢？因为作者就是想表达，这真的就是八戒的娘啊！

那么，八戒知道自己有靠山以后，自然就敢打起"开除"孙悟空的主意，这也为"三打白骨精"中，八戒落井下石的表现埋下伏笔。这是取经队伍的内部矛盾第一次爆发，唐僧和猪八戒终于联手把孙悟空给赶走，而孙悟空回来后，猪八戒也一直充当着制衡孙悟空的角色。

第十六章 五庄观偷果事件

地仙之祖的尴尬

唐僧师徒借宿五庄观时，悟空不但偷吃了镇元大仙的人参果，还恼羞成怒，推倒了五庄观的人参果树。这一章的故事，以往我们都习惯代入悟空的视角去看，但是我们代入镇元子的视角去看，会发现唐僧师徒几个又偷东西，又半夜跑路，非常不讲究。

那么，五庄观这一章，究竟要讲个什么事呢？五庄观的故事，真正的主角不是唐僧师徒，而是镇元大仙。别看镇元大仙貌似是法力无边，其实他焦虑着呢，多亏了唐僧师徒的这次偷吃人参果，才让他的门派走上正轨。

首先，我们根据原著，来了解一下镇元子其人。镇元子是地仙之祖，这是个什么水平呢？在这里我们延伸一下，根据《钟吕传道集》，道教有五类神仙，分别是：鬼仙、人仙、地仙、神仙、天仙。

这五仙是有档次差别的。最下乘的叫鬼仙，最上乘的叫天仙。悟空请福、禄、寿三星帮忙救人参果树时，三星就曾说：

第十六章
五庄观偷果事件

"你这猴儿,全不识人。那镇元子乃地仙之祖。我等乃神仙之宗。你虽得了天仙,还是太乙散数,未入真流,你怎么脱得他手?"而观音菩萨也说:"镇元子乃地仙之祖,我也让他三分……"由此可见,镇元大仙在三界之中还是有些排面的。

镇元子就是"地仙"这个分类的一把手,是能够和道家三清这个级别并称为尊的。悟空身为天仙,虽然任职的衙门比镇元子要高,但江湖地位是远远不如镇元子的。然而镇元子这个名义上的大领导,当得却很尴尬。为什么呢?我们的视角切换到唐僧师徒。

唐僧师徒走到五庄观门前,看到门前的对联是:长生不老神仙府,与天同寿道人家。这对联的内容够嚣张吧?这么嚣张的内容自然也引来悟空的嘲笑,悟空说:"这道士说大话唬人。我老孙五百年前大闹天宫时,在那太上老君门首,也不曾见有此话说。"唐僧师徒进入观中时,发现五庄观祭拜的是天地二字。

唐僧疑惑地问:"你五庄观真是西方仙界,何不供养三清、四帝、罗天诸宰,只将'天地'二字侍奉香火?"

迎接唐僧师徒的清风、明月两位五庄观弟子骄傲地说:"三清是家师的朋友,四帝是家师的故人;九曜是家师的晚辈,元辰是家师的下宾。"唐僧疑惑地问,为什么道观里只剩下他们两个道童,童子接着说:"家师元始天尊降简请上清天弥罗宫听讲'混元道果'去了，不在家。"

诸位感受一下，这么一番铺垫，镇元子的地位是不是一下子就上来了？混元道果，就是指道家世界观里开天辟地的一劫。三清之首的元始天尊也要请镇元子去讲课参会，讲的还是"混元道果"这种高层次的学问，由此可见镇元子的地位非常特殊。

道童的吹嘘引来悟空的进一步嘲讽，悟空说："这个臊道童！人也不认得，你在哪个面前捣鬼，扯甚么空心架子！那弥罗宫有谁是太乙天仙？请你这泼牛蹄子去讲甚么！"很明显，悟空是不信的。作为最高级别的太乙天仙，悟空并没有听说过五庄观这方势力，对于两个道童的介绍，悟空只当是吹牛。

但是我们在开头已经介绍过了，镇元子的确是地仙之祖，也确实应邀去了元始天尊的"会议现场"，但是仔细琢磨，我们就会发现很多矛盾的地方。五庄观一共四十八名弟子，镇元子这次上天参会，就带走了四十六人，留下了年纪最小、修为最浅的清风、明月两个道童。为什么一次会议，要带走整个门派大部分的人呢。很明显，镇元子不太自信，他害怕到了元始天尊的弥罗宫，自己的排场配不上"地仙之祖"的名号。那么，镇元子留下的这两个年纪最小的道童，年纪有多小呢？原著说了：清风只有一千三百二十岁，明月才交一千二百岁。

两个童子都是千岁老人，那么可以想象，镇元子带走的师

第十六章
五庄观偷果事件

兄们有几千甚至上万年修为的，自然不在少数。要知道已经成为太乙天仙的悟空还没有清风、明月年纪大，猴子的年龄满打满算也不超过一千岁。

很明显，年龄不等于修为，不客气地说，镇元子手下的这四十八人，虽然已经是地仙中的极品，但无疑都是一帮"杂鱼"，而自己这地仙之祖，所辖的地盘不过是五庄观这一个山头。五庄观在三界的地位不算高，镇元子虽然个人能力逆天，但是手下弟子个个不争气，这样的情况也就决定了，悟空这样的太乙散仙和唐僧这种金蝉子十世，在镇元子眼里也是非常重要的团结对象。

镇元大仙团结朋友的方法很聪明，他没有直接表态，而是巧妙地给唐僧师徒设了一个局，最终成功地带领门派走出困境。

五庄观奇遇

地仙之祖镇元子，虽属道家势力，但五庄观却处在佛教信仰浓厚的西牛贺洲，而且这"地仙之祖"实际上也有名无实，就管着万寿山这一个山头而已。镇元子很郁闷，他一直想带领门派再创辉煌，而这一天，同时发生了两件好事，给了他这个机会：

　　第一件事是，道祖元始天尊邀请镇元大仙上天参加讲座，这是一个宣传地仙道统的好机会，镇元子决定带上自己的全部徒子徒孙，拉满排场，上天做"路演"。

　　第二件事是，在天庭备案的取经项目组就要路过自己的地盘了。取经项目带头人，是如来佛祖的二弟子金蝉子转世。五百年前，镇元子和金蝉子在佛祖举办的盂兰盆会上有一面之缘。当时，佛祖降伏悟空归来，镇元子前往灵山庆贺，金蝉子奉命给镇元子看茶，因此镇元子和金蝉子，两人有着一点友谊。

　　一个道祖召开的盛会，一个佛门的传教项目，这两个机会，镇元子都不想错过。实际上，从五庄观的社会地位和微弱的声名我们也能看出，镇元子在道家系统里混得实在不怎么样，这次取经项目组路过，刚好是一个机会。但是，想获得名望，不要脸地硬蹭过去，和被别人请过去，这意义是完全不一样的。怎么样让佛家请自己过去呢？最好的办法，就是让他们欠你的人情。

　　五庄观只剩下不到五十人，还能制霸一方，一方面得益于镇元子的逆天实力，另一方面就是五庄观守着西游世界里最最稀缺的资源之一：人参果。人参果有什么用呢？延年益寿。原著里明确说，人参果闻一下能活三百六十年，吃一个能活

第十六章
五庄观偷果事件

四万七千年。这人参果成长条件也非常苛刻，三千年一开花，三千年一结果，再过三千年，果子才能熟，一个人参果的成熟周期是九千年。

在整个西游世界中，明确了和人参果类似功效的东西，就是蟠桃园里的上等蟠桃，土地公说，这上等蟠桃九千年一熟，人吃了与天地齐寿，日月同庚。上等蟠桃到底能延年益寿多少，没有人说得清楚，但是沙僧说，人参果是蟠桃会上镇元大仙的上贡之物，那么至少可以说明，人参果的功效不会弱于上等蟠桃，否则又怎么在蟠桃会上拿得出手呢？所以至少可以确定，人参果和上等蟠桃，是一个档次的产品，但是人参果的产量却远远不如蟠桃。

在悟空看管蟠桃园时，一千两百棵树上的上等蟠桃被吃了个干净。玉帝让猴管桃，这本就是在挑战猴性，当年悟空的确偷吃了桃子不假，但是说悟空吃光了一千两百棵树，这明显就是栽赃陷害了。玉帝通过栽赃悟空，控制了蟠桃园的产能，大闹天宫事件之后，三界内能够延年益寿的产品，成了稀缺品。

五庄观的人参果，在这种大背景下显得弥足珍贵。五庄观没有天庭那么强悍的生产力，然而苍蝇再小也是肉啊，整个三界能够延年益寿的产品，除了蟠桃园的上等蟠桃，数得上的就是五庄观的人参果了。因此，镇元大仙的局，自然要围绕这最珍贵的宝贝设置。

镇元子留下清风、明月两个年轻的千岁道童以后，还特地嘱咐："过几天唐僧师徒要来，你们可以打人参果来款待他们，但是有个条件——我那果子有数，只许与他两个，不得多费。"

清风说："开园时，大众共吃了两个，还有二十八个在树，不敢多费。"

大仙说："唐三藏虽是故人，须要防备他手下人罗唣，不可惊动他知。"

很明显，近一万年只结三十个的果子，镇元子为了招待唐僧，一次性就拿出两个来，不可谓不大方。但是镇元子又特别嘱咐了，不能让唐三藏的徒弟们知道。是因为这果子只能一个人独自享用吗？当然不是。清风已经说过了，开园时，四十八个人，一共分了两个果子，那么很明显，即便镇元子只拿出一个果子，四个人分吃也是不算少的。为什么这么说呢？

原著说得清楚，这果子就如三朝未满的小孩相似，手足俱全，五官咸备。大家拿原著的描述代入一下，这一个果子是很大的，基本还原了婴儿的大小。这么大的果子，镇元子一次拿出两个来招待唐僧，却不分给他手下的徒弟，这就很明显是在挑拨离间了。镇元子希望通过这个宝贝，挑拨唐僧师徒的关系，从而挑动悟空的神经，让他犯错。

唐僧师徒到五庄观以后，清风、明月遵照师父的嘱咐，给唐僧打了两个人参果，让唐僧独自享用。但是唐僧看到了什么

第十六章
五庄观偷果事件

呢？唐僧看到的是两个道童把两个小孩子捧到自己跟前，唐僧自然不可能吃"人"，即便这只是水果。清风、明月嫌弃唐僧不识货，就自己拿来分吃了。就在两个道童嘀咕的时候，在厨房做饭的八戒，听到了清风、明月讨论人参果的事情，不由得嘴馋。

在八戒的怂恿之下，悟空偷了金击子，就前去敲果子。悟空敲下第一个果子，果子骤然钻入土里不见，悟空喊出土地公，才知道人参果有"五行相畏"的特性：遇金而落，遇木而枯，遇水而化，遇火而焦，遇土而入。由于这些特性，人参果敲时必用金器打下来，装盘时必须衬着真丝，如果用木盘接，果子就会枯萎，失去延年益寿的功效。吃的时候，还必须用磁器承接，再用清水化开。很明显，五庄观对于人参果的培育和使用，是非常讲究的。了解了这些特性，悟空就连敲三个果子，装在衣兜里带回去，和八戒、沙僧分赃。

三兄弟偷吃完人参果，也惊到了清风、明月。这兄弟俩回到果园一数，原本该二十六个果子，少了四个，只剩下二十二个。兄弟俩不由分说，回到屋子里，指着唐僧师徒就是一顿臭骂，指责他们是一伙贼。八戒一听，哟，我们兄弟三个各分一个，人家却说少了四个，看来大师兄还昧了一个，因此八戒也在指责师兄偷吃。悟空哪里受得了这等气，被骂得上了头，就跑到果园，把人参果树连根拔了。

清风、明月骂着骂着，发现师徒几个并不答话，他们以为自己数错了果子，错怪了好人。兄弟俩再回到果园时，才发现果树被连根推倒了。原著说：他两个倒在尘埃，语言颠倒，只叫："怎的好！怎的好！害了我五庄观里的丹头，断绝我仙家的苗裔！师父来家，我两个怎的回话？"

　　慌乱之下，小师弟明月建议，可以把唐僧师徒锁起来，等师父回来发落。清风、明月假称奉茶，将唐僧师徒骗到一起吃饭，趁着他们吃饭的时候，师兄弟把正殿、前山门、二山门，通通都上了锁。悟空虽有开锁的本事，但是毕竟偷人东西在前，毁人树苗在后，悟空心虚，没有正面对抗，只是趁半夜时分偷偷开了锁，溜下山去，还给师兄弟两人上了瞌睡虫，让他们昏睡过去。

　　这一趟跑路，唐僧是真的觉得自己冤枉。半夜赶路时，唐僧抱怨道："这个猴头弄杀我也！你因为嘴，带累我一夜无眠！"行者道："不要只管埋怨。天色明了，你且在这路旁边树林中将就歇歇，养养精神再走。"

　　第二天一大早，镇元大仙开完"讲座"，回到家中。他见清风、明月被人迷晕，宝贝人参果树被连根拔起，按说镇元大仙应该愤怒吧？然而镇元子的表现是这样的：

　　清风顿首，明月叩头道："师父啊！你的故人……一伙强盗，十分凶狠！"

第十六章
五庄观偷果事件

镇元子仿佛是早有预料，乐呵呵笑道："莫惊恐，慢慢的说来。"

清风、明月把唐僧师徒的无礼行径一一讲明，众师兄都问："那和尚打你来？"

明月道："不曾打，只是把我们人参果树打倒了。"

听到这里，大家认为，镇元大仙应该是什么表情？大仙闻言，更不恼怒，道："莫哭！莫哭！你不知那姓孙的，也是个太乙散仙，也曾大闹天宫，神通广大。"

很明显，镇元子对于唐僧师徒的背景一清二楚，但是他明知悟空是高贵的太乙天仙，却依旧用两个人参果羞辱了他。然后镇元子带着徒弟们抓贼，只一瞬便赶上了夜行百里的唐僧。悟空试图和镇元子较量，打了两三回合后，镇元子使一个"袖褪乾坤"的手段，就把唐僧师徒一股脑装在袖筒里。把唐僧几个捉回五庄观后，镇元子依旧非常有礼貌，他对自己的徒弟们说："徒弟，这和尚是出家人，不可用刀枪，不可加铁钺，且与我取出皮鞭来，打他一顿，与我人参果出气！"

这里就更有意思了。让五庄观能够立足三界的宝树被推倒了，镇元子倒是不慌不忙，反而要打唐僧出气，这是什么道理？大家不要忘了，唐僧师徒的取经团队不是四个人，还有**五方揭谛、六丁六甲、四值功曹、一十八位护教伽蓝**在天上看着呢。我们之前介绍过，监控唐僧师徒的这支队伍，由神佛两路混编组成，镇元子的皮鞭，不仅仅是打唐僧师徒出气，更是打给玉帝和如来看的。

悟空听到镇元子要打师父，就慌了。原著里说：行者闻言，心中暗道：我那老和尚不禁打；假若一顿鞭打坏了阿，却不是我造的业？

于是悟空忍不住说："先生差了。偷果子是我，吃果子是我，推倒树也是我，怎么不先打我，打他做甚？"

镇元子一听，万一打死了唐僧反而不好交代，于是他命令弟子用皮鞭开始抽打悟空。镇元子的徒弟并不打要害，只是打向悟空的两条腿，悟空把两条腿变成熟铁，一点也感觉不到疼痛。那么问题来了，在这里，悟空被打得疼不疼重要吗？其实不重要。镇元大仙的鞭子，打的是天庭和灵山的脸，驳的是玉帝和如来的面子。悟空觉得疼不疼不重要，让天庭和灵山都觉得有愧于五庄观，这个很重要。

悟空被打了一天，唐僧却哭得停不下来。悟空好奇地问："打便先打我。你又不曾吃打，倒转嗟呀怎的？"

唐僧道："虽然不曾打，却也绑得身上疼哩。"

原来是师父被绑得疼了。

半夜时分，悟空又使个法术，帮师兄弟几个解了绑，带着马匹行李继续往山下逃亡。第二天一早，镇元子一看，悟空几个又脱了身，于是驾云前来。这次悟空也发狠了，他打算痛下

第十六章
五庄观偷果事件

杀手，就叮嘱唐僧说："师父，且把善字儿包起，让我们使些儿凶恶，一发结果了他，脱身去罢。"唐僧闻言，战战兢兢，未曾答应，沙僧掣宝杖，八戒举钉钯，大圣使铁棒，一齐上前，把大仙围住在空中，乱打乱筑。

这一番三打一，依然没有讨到好，大仙依旧袍袖一展，就将四僧一马并行李一袖笼去。大仙这次想假装来点狠的，就搬出一口油锅，打算来个油炸猴头。不料悟空却和旁边的石狮子移形换位，二十个道士把石狮子扛将起来，往锅里一掼，烹的响了一声，溅起些滚油点子，把那小道士们脸上烫了几个燎浆大泡。镇元子愤怒了，大叫道："你这猢狲！怎么弄手段捣了我的灶？"悟空笑道："你遇着我就该倒灶，管我甚事？"镇元大仙用手揪着悟空说："我也知道你的本事，我也闻得你的英名，只是你今番越礼欺心，纵有腾那，脱不得我手。我就和你讲到西天，见了你那佛祖，也少不得还我人参果树。"

这一番，镇元子算是说出了自己的真实目的。他要的是和你讲到西天，见了你那佛祖，还我人参果树。在这里，到西天，见佛祖，才是镇元子要借这个局办到的事情。那么镇元子自己，究竟有没有办法医治果树呢？

我们从镇元子听闻果树被推倒，却依旧气定神闲地抓人、打人来看，他对于医治果树这件事并不心急。要知道，在西游世界里，人参果树是开天辟地时期的灵根，和日月同寿。镇元子正是靠着这个东西，成为地仙之祖，镇元子的寿命也是按亿年计，人参果树能不能医、怎么医，不可能有人比镇元子更清楚。镇元子自己肯定有办法医治果树，否则不可能这么有恃无恐，但是他需要佛家来欠这个人情。

悟空说："你这先生，好小家子样！若要树活，有甚疑难！你解了我师父，我还你一棵活树如何？"

大仙道："你若有此神通，医得树活，我与你八拜为交，结为兄弟。"

悟空说："不打紧。放了他们，老孙管教还你活树。"

在这里，镇元子的反应更有意思。悟空偷果绝根，自是没理，"救树"这件事，本就是悟空的本分。但镇元子却说，如果你救活了我的树，我就跟你结为兄弟。这个逻辑有多奇怪啊，这就相当于你家里进了贼，偷了你家钱还撬坏了你家保险柜，这时候你抓住了贼，却跟贼说：如果你能修好我的保险柜，我就跟你结为兄弟。这是什么逻辑啊？实际上，"结为兄弟"并不是镇元子的恩赐，而是镇元子的请求。镇元子一次性跟悟空提了两个要求：

第一，你要救活我的树。

第二，我要跟你结为兄弟。

大家看明白了吧？这时候，悟空能说"救树可以，结为兄弟就不必了"吗？那是断然不能的。要知道悟空面对的，不但

第十六章
五庄观偷果事件

是一个能瞬杀自己的大神,更是一个辈分极高的前辈。而镇元子看上的,正是悟空这个天仙的尊贵身份,以及取经项目成功后不可限量的前途。五庄观需要投靠佛家来重振雄风,镇元子也需要悟空这个拜把子兄弟成为连通灵山的跳板,在这一回,镇元子占住了理。

镇元子这一通苦肉计不仅是演给佛家看的,还是演给道家看的,通过这一番操作,镇元子就可以悄无声息地让五庄观这股西牛贺洲的道家势力,从天庭转投灵山,改换门庭。那么,镇元子的目的能达成吗?

人参果"去库存"

且说悟空对镇元子夸下海口以后,就开始寻找医树的方法。

悟空寻访的第一站是蓬莱仙境。在蓬莱仙境,悟空遇见了福、禄、寿三位神仙,福、禄、寿三星告诉悟空:"那果子闻一闻,活三百六十岁;吃一个,活四万七千年;叫做'万寿草还丹'。我们的道,不及他多矣!他得之甚易,就可与天齐寿;我们还要养精、炼气、存神,调和龙虎,捉坎填离,不知费多少工夫。"

通过福、禄、寿三星的话，我们知道了镇元子的人参果是普通神仙也触不可及的珍品。不过这里有一个伏笔啊，就是寿星。如果人参果是人形的延年益寿神器，那么寿星的**养精、炼气、存神**之法，就是直接拿人开炼了。这个此处暂且不聊。

悟空告诉三星，他害怕师父念《紧箍儿咒》，耽误了行程，只见寿星说道："大圣放心，不须烦恼。那大仙虽称上辈，却也与我等有识。一则久别，不曾拜望，二来是大圣的人情。如今我三人同去望他一望，就与你道达此情，教那唐和尚莫念《紧箍儿咒》。"

悟空拜谢过后，来到的第二站，是东华帝君的府邸。东华帝君进一步介绍了镇元子的厉害，说道："你这猴子，不管一二，到处里闯祸。那五庄观镇元子，圣号与世同君，乃地仙之祖。你怎么就冲撞出他？……这万寿山乃先天福地，五庄观乃贺洲洞天，人参果又是天开地辟之灵根，如何可治！无方！无方！"

悟空一听，冷漠地说道："既然无方，老孙告别。"走着走着，不知不觉，悟空已近南海。悟空看见观音菩萨，把自己在五庄观闯的祸又说了一通，观音菩萨说："你怎么不早来见我，却往岛上去寻找？"

悟空急忙恳求菩萨帮助，菩萨说："我这净瓶底的甘露水，善治得仙树灵苗。当年太上老君曾与我赌胜：他把我的杨柳枝

第十六章
五庄观偷果事件

拔了去,放在炼丹炉里,炙得焦干,送来还我。是我拿了插在瓶中,一昼夜,复得青枝绿叶,与旧相同。"

悟空把观音菩萨请回五庄观,菩萨这次没有食言,拿出自己的甘露水,果然救活了人参果树。镇元子非常大方,把人参果敲下十个,做了个人参果会:菩萨与三老各吃一个,镇元子和唐僧师徒各吃一个,剩下的四十八个徒弟,一起分吃了一个。这次宴会后,九千年一熟的人参果,只剩下了十三个(原遇土而入的一个也重回树上)。

这次宴会安排得甚是妥当,镇元子用十个果子同时与佛道两家交好,还成功降低了人参果的库存。人参果这东西,数量越少越珍贵,人参果越珍贵,五庄观的地位就越高,越是佛道两路都需要积极团结的对象。

最终,镇元子也得偿所愿,和悟空结为兄弟,攀上了佛门这棵大树。我们来复盘这次五庄观偷果事件,会神奇地发现,这次事件没有输家:

镇元子得偿所愿,成功"跳槽"到灵山,还提升了自己在天庭的价值。

道家三星各得了一个人参果,各自续命四万七千年。

唐僧师徒更是血赚,唐僧续命四万七千年也值了,悟空、八戒、沙僧三人各自续命约十万年,有了打持久战的底气。

观音菩萨也不亏,上次观音续命,还是五百年前的盂兰盆会。

　　那么到此为止，可以明确的是，最近一万年以内，五庄观还剩下十三个人参果，还能累计续命近六十万年。由于蟠桃园里的上等蟠桃数量也已经被玉帝控制，玉帝利用悟空完成了蟠桃的去库存，名义上一万年以内的上等蟠桃已经没有了。也就是说，整个三界，还能够明确有续命功效的圣物，就是剩下的这十三个人参果，那么可以预见的是，如果有《西游记》后传，五庄观必然是各路神佛争取的核心势力，谁不想弄两个回去，研究一下人参果的种植技术呢？地仙之祖镇元子，就这样悄无声息地为门派振兴带来了可能，不愧是"顶尖操盘手"啊！

　　那么，吃一口唐僧肉就能长生不老，这个传说又是怎么回事呢？我们下面接着讲。

第十七章 人参果、唐僧肉和白骨精

唐僧肉的秘密

师徒四人在万寿山五庄观跟镇元子大仙斗智斗勇了一番，最后，镇元子拿出十个人参果与大家分享。

这次唐僧终于不推托了，他知道了人参果是好东西以后，毫无废话，痛痛快快地吃掉了这个四肢俱全、五官咸备的人形水果。这人参果的功效是：**吃一个，就活四万七千年**。自打唐僧吃了这人参果，江湖上就多了个**唐僧肉可以长生不老**的传说。在唐僧吃人参果之前，从来没有这个说法，前面遇到的妖王也从来没提过这茬，在五庄观之后，一连串的妖怪要吃唐僧肉，这显然不是空穴来风。

那么，唐僧肉真的有长生不老的功效吗？

我们都知道，唐僧十世修行，每一世都是肉体毁灭，重新投胎。每一世的肉体都是父精母血，十月怀胎而生，与凡人没有差别，那么这第十世的肉体，为什么就有长生不老这个特殊效果了呢？仔细想想就知道，这一世唐僧的肉体，除了是个白白胖胖的和尚之外，并没有什么特别之处。

第十七章
人参果、唐僧肉和白骨精

因此，作者明说了唐僧吃了人参果以后才是：

自今会服人参果，尽是长生不老仙。
有缘吃得草还丹，长寿苦挖妖怪难。

这两句话说得明明白白。为什么唐僧肉有延寿长生的效果呢？就是因为他吃了人参果。吃完人参果后，唐僧的肉体确实发生了立竿见影的变化，原著里说：那长老自服了草还丹，真似脱胎换骨，神爽体健。

我们都知道，人参果不止唐僧一个人吃，不但师徒四人都吃了，而且仨徒弟都是一人吃了俩，只有白龙马没吃到。那既然如此，为什么没听说吃八戒、沙僧的肉可以长生不老呢？这是因为，三个徒弟都是懂得修炼之术的仙人，他们能把人参果的功效完全消化为修炼成果。但唐僧是不懂修炼之道的一介凡夫，能以肉体凡胎的资质吃人参果的，三界内恐怕只此一人。他吃了人参果，无法炼化这功效，这意味着什么呢？意味着，唐僧就变成了行走的人参果嘛。因此，妖怪吃唐僧，跟吃人参果的功效是一样的！所以，从五庄观之后，"唐僧肉"就成了取经团队的磨难主因。第一个要吃这"长生不老唐僧肉"的，就是《西游记》中的著名妖怪——**白骨精**。

"三打白骨精"是《西游记》里的经典桥段，原文写得如舞台剧一般一波三折、扣人心弦，后世产生了无数改编。戏剧、电影乃至小学课本都青睐这段故事情节，其流传热度堪与"大闹天宫"相提并论。我国古典章回体小说，往往喜欢用**一而再、再而三**的连串剧情层层推进，来丰富波折度、戏剧性，吊足看官胃口，这样写的作品，往往也都成了经典篇章，比如四大名著里就有诸葛亮三气周瑜、梁山三打祝家庄、刘姥姥三进大观园、孙悟空三调芭蕉扇等。

上述的这些经典桥段都是连续数章回的重量级剧情，但"白骨精"的故事在原著中，只占据了半个章回的篇幅。白骨精的能力也是众所周知的弱，并不比唐僧初出大唐时遇到的老虎强多少。那么，白骨精凭什么成为《西游记》中妖王般的存在呢？

今天，我们就来仔细品读这一经典篇章。

首先我们要知道，"三打白骨精"只是民间说法，原著第二十七回标题是"**尸魔三戏唐三藏，圣僧恨逐美猴王**"，重点并不是孙悟空的"三打"，而是白骨精的"三戏"。但这"三戏"也只是个导火线而已，这章回的主线剧情，讲述的是取经团队内部矛盾集中爆发。白骨精只是个工具人，连名字都是后世改编的顺口叫法，书里面对他的称呼是*尸魔*。

第十七章
人参果、唐僧肉和白骨精

荒山里的美女

且说取经团队辞别五庄观，走上西行路，忽见一座高山挡路。唐僧清清嗓子发话说："徒弟，前面有山险峻，恐马不能前，大家须仔细仔细。"

这是唐僧的基本操作，几乎每一难开篇、每见高山险阻，唐僧都要说一下类似的话，这就好比每天的晨会，领导总要说两句。孙悟空欣然受教，回话说："师父放心，我等自然理会。"

随后，悟空就跳到前面，用铁棒剖开山路，上了高崖。那山是什么样的山呢：

虎狼成阵走，麂鹿作群行。
大蟒喷愁雾，长蛇吐怪风。

这可谓十分险恶之地，孙悟空舞着铁棒啸吼一声，震得那狼虫虎豹一起逃窜。什么大蟒长蛇的，通通吓成了小泥鳅，四散奔走。看着危机化解，唐僧马上开始喊饿："悟空，我这一日，肚中饥了，你去那里化些斋吃。"

你看，他早不饿晚不饿，非要走到高处最险峻的地方，一屁股坐下，就安排孙悟空找吃的去。悟空赔笑道："师父好不聪明。这等半山之中，前不巴村，后不着店，有钱也没买处，教往那里寻斋？"

唐僧知道悟空有腾云驾雾的本事，就直接开骂："你这猴子！想你在两界山，被如来压在石匣之内，口能言，足不能行，也亏我救你性命，摩顶受戒，做了我的徒弟。怎么不肯努力，常怀懒惰之心！"

悟空自然不服，唐僧说他什么不好，偏偏说他懒惰。这刚拿着铁棒一路剖山前进的猴子当场就反问："弟子亦颇殷勤，何尝懒惰？"

唐僧直接三连问："你既殷勤，何不化斋我吃？我肚饥怎行？况此地山岚瘴气，怎么得上雷音？"总之，唐僧的问话，完全避开半山之中哪里寻斋。如果没有吃的，他还就不走了，这取不了经的锅，猴子背定了！看师父把话说到这份儿上，孙悟空马上检讨说："师父休怪，少要言语。我知你尊性高傲，十分违慢了你，便要念那话儿咒。你下马稳坐，等我寻那里有人家处化斋去。"

这次猪八戒和沙和尚倒是都一言不发，默看俩领导吵架。孙悟空看到南山上有一片桃林，就回来跟师父报告，得到了师父的同意后，孙悟空跑去摘桃子。就在悟空摘桃子的时候，白

第十七章
人参果、唐僧肉和白骨精

骨精出场了。

白骨精出场时并没有外貌描写,原著只说这山上有一个妖精……他在云端里,踏着阴风。历代改编的戏剧、影视剧,白骨精都是找的美女扮演,一个比一个漂亮可爱,实际上在这一章回,没有关于白骨精的外貌描写。这妖精摇身一变,注意,是摇身一变,就变成一个美女来戏弄唐僧。这个美女只是普通村姑打扮,但模样比较俏丽、穿着比较暴露,有多暴露呢?

冰肌藏玉骨,衫领露酥胸。
柳眉积翠黛,杏眼闪银星。

这妖精变成的姑娘袒胸露乳,笑盈盈地来到了唐僧旁边,很明显,这白骨精对人类社会缺少细致的观察,他不明白,一座凶险的山上出现一个白净还露胸的姑娘,对人类而言意味着什么。话说那唐僧正等着猴子摘桃,闲得无聊之际,忽然看到一个这样的美女,唐僧**仔细定睛观看**,从头到脚看了一遍,赶紧呼喊猪八戒前去迎接。

八戒见那美女生得俊俏就动了凡心,也不想想这是个什么地方,八戒忍不住胡言乱语叫道:"女菩萨,往那里去?手里提着是甚么东西?"

八戒这样问话,唐僧又是怎么应对的呢?三藏一见,连忙跳起身来，合掌当胸道："女菩萨，你府上在何处住？是甚人家？有甚愿心，来此斋僧？"

唐僧看到美女走到跟前了，就**连忙跳起身来**，非常生动形象。唐僧对美女也是一通询问：

你家庭地址在哪儿？

你家里人是干什么的？

你来给我送吃的是有什么想法？

妖精一看唐僧上钩，就说自己家在西边住，父母俱在，给自己招了一个女婿。唐僧一听，原来这女菩萨有丈夫啊，于是开始给女菩萨上课："圣经云：'父母在，不远游，游必有方。'你既有父母在堂，又与你招了女婿，……有愿心，教你男子还便也罢，怎么自家在山行走？又没个侍儿随从。这个是不遵妇道了。"

文化人骂人啊，不容易听出来。唐僧的意思很简单：既然你有老公，怎么还独自出门抛头露面呢，真是**不遵妇道**啊。妖精倒是谎话一个接着一个，但是唐僧就是不乐意吃这碗饭。唐长老表示："假如我和尚吃了你饭，你丈夫晓得骂你，却不罪坐贫僧也？"唐僧拐弯抹角，还在说丈夫的事儿呢。

妖精"满面生春"地要斋僧，唐僧傲娇地不乐意吃，正在僵持中，八戒急了，一嘴把罐子拱倒，就要抢着吃。这时候恰逢猴子摘桃回来，悟空睁开火眼金睛观看，认得那女子是个妖

第十七章
人参果、唐僧肉和白骨精

精,于是二话不说,抡起棍子就要打人,被唐僧急忙用手拉扯住问:"悟空!你走将来打谁?"

悟空笑道:"师父,你那里认得!老孙在水帘洞里做妖魔时,若想人肉吃,便是这等:或变金银,或变庄台,或变醉人,或变女色。有那等痴心的爱上我,我就迷他到洞里,尽意随心,或蒸或煮受用。……师父,我若来迟,你定入他套子,遭他毒手!"

唐僧自然不信,悟空继续说道:"师父,我知道你了。你见他那等容貌,必然动了凡心。"听完孙悟空这话,唐僧是什么反应呢?原文写得很生动形象,唐僧是羞得个光头彻耳通红。趁唐僧羞愧之际,孙悟空一棍子敲死了美女,妖精出神跑了,但尸体还是美女的尸体。

大家注意,这里非常奇怪!孙悟空回来之后,就举起金箍棒要打妖怪,师徒二人争执时,悟空趁唐僧不备才突然下手。这么长时间,那妖精变作的美女愣是一句话没说,一个动作没有!直到妖精被孙悟空打死,连哼一声都没有!随后,孙悟空让唐僧看那美女罐子里提的是什么东西……哪里是什么香米饭,却是一罐子拖尾巴的长蛆;也不是面筋,却是几个青蛙、癞虾蟆,满地乱跳。

这时候,唐僧终于有些信了,但一直在旁边吃瓜看戏的八戒关键补刀说,猴子是"故意的使个障眼法儿,变做这等样东西,演幌你眼,使不念咒哩"。我们都知道,八戒不阴人则已,一开口就把挑拨效果拉满。

那么,到底是妖精把蛤蟆等物变成了饭,还是孙悟空把饭变成了蛤蟆等物呢?

其实没人能说得清!必须得承认,八戒的猜测是有道理的,因为这里根本就没有旁白定论。猪八戒简简单单两句话,一方面把真相给搅浑了,另一方面则提示唐僧:**该念紧箍儿咒了!**果然,唐僧当时就**手中捻诀,口中念咒**,疼得孙悟空死去活来。唐僧要赶悟空走,孙悟空也不服气,只说:"你不要我做徒弟,只怕你西天路去不成。"唐僧说什么呢?他说:"我命在天,该那个妖精蒸了吃,就是煮了,也算不过。"

这话是什么意思呢?唐僧的意思其实已经算承认这女子是个妖精了——就算我被她勾引了、蒸了煮了都是我的命。我赶走你,跟真相无关,只跟你的态度有关!

悟空一听,师父要的是态度,并不是真相,于是连忙跪下叩头说:"老孙因大闹天宫,致下了伤身之难,被我佛压在两界山。幸观音菩萨与我受了戒行,幸师父救脱吾身,若不与你同上西天,显得我'知恩不报非君子,万古千秋作骂名'。"这个认错态度非常好。悟空明白了师父要的是面子,因此就给足了师父面子,俩人矛盾就暂时解除,唐僧仍旧补充说:"再休无礼。如若仍前作恶,这咒语颠倒就念二十遍!"

第十七章
人参果、唐僧肉和白骨精

孙悟空连忙伏侍唐僧上马,又将摘来的桃子奉上,唐僧在马上吃了起来。没人再提这美女到底是人是妖,唐僧优哉游哉地骑着马、吃着桃,孙悟空鞍前马后地伏侍着,大家一团和睦地往前走了,仿佛什么都没有发生过一样。就剩下那妖精变作的美女尸体还在地上躺着呢,根本没人搭理了!

愤怒的和尚

那妖精在云端看着唐僧师徒和解,才发现小丑竟然是自己。妖精是忍一时越想越气,退一步越想越亏。他不服,再摇身一变,变成个八十岁老太婆,一步一声地哭着走来。还没走到跟前呢,又被猴哥一棒子打杀了。这老婆婆一句台词都没说,剧本都让猪八戒读了:"师父!不好了!那妈妈儿来寻人了!""师兄打杀的,定是他女儿。这个定是他娘寻将来了。"

八戒一通毫无根据的脑补,唐僧却信了。于是二十遍《紧箍儿咒》不多不少,童叟无欺:可怜把个行者头,勒得似个亚腰儿葫芦,十分疼痛难忍,滚将来哀告道:"师父莫念了!有甚话说了罢!"

这一次,孙悟空打得太快,唐僧连做决策的机会都没有。唐僧气得直接从马上栽了下来。怒斥:"我这般劝化你,你怎么只是行凶……"孙悟空倒也懒得多解释了,说"师父又教我去?回去便也回去了,只是一件不相应。"

八戒一看,又落井下石说:"师父,他要和你分行李哩。跟着你做了这几年和尚,不成空着手回去?你把那包袱里的什么旧褊衫,破帽子,分两件与他罢。"

悟空气急反笑说:"师父果若不要我,把那个《松箍儿咒》念一念,退下这个箍子,交付与你,套在别人头上,我就快活相应了。也是跟你一场……"

悟空这番话的效果还是很好的,唐僧一想,这要求确实不算高,但是自己着实拿不出《松箍儿咒》,那就算了吧,继续往前走吧。孙悟空又继续鞍前马后地伏侍着,大家又一团和气地往前走了,仿佛又什么都没有发生过一样……老太婆的尸体又在地上躺着呢!又没人搭理了!

那妖精再度发现,小丑怎么还是我自己啊?这时候,他对悟空的愤怒也没有了,只是暗暗夸奖道:"好个猴王,着然有眼!"这妖精再次摇身一变,又变成一个老头子。这次妖精多了个心眼,数珠掐在手,口诵南无经,俨然就是一个吃斋念佛的佛教信徒。拿生命来演戏,这妖精哪里是"白骨",分明就是"老戏骨"!

猴哥掏出棍子,准备一棍敲死时内心犯嘀咕了,到底打不打死?这是一个问题。"若要不打他,显得他倒弄个风儿;若

第十七章
人参果、唐僧肉和白骨精

要打他，又怕师父念那话儿咒语。"孙悟空权衡利弊，开始计划。悟空的计划是什么样的呢？

首先，悟空念动咒语召唤山神土地，说"你们在空中拦着这个妖精，别让他跑了，给我做证这是个妖精"。众神听令，都在云端里照应。然后悟空果断打死白骨精，唐僧就要念咒，悟空慌忙说："师父，莫念，莫念！你且来看看他的模样。"

这次尸魔现了本相，原来是个潜灵作怪的僵尸，尸魔脊梁上有一行字，叫作"白骨夫人"。这时候，"机灵"的八戒插话说："师父，他的手重棍凶，把人打死，只怕你念那话儿，故意变化这个模样，掩你的眼目哩！"其实我们仔细一想，猪八戒说的确实更有道理，谁会把自己的名字写在脊梁上呢？很难说这行字不是悟空干的，只不过，悟空为了证明"妖怪是妖怪"，做得急了点。悟空无奈下，只得打算离去，临走前悟空对唐僧说："常言道：'事不过三。'我若不去，真是个下流无耻之徒。我去！我去！——去便去了，只是你手下无人！"唐僧更加愤怒了："这泼猴越发无礼！看起来只你是人，那悟能、悟净就不是人？"于是唐僧一纸贬书："猴头！执此为照，再不要你做徒弟了！如再与你相见，我就堕了阿鼻地狱！"

到此为止，师徒二人的关系，算是彻底搞僵了。其实悟空一棍子敲死老头后，唐僧的第一反应也是"念咒"。无非就是按二十遍的约定，再教训惩罚他一番，让他再度服软、跪地求饶，认真做个检讨而已。但这次，悟空事先准备好了计划，他所有的行为都在试图证明唐僧的愚昧、龌龊、黑白不分。

虽然理是这么个理，事实也是这么个事实，但这样说话，只会让师父逐渐恼怒、丧失理智。悟空最后的一个举动，也是电视剧里感动无数儿童哭泣的一幕，他变成四只猴子，围住唐僧噙泪叩头。

俺老孙，去也！ 妖魔三戏，悟空三打，唐僧三逐，把观众的情绪层层推进，迸发在这一拜，把整段故事的戏剧性、感染力推向了顶峰。电视机前的老少妇孺对这一幕感慨万千。这一幕，把忠臣孝子被污蔑、被打压的情形刻画得入木三分的，领导的愚昧无知、善恶不分，同事的嫉妒挑唆、吃瓜看戏，让观众都代入了孙悟空的悲愤心境。历史上那些大名鼎鼎的英雄名将、忠臣孝子，都如同此时的齐天大圣般无奈，任你忠肝义胆、疾恶如仇，也只落了个乱臣贼子的评价；纵你有一棍打杀妖魔的本领，也只落了个跪地喊冤、噙泪服罪。

作者借孙悟空之口说的**鸟尽弓藏、兔死狗烹**的那段话，真可谓一字一泪，令千古英雄为之扼腕涕零。这就是这段故事如此出名、如此经典，反复被改编上演的原因，它足够真实，这样的故事在历史长河中一直在上演，在人类生活中反复在上演。

第十七章
人参果、唐僧肉和白骨精

各怀鬼胎的师徒

唐僧这次为什么狠心往死里念咒，往绝路发誓，铁了心要把孙悟空赶走呢？原因就是他"飘"了，吃完人参果后，唐僧不但身体"飘"了，整个人的心理都"飘"了！在"四圣试禅心"一章回，因为黎山老母转投佛家，八戒知道了自己是有后台的，于是这次他大胆谗言逼走孙悟空。

孙悟空去找神仙救人参果树，去了好几天，其间唐僧都在跟镇元子聊天喝茶，镇元子有没有告诉唐僧，他是如来佛祖的徒弟金蝉子转世呢？作者没写，我们不清楚。但出了五庄观后，唐僧对孙悟空的态度有多嚣张，我们已经在本篇看到了。此时在唐僧的心目中，"副组长"悟空是个什么情况呢？我们且盘一盘唐僧遇到的妖怪，代入一下唐僧对这个世界的认知情况：

黑熊精只是盗袈裟的贼，并没有危害到唐僧，最后被观音菩萨摆平。

猪八戒没有危害到唐僧，唐僧使唤悟空摆平后，知道他原来是观音菩萨给自己找的徒弟。

黄风岭的黄风怪，确实危害到唐僧了，但那妖怪孙悟空也斗不过,结果是灵吉菩萨摆平的。

流沙河的沙和尚,没有危害到唐僧,孙悟空也没有下水打架的本事,结果又是观音菩萨摆平的。

五庄观的镇元子,孙悟空惹了事又打不过人家,让唐僧徒遭磨难,结果还是观音菩萨摆平的。结局是镇元子跟孙悟空结为兄弟。

综上,我们代入唐僧的视角看看,一共五次大磨难,四次是观音菩萨摆平的,一次是灵吉菩萨摆平的,这会让唐僧怎么想呢?很明显唐僧会觉得,悟空就是个"菩萨召唤器",悟空的作用无非就是找菩萨帮忙而已,这点事,八戒、沙僧也能干。除了跑腿请菩萨以外,悟空的负面作用还非常大,经常顶撞领导,不听管教,有损自己大唐御弟的威严。

那么以此推论,唐僧大概会觉得,路上的劫难没什么可怕的,不是菩萨给自己找的徒弟,就是不危害自己的神仙,就算真有个把妖魔,有八戒、沙僧这俩下凡的天神也够了,打不过就请观音菩萨,反正谁去请都一样。

大家看,这么一想,是不是就合理了?唐僧就是有了这个心理,才会昧着惺惺使糊涂。但是,接下来这一难,唐僧就遭到迎头痛击。白骨精这段故事并没有结束,它只是"宝象国奎木狼"的开幕前戏,所谓"白骨夫人",只是"黄袍郎君"的因。要知道,在取经成功的大会上,九九八十一难里根本没有

第十七章
人参果、唐僧肉和白骨精

白骨精什么事,白骨精的这一难是贬退心猿。什么意思呢?**赶走孙悟空,才是唐僧的真正灾难。**

赶走悟空后,唐僧就被黄袍怪羞辱、栽赃、陷害,这与自己对悟空的羞辱、栽赃、陷害是同等的。可以说,在遇到奎木狼以后,唐僧才明白什么是真正的磨难,才明白自己这位转世圣僧、唐王御弟,在妖魔鬼怪面前什么也不是,而自己那俩天神下凡的徒弟,在另一位天神面前,什么也不是。在宝象国,唐僧真正明白了:失去了孙悟空,他们寸步难行。

原著里孙悟空归来救师父,他俩再次相见时是什么场景呢?

行者笑道:"师父啊,你是个好和尚,怎么弄出这般个恶模样来也?你怪我行凶作恶,赶我回去,你要一心向善,怎么一旦弄出个这等嘴脸?"

三藏谢之不尽,道:"贤徒,亏了你也!亏了你也!这一去,早诣西方,径回东土,奏唐王,你的功劳第一。"

瞧瞧,说好的或蒸或煮,我命由天呢?说好的好和尚不要歹徒弟呢?我们在这里就暂时不多批评唐僧了。唐僧和猪八戒都栽赃孙悟空,都有贪婪嫉妒之心,而实际上,除了孙悟空,故事里的所有人,白骨夫人、唐僧、猪八戒、沙僧、白龙马,有一个算一个,都犯了贪婪、嫉妒、愚昧的罪,他们齐力逼走了孙悟空。

小白龙的心思就更昭然了，平常只知道闷着头走路，唐僧赶走孙悟空时，他也一句话不说，仿佛他真的只是一匹马一样。**贪婪**、**嫉妒**、**愚昧**，就是本章回的主题。

"三打白骨精"与"三戏唐三藏"

"三打白骨精"的故事只是"四战黄袍怪"的引子，但这个故事是暗藏玄机的。

首先，白骨精这怪看起来也就是被悟空一棒秒杀的水平，如果评选《西游记》最强妖王，网友们天天吵得不可开交，谁也不服谁；但如果评选最弱妖王，白骨精恐怕是众望所归。但是，你说他弱吧，他的本领又很邪门！

他摇身一变，就变成三个年龄、气质差异很大的人形，通过细节描写就可以看出变得十分逼真。这本事有多大呢？猪八戒的天罡三十六变都做不到，白骨精的本事，完全不符合设定。尤其是，他变的人形被孙悟空打死后，他的神魂却能逃脱，而且凭空生成的尸体还能端端躺在原处。这本事有多大呢？《西游记》里有类似表现的只此一人！所以说他的本事邪门。

1986年版电视剧《西游记》特意添加了白骨精害死田间耕

第十七章
人参果、唐僧肉和白骨精

地的一家三口,并且附身于他们的剧情。那么,原著里这妖精的神通该如何解释呢?

其实,这妖精就是"三尸"的隐喻化身,所以他没有形象,是为众生相。

《太上三尸中经》说:"人之生也,皆寄形于父母胞胎……死后魂升于天,魄入于地,唯三尸游走,名之曰鬼。"

在道家学说里,求仙之人,先去三尸;斩除三尸,即证金仙。本章这个白骨精被称作"尸魔",就是隐喻这三尸,所以作者不描写这妖精的模样,只留下三具尸体。什么意思呢?这妖精只有三条命,斩掉三尸,他也就消失了。

所以孙悟空用同样的打法、同样的棍子,前两次都除不掉他,第三次却能断绝了灵光。尸体不消失,就是道家形容斩三尸成功所说的三尸不还。《西游记》融合佛道,三教合一。也将"**佛教三毒**"与"**道教三尸**"融合在一起为贪、嗔、痴三念。我们通过前文也可看到,这妖精的三戏就代表着这三念:

一戏唐三藏是"贪",贪吃唐僧肉

二戏唐三藏是"嗔",恼怒孙悟空

三戏唐三藏是"痴",宁死不放手

而"贪""嗔""痴"三戏唐三藏,就造成了唐僧的三逐美猴王。道家炼丹术里斩三尸的方法是"守庚申",原义是庚申之日恰是三尸壮大的日子,为了让人保持理性,不为三尸所害，要彻夜不眠以斩三尸。

"守庚申斩三尸"折射到《西游记》里，庚为金，申为猴，庚申就是孙悟空这金公心猿。唐僧就是没有守住庚申，故而斩三尸失败。所以，章节名是"尸魔三戏唐三藏，圣僧恨逐美猴王"，这章在修行隐喻的一面，其实是失败的案例。

《西游记》原著的文字，真是字字珠玑，每个年龄段去读，都有不同的味道。我们阅读原著时，很难忽视作者字里行间反宗教、骂朝堂、笑红尘的思想。

清代学者张书绅说："三教九流，诸子百家，无非一部《西游记》也。以一人读之，则是一人为一部《西游记》；以士农工商、三教九流、诸子百家各自读之，各自有一部《西游记》。"此论实为透彻之言，《西游记》博大精深，包罗万象，所以永垂后世，这部奇书，是足以把玩一生的。

任何伟大作品，都存在超越时代的解读空间。神魔小说也好，武侠小说也好，科幻小说也罢，这类幻想型的通俗小说能称得上"伟大"二字的，一定有它伟大的现实意义。《红楼梦》是满纸荒唐言，一把辛酸泪，《西游记》又何尝不是如此呢？

参考文献

[1] 赵国庆.《西游记》与神仙文化 [D]. 西安：西北大学，2001.

[2] 苏兴.《西游记》的玉皇大帝、如来佛、太上老君探考 [J]. 东北师大学报（哲学社会科学版），1988，1：64-76.

[3] 胡义成. 论《西游记》主要创意之源自 [J]. 苏州科技学院学报（社会科学版），2010，9：50-57.

[4] 李安纲. 孙悟空形象文化论 [D]. 西安：陕西师范大学，2000.

[5] 薛克翘. 须菩提考 [J]. 宝鸡文理学院学报（社会科学版），2021，4：5-10.

[6] 肖永明. 禅宗与密宗的比较研究 [J]. 五台山研究，1993，3：11-13.

[7] 张星. 四海龙王考论 [D]. 上海：上海师范大学，2008.

[8] 宋佳佳. 上古中国洪水神话与龙蛇形象研究 [D]. 济南：山东大学，2020.

[9] 杨栋. 神话与历史：大禹传说研究 [D]. 济南：山东师范大学，2010.

[10] 曾雯雯. 汉唐之间中国冥界观的变化研究 [D]. 成都：四川师范大学，2012.

[11] 吴垠. 志怪小说中幽冥世界的嬗变 [D]. 兰州：兰州大学，2013.

[12] 周雅非. 道教十王信仰研究 [D]. 成都：四川省社会科学院，2009.

[13] 王平. 从二郎神形象略窥《西游记》创作心态 [J]. 求是学刊，1994，4：83-88.

[14] 刘洪强. "卷帘大将"考 [J]. 泰山学院学报，2012，1：62-66.

[15] 熊发恕.《西游记》中的二郎神 [J]. 康定民族师专学报（哲社版），1995，6：40-46.

[16] 蔡婉星.《西游记》诸神形象研究 [D]. 郑州：河南大学，2011.

[17] 柴杰，杨富学. 印度佛教孔雀王咒生成史考析 [J]. 宗教学研究，2023，3：101-105.

[18] 刘勇强. 论《西游记》对观音形象的重塑 [J]. 民间文

学论坛，1991，1：13-17.

[19] 吴承恩. 西游记：第 4 版 [M]. 北京：人民文学出版社，2020.

[20] 吴承恩，李卓吾. 李卓吾批评本西游记 [M]. 南京：江苏凤凰文艺出版社，2023.

[21] 吴承恩，《中国小说集成》编委会. 西游记（世德堂本）[M]. 上海：上海古籍出版社，1994.

[22] 李硕. 翦商：殷周之变与华夏新生 [M]. 桂林：广西师范大学出版社，2022.

[23] 裴铏. 传奇 [M]. 上海：上海古籍出版社，1980.